ELOGIOS POR ÓRBITAS MÍTICAS VOLUME I

"Uma coleção de breves contos encantadores — com alguns calafrios, e arrepios bem-vindos. Uma antologia verdadeira- mente agradável e impressionante."

—Tosca Lee, Autora de Livros Mais Vendidos - Best Seller New York Times

"Esta coleção apresenta um espectro satisfatório de contadores de histórias, alguns familiares e outros novos na cena. Alguns dos contos são perturbadores e alguns são confortantes; muitos são instigantes. Aproveitem a viagem."

—Kathy Tyers, autora da série *Firebird, Crystal Witness, Shivering World, One Mind's Eye*, e *Star Wars: The Truce at Bakura*.

BEAR PUBLICATIONS

Órbitas Míticas, Volume 1

Primeira Edição

ISBN: 978-1-64008-446-9

Conteúdo

Introdução do Editor

Você pode pegar este livro querendo saber que no mundo, "Órbitas Míticas Volume 1" se refere… eu não tenho certeza ao explicar que o título Órbitas Míticas foi simplesmente escolhido para descrever tanto a ficção científica e fantasia, quanto para identificar este livro em uma forma distinta. Outras histórias, em próximas séries, seguirão o mesmo padrão, caso este livro venha a se tornar uma série.

Esta antologia representa uma grande variedade de gêneros, não há um único tema sendo narrado nos contos, embora o assunto empatia ou a falta dela, surja, nos temas de forma repetida. Definitivamente, essa não é uma antologia sobre órbitas, que são, de alguma forma…míticas.

Porém, ela é uma demonstração das melhores histórias que me foram apresentadas no campo geral da ficção especulativa por autores cristãos. Essas histórias demonstram, em primeiro lugar, que os autores cristãos podem escrever bem a ficção especulativa. Histórias com uma ampla gama de atrações estão incluídas aqui, sendo a maioria sérias, algumas com humor, algumas com "final feliz" e outras com finais claramente nem tão felizes. No entanto, minha esperança é que você possa concluir que valeu a pena ler todos.

Alguns dos autores dessas histórias usam temas especifica-mente cristãos, sutilmente ou de forma clara. Outras histórias apresentam personagens cristãs em um mundo de ficção especulativa; Enquanto outras, não têm nenhuma conexão discernível com a cristandade. E, novamente, se alinha com o que eu queria fazer –divulgar autores cristãos, em vez de histórias deliberadamente com temas cristãos.

Não há nenhum conteúdo específico, ou teste doutrinário para esses contos, ainda que sejam basicamente decentes e apropriados. Enquanto algumas histórias mencionam violência, não são ilustradas explicitamente; e a descrição do conteúdo desta coleção se classificaria na faixa etária "Livre", exceto por poucos contos que usam algumas palavras relativamente suaves como "bastardo." A sexualidade nesta antologia está limitada ao tema de uma atração por alguém...onde somente uma única história descreve um beijo.

No que concerne à doutrina, essas histórias fazem o que a ficção especulativa faz sempre — criar mundos diferentes do nosso, colocando o leitor dentro deles. As histórias não afirmam que as situações irreais podem ser realmente verdadeiras...embora, as coisas imaginadas possam revelar verdades sobre o que é real, logicamente.

Contudo, nada aqui abertamente contradiz a Bíblia. Mesmo as interpretações estritas de que não podem existir fantasmas, fadas ou certos monstros, como alguns desses contos indicam na antologia, os temas podem ser harmonizados, se simplesmente reinterpretados como demônios, se o leitor deseja fazer assim.

Estas histórias não são reais, claro, mas se Deus criasse universos alternativos, não há nada em nenhuma dessas histórias que não pudesse acontecer em algum outro mundo. Isso não significa que tais histórias, não forçam a imaginação ou terminam de uma maneira inesperada. Eu creio que sim. E espero que você concorde comigo quando ler.

Travis Perry
Bear Publications

Os Ossos Não Mentem

Por Mark Venturini

Benshir acordou sobressaltado, seu coração batendo, o corpo untado de suor apesar do ar frio. Ele respirou fundo e esfregou os olhos, tentando sacudir os fantasmas de um sonho sombrio e sem forma. Foi sobre Timri novamente, não foi? Ele tateou no escuro procurando apavorado pela esteira do seu irmãozinho.

Vazia.

Ele viu uma pequena figura de pé diante da janela aberta, suavemente iluminada pelas estrelas e pelas luas que descem ao horizonte '1 "Timri?"

A figura não se moveu, Benshir lutou para ficar em pé. Uma brisa fria da noite fincou sua pele. "Ti?"

"Você ouviu?" Timri sussurrou. Benshir tocou no ombro de Timri e notou o tremor de sua própria mão, "Ouvi o quê?"

Timri agitou-se. "O canto. Não é lindo?"

O toque de Benshir apertou involuntariamente. "Um sonho. Nada mais."

"Não. Eu continuo ouvindo." Timri acenou com a cabeça.

"Lá fora."

Benshir espiou a noite gelada, vendo apenas os contornos das árvores e colinas que ele conhecera por toda a sua vida. "Eu ouço moscas lunares que cantam e o velho wulla coaxando pelo lago."

Timri suspirou. "Eu ouço pessoas cantando. Muitas pessoas."

Benshir fechou as venezianas. "Venha, você vai voltar para a cama antes de nos matar congelados." Ele conduziu Timri até as esteiras e se deitou perto dele, puxando as leves cobertas sobre ambos.

"Benshir?"

"Vá dormir, Ti."

"Já ouviu um canto assim?"

Benshir hesitou. "Você estava sonhando," disse ele, com medo de dizer algo mais.

* * *

Benshir acordou com batidas na porta do quarto. "Vamos, vocês dois," uma voz rouca chamou. "O dia está passando e temos dois campos para arar!", Benshir gemeu. A nébula da manhã se espalhava pelo quarto. "Já, pai." Não tinha desculpa para dormir demais.

O pai meteu a cabeça para dentro do quarto, o sombreado da barba cinzenta cobrindo seu rosto envelhecido.

"Vocês, meninos, pegam o campo sul. Eu estarei no norte. Quero três fileiras viradas antes do café da manhã." A porta fechou. Três fileiras! Os músculos de Benshir doeram só em pensar. Ele se levantou da esteira e viu Timri olhando pela janela, em silêncio, sem se mover.

"Ouviu alguma coisa, Ti?"

Os ombros de Timri subiram e desceram. Ele tomou um fôlego profundo e gelado. "Não, ainda."

Benshir foi para o seu lado. "Viu, te disse que foi um sonho. Nada mais."

"Talvez se eu esperar e escutar mais firme."

Benshir cotovelou Timri, desviando-o da janela. "Coloque suas roupas."

Benshir se aprontou rapidamente, mas Timri sentou-se olhando para a janela vestido apenas com suas calças. Benshir atirou uma camisa nele. "Vamos, verruga-de-brejo. O pai quer três fileiras viradas!" Distraidamente, Timri abotoou a camisa e amarrou suas botas. Antes de abrir a porta, Benshir agarrou o ombro de Timri e se ajoelhou. "O que aconteceu ontem à noite é nosso segredo. A mãe e o pai não precisam saber."

"Por quê?"

"Plantar e cuidar de partos de bezerros já é o bastante para eles. Não precisa preocupá-los com seus sonhos." Benshir empurrou a porta. "De acordo?"

Relutantemente, Timri acenou com a cabeça.

"Está bem."

Eles saíram da cabana para a manhã fria, seus fôlegos flutuando em espirais brancas. Uma névoa úmida abraçou a casa, o celeiro e todo o vale. Árvores e montanhas distantes apareciam como vagos contornos.

Timri olhou para as montanhas, as montanhas que seus antepassados atravessaram gerações Nevarianas Antigas. Surpreendentemente, Benshir notou que estava se esforçando para ouvir. O quê, ele não sabia. Algo, qualquer coisa que pudesse dar um nome para o medo sem rosto ainda arranhando a sua mente.

Ele não ouviu nada a não ser os pássaros saindo de seus ninhos.

"Mexam-se, seus preguiçosos," o pai gritou enquanto conduzia um grande buklak chifrudo do celeiro. "Não posso fazer tudo sozinho."

Benshir se sacudiu. *Bobagem: sonhos, cantos e preocupação*. Toda essa estupidez e o trabalho não estava sendo feito. "Se mexe, Ti, antes que o pai dê uma surra de vara em nós." Quando Timri não se mexeu, Benshir deu-lhe uma cotovelada indicando o celeiro. "Você pega Ezzy e eu preparo o arado. Vai lá." Surpreendentemente, não demorou muito para Benshir ver Timri conduzindo Ezzy através da névoa. Rapidamente, eles tinham o grande buklak jugado ao arado. Benshir dava o melhor de si para controlar o arado pesado, enquanto cortava a relva teimosa.

O sol subiu mais alto. A névoa se dissipou, revelando o céu azul e os altos picos escarpados ainda repletos de neve. Mas, lá no vale, a manhã aqueceu, sugerindo o calor cruel da tarde. Gotas de suor brotavam na testa de Benshir, enquanto ele lutava para manter o arado em movimento. A tarefa se revelou impossível com Timri olhando para as montanhas, em vez de guiar Ezzy.

Benshir bateu na alavanca do arado. "Estou farto de sua tolice, verruguinha!"

O rosto de Timri parecia tão inocente. "Você não me ouve, hein?"

"Eu vou te dizer o que estou ouvindo! Estou ouvindo o pequeno Timri choramingando quando eu falar para o pai e como ele vai lidar com seu couro preguiçoso!"

"Você, não!"

"Eu juro —"

"Café da manhã, Benshir, Timri," a mãe chamou além das árvores. "Venham antes que seu pai coma tudo."

Benshir olhou para Timri, depois para o campo. Eles tinham virado apenas uma fileira e seu pai queria três. Ele enxugou o rosto com a manga. "Venha. Vamos comer. Nós vamos recuperar o tempo perdido depois."

Timri começou a ir para casa, mas Benshir o puxou dizendo, "Lembra da tua promessa. Eu não quero a mãe e o pai aflitos com suas besteiras."

Timri manteve a sua promessa. Seu olhar nunca desviou de sua tigela, enquanto comia seu mingau.

"Como estão muito silenciosos vocês dois esta manhã," a mãe falou.

Benshir olhou de relance para ela, percebendo que ele estava fixando seu olhar em Timri. Ele tomou sua primeira colherada de mingau. "Desculpa."

A mãe sorriu. "Não precisa se desculpar por um pouco de paz e sossego." O Pai quebrou um grosso e escuro pedaço de pão no meio da mesa. "Bem, então, quanto vocês, meninos, fizeram?"

Benshir hesitou, enfrentando o momento temido da verdade.

"Três!" Timri saltou na conversa, "três, e quase pronto pra começar a quarta." Ele tinha o mesmo olhar inocente e estúpido que Benshir viu no campo.

Benshir queria estraçalhar aquele rosto presunçoso, mas segurou a língua. Talvez, desta vez, fosse bom que seus pais não percebessem o jogo de Ti. O pai deu um ar de aprovação e mordeu o pão. "Acho que vou ver todo o campo virado pela ceia."

E ele viu. Enquanto o sol roçava os cumes dos picos ocidentais, Benshir e Timri cortavam a última fileira de relva. O pai deu batidinhas nos ombros de cada filho, enquanto eles guiavam Ezzy ao celeiro. "Muito trabalho, meninos. Vocês dois fizeram bem. Estou orgulhoso dos dois."

"Eu levo Ezzy," disse Timri.

Benshir ficou olhando Timri guiar o buklak para o celeiro. Timri *tinha* trabalhado duro virando o campo, mas Benshir sabia que o medo da vara era a razão verdadeira—nada mais, nada menos.

Àquela noite, Benshir desmaiou exausto em sua esteira. Mesmo caindo instantaneamente em profundo sono, seu sonho veio novamente, junto com pavor torturante.

No sonho, ele viu centenas de figuras distantes, sem rosto, movendo-se e fluindo em padrões incompreensíveis até formarem dezenas de longas fileiras retas. Todas as figuras pareciam esperar em suas posições rígidas, observando e escutando.

Então, ele ouviu uma voz de criança, a voz de Timri.

Benshir saltou desperto. Lá fora, as luas frias ainda brilhavam, iluminando suavemente uma pequena figura na janela. "Ti?" Benshir sussurrou, sua voz trêmula. Timri virou. "O canto está ficando mais alto."

* * *

O sol lentamente atravessou o céu da tarde, dançando com as poucas nuvens à deriva. Benshir girou o machado em um rápido e fluido movimento, e dividiu o tronco com um só golpe. Mas quando a lâmina cortou profundamente, ele não ouviu madeira lascada, apenas o medo escuro e persistente de todos os seus sonhos. Ele tinha o machado se movendo- novamente em um arco alto quando ouviu o som de cascos. Seis homens ostentando longas capas vermelhas se aproximaram da direção de Nevarean. *Sacerdotes!*

Benshir deixou o machado morder duro no tronco, enquanto os sacerdotes freavam seus cawals, bestas de pescoço longo, já trocando de pelos no ar morno da primavera. "De quem é esta fazenda?", o capa vermelha do centro perguntou.

Benshir vacilou. "Urrbale." Depois, mais alto: — "Pimor e Sarria Urrbale."

"O mestre está aqui?"

"Meu pai está atrás do celeiro. Minha mãe e meu irmão estão colhendo cogumelos e raízes."

"Vá buscar seu pai."

Benshir correu para o celeiro e trouxe seu pai para os sacerdotes, segurando firme uma foice. O pai ficou rígido. "Benshir, vá para casa."

"O menino fica," disse o sacerdote. Ele tocou seu cawal para a frente. "Nossas desculpas pela invasão."

O pai colocou a foice no chão e curvou-se com as mãos estendidas. "Minha casa é sua, Pai," ele disse com sua voz cautelosa escurecendo a formal saudação. O sacerdote inclinou o rosto magro e esculpido. " Estamos em uma busca e precisamos da assistência de ambos."

Os olhos do pai se entrecerraram. "Para quê?"

O sacerdote desmontou. Os outros fizeram o mesmo. "O Senhor Eterno agitou os Ossos."

"O que tem isso a ver com minha família?"

"Foi-me revelado que os Shafiu estão em movimento," disse sombriamente o sacerdote. "Eles procuram Nevarean novamente."

Benshir olhou para o pai. "O que quer dizer isso?"

"Você não ensinou ao seu filho nada do nosso passado?",

disse o sacerdote impacientemente para o pai. Depois para Benshir — "O Shafiu precisa de um Canal para nos encontrar, alguém que eles possam tocar e segurar com sua bruxaria para guiá-los por aqui."

Ele gesticulou para trás e dois sacerdotes se adiantaram, cada um carregando uma caixa de madeira ricamente gravada. "O Senhor ordena que o Canal seja encontrado e cortado fora para a segurança de Nevarean."

O pai ficou tenso e bloqueou os sacerdotes. "E o Senhor revelou a mim que você deve sair da minha fazenda."

"Você está zombando de mim?", o sacerdote principal berrou.

"Nunca, Pai. Eu só questiono a mensagem que você pensa que ouviu," o pai de Benshir replicou com uma calma surpreen-dente e voz segura. "Você não encontrará nada aqui."

Os lábios do sacerdote se espremeram em um esgar. "Isso ainda será determinado."

As caixas foram abertas. De uma delas, o sacerdote pegou a metade superior de um crânio selvagem esbranquiçado, soquetes dos olhos vazios fixamente olhando acima de um longo focinho. Da outra, ele sacou a mandíbula inferior, fileiras de dentes ainda salientes. Ele aproximou as duas metades.

"Estamos todos em perigo até que os Ossos revelem o Canal para nós."

As duas metades estremeceram e quase saltaram das mãos do sacerdote para fundirem-se. O sacerdote colocou o crânio fundido no chão, inclinou a cabeça e levantou as mãos para o céu. O sacerdote começou a cantar e seus companheiros sacerdotes curvaram suas cabeças. "Senhor Eterno, nos guie … Nós te suplicamos … mostre-nos …"

Benshir percebeu que ele estava segurando a respiração.

O crânio falaria? Poderia o relâmpago cair ou o fogo saltar do chão? Os orifícios dos olhos relampearam vermelhos? O sacerdote virou sua cabeça lentamente de um lado para outro, aparentemente ouvindo. O quê? O vento? Insetos zumbindo em volta?

O canto?

O sacerdote abaixou os braços. "Eu não posso sentir o Canal ainda. Ainda é muito cedo na busca." Ele respirou frustrado, pegando o crânio, colocando cada metade em sua caixa. "Em qual direção seus vizinhos vivem?"

O pai não se moveu e ele não falou.

"Agora," o sacerdote exigiu. "Nós temos pouco tempo."

O pai olhou com fúria. "Os Rumms, além do pequeno monte no ocidente. O velho Jul, através do Riacho Oma, a meio dia de distância."

O sacerdote montou em seu cawal. "Obrigado por sua paciência, Mestre Urrbale." Ele puxou as rédeas. "Podemos voltar. Nunca se sabe aonde os Ossos vão nos guiar. O tempo é curto, então. Disso tenho certeza. "Ele virou seu animal e os seis sacerdotes se dirigiram para o oeste, as capas vermelhas abanando atrás deles.

* * *

Naquela noite, a família se sentou ao redor da lareira. "Os sacerdotes vieram à fazenda hoje," disse o pai, acendendo seu cachimbo. A mãe pôs a mão no peito e olhou nervosamente para a porta. "O que eles queriam?"

"Procurando por alguma coisa," o pai respondeu. Ele mordeu a piteira do cachimbo. As brasas iluminavam vermelhas no pequeno fornilho. "Seja lá o que for, eles não encontraram aqui."

"Quem são os Shafiu, pai?" Timri perguntou.

A mãe se mexeu na cadeira, tentando rapidamente esconder a preocupação que Benshir notou cintilando em seus olhos. "Como você sabe sobre os Shafiu?", ela perguntou.

Timri hesitou, depois encolheu os ombros. "Eu escuto você e o Pai falarem sobre isso de vez em quando."

Benshir se encolheu com o olhar estúpido e inocente de Timri. "Cala a boca, verruga-de-brejo. Não há necessidade de desenterrar coisas que não são da sua conta."

"Hmm, não me lembro de falar sobre Shafiu antes", disse o pai. Ele soprou um tufo de fumaça. "O sacerdote berrou de cima a baixo por eu não contar o nosso passado. Talvez ele esteja certo. Os meninos já têm idade bastante."

Ele examinou o cachimbo. "Muitas gerações atrás, nossos antepassados, os Maujeen, governavam os Limites Ocidentais como reis e rainhas. Outra raça, os Shafiu viviam ao nosso lado. Eram uma raça suja e pagã, muito abaixo da posição de Maujeen. Por muitas gerações, nós os vencemos e eles se tornaram nossos escravos."

O pai olhou para a lareira. "Oh, nós éramos um povo perverso, então, brutal, e os Shafiu sofreram muito. Mas o povo do Velho Nevarean viu a brutalidade e tentou o caminho da paz. Eles aprenderam o caminho da fraternidade e fizeram todo o possível para deixar seus maus caminhos . Velho Nevarean acabou se tornando um paraíso para os Shafiu que escapavam."

"E o quê depois?", Timri perguntou.

O pai balançou a cabeça. "O povo do Velho Nevarean se tornou o perseguido, assim como os Shafiu. Mas a crença de paz dos Antigos era muito forte. Em vez de luta, eles fugiram da cidade. Quase mil almas escaparam à perseguição e fugiram para as montanhas, onde o frio e a neve quase os exterminaram. Mas quanto mais alto subiam, menos os Maujeen os perseguiam. Finalmente, a perseguição parou."

"Por quê?"

"Os sacerdotes aprenderam, através de suas artes, que os Shafiu se rebelaram e uma guerra sangrenta foi lutada. O Senhor Eterno revelou através dos Ossos que os Shafiu mataram os Maujeen, e os que não foram mortos foram feitos escravos.

"Foi então que os Velhos encontraram este vale há mais de oito gerações, certo, pai?", Benshir perguntou.

"Sim," o pai disse. "Nós achamos uma nova casa aqui. Nós encontramos a paz."

"Os sacerdotes estão certos," a Mãe disse. "Nós não temos mais nenhuma parte com o mundo exterior. Nós estamos felizes e seguros aqui."

O Pai pitou o aroma doce do seu cachimbo, e exalou. "Eu protegerei este vale, nosso Nevarean, com minha vida. Nós não vamos fugir outra vez."

"Será que vai chegar a isso?", Benshir perguntou.

O Pai deu de ombros. "Os sacerdotes sempre advertiram que os Shafiu ainda caçam o último dos Maujeen. Nosso povo do Velho Nevarean os ajudou-, mas eles não se lembram disso. O velho ódio nunca morrerá a não ser que os Shafiu o enterrem."

"Para com essa tolice!", disse a Mãe. "Você está assustando Timri."

"Não, eu não estou," replicou o pai. "Disse que Timri tem idade suficiente e ele tem. Não é, filho?"

Benshir deu um tapa no joelho de Timri quando ele viu uma dica de dúvida nos olhos de seu irmão. "Ninguém nos achou ainda. E eles não vão nos achar agora."

O pai levantou e bateu o cachimbo contra a lareira. "Melhor irmos para cama. Temos que começar a plantar amanhã."

Benshir colheu Timri em seus braços. "Estaremos prontos ao raiar do dia."

"Assim é que eu gosto de ouvir. Boa noite para os dois."

Agarrando uma vela, Benshir carregou Timri para o quarto. "Você não está assustado?", Timri sussurrou depois de Benshir fechar a porta.

"Não. Ninguém nos encontrou depois de todos esses anos e nunca ninguém vai nos encontrar. O Senhor nos protegerá."

"Primeira vez que você menciona o Senhor.", Timri replicou.

"Talvez já estivesse na hora de fazê-lo, Ti. Se apronta para a cama."

"Mas... "

"Agora, verruga-de-brejo."

Timri não se mexeu. Benshir soprou a vela e escorregou para debaixo da coberta. "Tudo bem. Fica aí a noite inteira."

Benshir ouviu Timri abrir a veneziana da janela seguido pela leve queda de chuva lá fora. "Fecha a janela, idiota. você vai ficar ensopado."

"Você não ouve o canto?", Timri disse. Não era uma pergunta.

"Não."

"Benshir, eu estou assustado."

Benshir foi até o irmão e o trouxe para perto. "Você está seguro comigo." Ele fechou a veneziana e guiou Timri para a cama. Seus braços não deixaram Timri até que ele ouvisse a profunda e regulada respiração do sono.

Por mais que tentasse, Benshir não conseguia dormir. Deitado, ele olhava pela escuridão as memórias de seus próprios sonhos, ouvindo através do silêncio o canto

misterioso que só Timri podia ouvir. Lentamente, porém ,
à medida que a noite passava e a chuva continuava a cair, a
fadiga começava a entorpecer a mente de Benshir e o sono lhe
escurecia os olhos.

* * *

Eles não estavam sozinhos no quarto. Benshir sacudiu acordado no escuro. "Pai?"

Silêncio.

O coração de Benshir gelou. Uma forma deslizou através do
quarto. Alta e preta, tão escura que se destacou contra a noite
mais clara. A forma parecia uma cabeça negra sobre um sólido
corpo preto sem braços ou pernas. Sussurros giraram ao redor
da criatura.

"Guie-nos."

"Mostre-nos o Canal."

"Nós vos suplicamos. Ajude-nos a encontrar o Canal."

A forma preta rastejou ao lado da esteira de Timri. Timri
gemeu, debatendo-se. Benshir se atirou sobre seu irmão. Timri
gritou, lutando contra o peso. Benshir bateu a mão contra a
boca de Timri. "Shhh. Não se mexa." Seus olhos correram pelo
quarto. Sem sombra, sem movimento. Ele segurou a respiração
e apurou o ouvido. O quarto ficou em silêncio, exceto pela
respiração laboriosa de Timri.

"Não podemos ficar", Benshir sussurrou. Ele retirou a mão
da boca de Timri.

"Você me machucou", Timri chorou.

"Shhh!", Benshir sibilou. Ele tateou até encontrar suas
roupas. "Se veste. Rápido."

"Por quê?... "

"Agora, verruga-de-brejo."

Benshir atrapalhou-se com suas roupas e as botas no escuro. Ele agarrou a camisa de Timri e depois Timri. Eles correram de casa, entrando na ferroada da neve dura. A respiração de Benshir pegou o ar ardido. Timri soluçou enquanto Benshir o colocava no chão.

"Isto é um jogo de esconde-esconde," Benshir sussurrou. "Eu brincava isso com o pai antes de você nascer. Se ele não nos achar antes do café da manhã, nós ganhamos o jogo e ele nos dá doces."

Benshir esfregou os braços de Timri e o ajudou com sua camisa. "Se o Pai ganhar, nós não ganhamos nenhum doce. Quer brincar?"

Timri estremeceu e balançou a cabeça. "Estou congelando. Quero ir para dentro."

Benshir abotoou o ultimo botão da camisa de Timri. Ele tentou falar com voz calma. "Se nós entrarmos, nós perdemos o jogo."

"Você parece assustado."

Benshir enxugou os olhos. "Eu não quero perder o jogo. Vamos."

Ele arrastou Timri passando o celeiro e indo para o bosque. A força do aguaceiro picava sua pele como centenas de agulhas de costura da Mãe. Ele se agachou atrás de um montículo de terra e apertou o corpo trêmulo de Timri. Logo ele estava tremendo também pelo frio úmido que se infiltrava profundamente em seus ossos. Timri sufocou os soluços. "Você está indo muito bem, Ti," Benshir sussurrou perto de seu ouvido: "nós vamos ganhar esse jogo."

Benshir poderia ver parte da casa através do desfalecer da noite. O pai explodiu da casa para a escuridão seguido pela mãe.

"Benshir! Timri!" O Pai gritou. "Voltem pra dentro de casa, seus preguiçosos!"

Timri tentou se afastar, mas Benshir o segurou. "Ele não pode nos achar antes do café da manhã. Essas são as regras."

A Mãe segurou seu casaco esfarrapado firmemente contra o pescoço, procurando freneticamente por toda casa. "Timri? Benshir? Venham para dentro. Vocês vão morrer nesse clima."

"Eles vão sentir é a minha ira, a não ser que essa tolice pare agora." O Pai rugiu antes de desaparecer para dentro do celeiro.

"Ele parece muito bravo", Timri choramingou.

"Isso é parte do jogo."

"Eles não estão aqui," gritou a Mãe. O pai correu do celeiro. "Eu vou dar uma surra naqueles meninos!"

O estrondo de cascos quebrou através da chuva. Um cawal disparou através da escuridão, a capa sangue-vermelha do sacerdote montado ondulando. Seguiram mais sacerdotes, depois dez guardas Nevarean com capacetes e armaduras de metal fosco, longas lanças apontando para o céu cinza-ardósia.

O sacerdote-líder puxou as rédeas com força. "Onde está ele? O Canal é aqui. Os Ossos não mentem!"

O Pai pegou um machado do celeiro e correu para o lado da mãe. "Vocês estão invadindo minha propriedade. Saiam agora!"

"Um de seus filhos é o Canal," o sacerdote rosnou, pulando de sua sela. "Procurem na fazenda! Os Ossos não mentem!"

Todos desmontaram. "Um na casa," o guarda Nevarean ordenou. "Um no celeiro. O resto, comecem a procurar no campo."

O corpo de Timri tremia próximo de Benshir. "Isto não é jogo, não é?"

Agachado, Benshir agarrou Timri. Os dois estavam tremendo,

mas Benshir sabia que ele tinha que ser forte e corajoso por Timri, e isso era tudo o que ele não sentia. Cuidadosamente, ele se afastou do monte. Então, eles correram.

A fuga foi lenta. Eles tinham que ficar quietos. Pedras e raízes emaranhadas se escondiam sob folhas e luz da manhã turva, prontas para qualquer pessoa descuidada tropeçar. De vez em quando, Benshir parava, tentando ouvir algum som. Quanto mais profundo eles corriam para o bosque, mais profundamente Timri se fechava em si mesmo.

Ele olhou para as montanhas distantes e sombreadas até que Benshir teve que sacudi-lo para continuar se movendo, "Não para, Ti", ele implorou. "Continua, Ti ...me ajuda, Ti."

Finalmente, Timri virou para Benshir, seu cabelo escuro emplastrado na testa, seu olhar aparentemente em outro lugar, "Onde estamos indo?"

"Não sei. Algum lugar, qualquer lugar longe de Nevarean. Tem algumas cavernas na colina, passando a casa do velho Jul."

"Não podemos ir para casa? Eu quero ir para casa."

"Logo, eu prometo."

A chuva parou e o dia se iluminou quando eles se aproximaram de um campo estreito de grama alta e flores de primavera. Eles se agacharam na linha das árvores e esperaram. A água borbulhando nas proximidades era o único som. Não havia batidas de cascos, nenhum grito. Talvez eles estivessem seguros. "Vamos, Ti", Benshir falou.

Eles atravessaram o campo com o som de água aumentando, e chegaram à ribanceira do Riacho Oma. O pânico atacou Benshir quando ele notou as águas turbulentas batendo nas rochas.

Timri agarrou as orelhas e cambaleou na beira da água. O coração de Benshir descompassou. Ele pulou e puxou Timri para trás antes que ele pudesse cair. "É tão alto, Benshir," Timri murmurou. "Você não pode ouvir?"

"Ali estão eles!", gritou uma voz masculina. "Eu ordeno que você pare em nome do Sumo Sacerdote de Nevarean!"

Benshir girou. Sacerdotes e guardas espalhados através do campo, capas vermelhas ondulando e arcos preparados. Benshir deu um passo hesitante para a água corrente, sentindo relâmpagos frígidos de dor através de sua perna.

"Não seja tolo!", gritou o sacerdote-líder."

Então, ele viu uma carroça pesada, através do campo, conduzida por um guarda Nevarean. Duas pessoas sentadas atrás. "Meus bebês!", gritou a Mãe. "Não toquem em meus bebês!"

O sacerdote-líder pulou do seu cawal, segurando o crânio branqueado com fogo vermelho borbulhando dentro dos soquetes dos olhos. "Os Ossos não mentem! Os Shafiu querem destruir a vila e você está os ajudando!"

Guardas cercaram Benshir e Timri com as setas prontas para atirar. "Qual de vocês é o Canal?", o sacerdote demandou.

"Pare!", gritou o Pai do varão que se aproximava. Estavam seus pulsos atados com correntes? "Você não pode crer que meus filhos estejam envolvidos!"

"Eu sou um Sacerdote do Senhor Eterno. Eu fiz juramento para crer," o sacerdote respondeu. "Eu jurei proteger Nevarean. Todos os dias eu oro por direção. Todos os dias eu ouço e sigo aonde meu coração me leva. Tudo pela causa do povo."

A voz do pai quebrou. "Meus filhos são inocentes! Vocês são loucos!"

O sacerdote olhou para Benshir. "Louco?", ele rugiu. "Nevarean está em perigo enquanto o Canal vive!"

"Mate-me no lugar dele," o pai implorou.

"Eles são apenas crianças," berrou a Mãe.

"O Canal sempre é uma criança," o sacerdote respondeu, sua voz fria como uma noite de inverno. Ele apontou o crânio entre Timri e Benshir, "Senhor Eterno, use os Ossos para nos guiar. Revele a nós o Canal..."

O crânio estremeceu em vida. Ele chacoalhou para a esquerda e depois para a direita. Benshir prendeu a respiração, quando lentamente apontou para Timri.

Benshir pulou à frente do seu irmão, "Eu sou o Canal. Eu tive o sonho! Eu..."

Uma corda de arco estalou. Uma flecha rasgou o peito de Benshir. Ele cambaleou para trás e desmoronou.

A água gelada girou em torno dele. O frio esmagando seus ossos sacudiu seu corpo, juntando-se com o fogo abrasador da dor intensa em seu peito.

"Benshir!", gritou Timri.

"Meu menino!", alguém gritou de longe.

De repente, Benshir ouviu, vindo da montanha, além dos soluços de Timri e do choro de sua mãe.

Ele ouviu cantar, um grande e maravilhoso coro. *"Nós somos os Shafiu e nós procuramos nossos amigos de Nevarean ..."*

Estremecimentos violentos abalaram o corpo de Benshir, enquanto a água gelada batia em suas orelhas e rosto. *"Honramos nossos antigos amigos, vocês que nos mostraram o caminho da paz."*

A corrente agitada tirou Benshir dos pedregulhos. *"Junte-se a nós, povo de Nevarean. Shafiu e Maujeen viveram em paz por muitas gerações ..."*

Mãos fortes arrastaram Benshir do aperto entorpecedor da água. Timri caiu de joelhos. "Levanta, Benshir! Por favor, levanta!"

O sacerdote se ajoelhou perto de Benshir. "Você ouve isso?",

Benshir murmurou. Ele tossiu sangue e bílis salgada. *"Junte-se a nós, povo de Nevarean ..."* Ele mexeu o braço, sentindo espasmos de dor através do seu corpo, e agarrou o pulso do sacerdote, "Você ouve?"

A surpresa percorreu o rosto do sacerdote e seus olhos se arregalaram de horror, quando ele ergueu o rosto para as montanhas. Ele puxou o seu braço e tropeçou para trás. "O que você fez comigo?"

Um manto paralisante se espalhou pelo corpo de Benshir. Ele forçou seus lábios para mover. "Você ouve?"

Parecia que o sacerdote não tinha ouvido a pergunta, até que finalmente disse: "Sim." Ele assentiu com admiração e continuou olhando para as montanhas. "Sim ... Todos esses anos, como pudemos estar tão errados? Como pudemos ter interpretado tão mal tudo isso?"

Uma sombra se moveu ao longo da borda da visão de Benshir. "Meu Pai, o Canal deve ser ligado agora."

O medo do sacerdote explodiu em raiva. "Não prejudique o pequenino!" Ele cambaleou de volta para Benshir. "Ajude ele! Tratem suas feridas!"

"Nós somos de Shafiu e nós procuramos nossos amigos de Nevarean ..."

O mundo de Benshir turvou e a música desfaleceu. De algum lugar, de alguma maneira, ele ouviu a voz distante do sacerdote. "Os Ossos. Os Ossos. Senhor Eterno, salve-nos! Como pudemos ser tão cegos?"

Fim

Mark Venturini

Ficção curta e ficção flash de Mark Venturini, publicadas em várias revistas impressas e eletrônicas durante os anos. Ele fundou o grupo de crítica de Pittsburgh, East Scribes, em 2010 com o objetivo de ajudar escritores aspirantes seguirem seus sonhos de publicação. O grupo floresceu além de seus maiores sonhos.

Quando ele não está explorando reinos fantásticos, você encontrará Mark explorando as maravilhas naturais de South Western, Pennsylvania, EUA, em seu caiaque ou com uma mochila pendurada sobre seus ombros.

A Mão Incorpórea

Por Jill Domschot

Subi do meu porão para a luz, do cheiro do cimento úmido, como se um rio o atravessasse, para o odor da neblina. O sol nasceu sobre o atual rio, pairando comigo de cara-a-cara. Tinha sofrido uma enxaqueca por dias e estava cansada de me esconder no escuro. Mas o ar fresco da manhã só piorou.

Andei alguns passos à frente pela calçada de tijolos no leito do rio, mandíbula firme para acalmar a náusea. No auge da dor ofuscante, tentei evacuar o sol da minha cabeça. Com minhas mãos pressionando as têmporas, eu o extingui – a luz, tudo. A escuridão despencou.

"Alô?", -eu gritei. "Alguém me ajuda, por favor?"

Senti uma presença perto de mim, cheirando a suor, tabaco e álcool: uma pessoa que não tomava banho por muito tempo. Talvez um homem que tivesse passado toda a noite fora. E agora era noite novamente, pelo menos na minha perspectiva. Meu corpo enrijeceu, é o que ocorre na escuridão.

"Você precisa de ajuda?", – sua voz tossiu áspera.

"Eu não consigo ver nada. Você pode ver alguma coisa?" O vento do rio chacoalhou meu interior e sacudiu minha voz.

"Você pode me ajudar?"

"Você quer que chame uma ambulância?", ele perguntou. "Você está drogada?"

"Drogas para enxaqueca."

Ele fez a chamada; eu ouvi sua voz áspera falar. Ele tocou meu ombro, ou eu supus que ele assim o fez, porque um cheiro ardente invadiu minha mente. Ele estava fumando.

"Qual é exatamente o seu problema?", ele perguntou.

"Eu não posso ver. Trinta segundos atrás, o sol estava nascendo, agora tudo está escuro."

Ele repetiu minhas palavras. Me interrogou mais e novamente reiterou minha resposta inadequada. Eu procurei por ele, e encontrei a sua manga e puxei com meus dedos.

"Está bem," ele disse, e extraiu meus dedos de sua camisa. "Eles estão mandando uma ambulância. Vamos sentar. Eu te ajudo a ir até o banco, e vamos esperar juntos." Ele pegou minha mão e eu me senti guiada: ovelha para o abate ou de volta ao rebanho?

Eu não pertencia a um rebanho. Com a minha mão frouxa na palma dele, eu poderia deslizar para longe, em um só golpe. Então, agarrei sua mão, e ele deve ter encontrado conforto nisto, como tantos outros, porque, de repente, gemeu e me contou sua história. Ele tinha bebido a noite inteira, ainda estava um pouco bêbado, informou-me. Ele bebeu muito, perdeu sua namorada, meteu-se em uma briga.

Escutei, e aquele era meu lugar, não fazia parte do rebanho, mas ao confessor do mundo, mesmo que as circunstâncias não o exigissem. Eu não precisava de um confessor desta vez? Ele estava bêbado e triste, mas eu estava cega.

A ambulância gritou silenciosamente pela rua, e eu vi, porque ele articulava os detalhes, as luzes girando, sirenes mudas.

O motor em ponto morto próximo. Através da confusão resultante das perguntas, perdi a mão do homem e eu não sabia se ele estava longe ou perto, se ele vagueou embora para curar a sua ressaca ou optou por ficar ao meu lado.

Não, eu não era diabética, e minha visão era perfeita há menos de uma hora. Eu sofria de enxaquecas, e eu engolira punhados de analgésicos, é isso que foi tudo. Eles verificaram meus sinais vitais. Eu estava bem, exceto pela cegueira. Tudo, exceto por esse pequeno detalhe, eu estava perfeita. Eles me guiaram até a ambulância: levada novamente, cercada pela escuridão, e confiando na torrente de vozes.

Ouvi uma voz rouca, e um fluxo conflituoso de odores surgiu em torno de minha cabeça. "Venha comigo," eu gritei pelo meu salvador, e eu não podia separá-lo dos outros. Eu não sabia se ele estava ali, mas a mão de um homem agarrou a minha, e assim permaneceu, durante o transporte. Rodando através da escuridão, deu-me enjoo. Mas eu não era de me queixar. Era uma engolidora de comprimidos, ao invés disso.

O homem ficou ao meu lado no hospital, sua voz suavizou, e seu perfume adocicado de cigarro ríspido e álcool destilado mudou para como o de charutos exóticos e vinho. Ele ficou comigo durante as assinaturas de papéis que não podia ler e a tomografia cerebral que eu não conseguia detectar. Era um tumor, o homem me explicou, um tumor que pressionava contra o meu nervo óptico. E ele explicou sobre os riscos em removê-lo.

Antes que os outros me drogassem para a cirurgia, perguntei a ele sobre Deus, porque eu estava com medo de entrar para a cirurgia cega.

"Eu creio," ele disse.

"Eu não. Eu não sei como acreditar."

"Eu sinto muito." Sua voz estava baixa de tristeza. Um homem que destruía suas noites em álcool entristecido por mim.

"Eu só quero o que todo mundo quer. Nenhum compromisso," sussurrei, mas eles me drogaram naquele momento, eu perdi o contato e deslizei embora. Minhas palavras se embrulharam em um nó emaranhado de bobagem.

"Eu não posso me prender, Deus, eu não posso me prender. Não posso jogar." Mas eu quis dizer orar.

"Cordeiro no trono, pastor dos homens, resgata o perdido," ele orou por mim, mas suas ondas de sons eventualmente desapareceram junto com tudo mais.

Mais tarde, quando o tempo voltou, deixei meus olhos semiabertos, e a luz quebrou através das minhas retinas.

"Oh, você está acordada." Uma mulher olhou para mim, bloqueando a fonte intensa de luz. "Como você está se sentindo?"

"Para onde foi o homem?", perguntei para ela, minha garganta seca e rouca. Será que realmente acreditei que ele iria esperar pela minha recuperação? Sim, eu cria. Eu acreditei.

"Qual homem?", ela perguntou.

"O homem que me trouxe aqui."

"Os técnicos de emergência? Você pode agradecer a eles mais tarde."

"Não, o homem que me acompanhou e me ajudou a assinar os papéis."

"Eu te ajudei a assinar os papéis," ela disse.

Sua sensível refutação me entravou. Eu procurei por palavras. "O homem que orou comigo antes da cirurgia."

"Oh. Talvez, deva chamar o doutor. Alucinações não são um bom sinal."

Minha cabeça deitou sobre os travesseiros. "O homem que

segurou minha mão." Meus lábios se curvaram estranhamente, e as palavras gotejavam da minha boca.

"Não havia homem algum," ela disse, a enfermeira-sabe-tudo, e lá se foi caminhando com seus sapatos hospitalares.

Quando olhei para ela, minha periferia restaurada, a luz brilhou para mim, fixada profundamente nos pisos encerados. Imaginei o homem que eu não podia ver, de pé naquela luz. Eles me explicaram os riscos antes da cirurgia, e ele me ajudou a compreender suas palavras: possivelmente dano no nervo permanente. Dano permanente no nervo óptico possível devido ao tumor e à delicadeza em removê-lo. Mas a visão que eu mais precisava poderia ser danificada para sempre pelo retorno do dia, e como que o homem falhou em me avisar?

Fim

Jill Domschot

é uma escritora consumida por ideias. Embora essas ideias, muitas vezes, gerem histórias absurdas e/ou escuras e perversas, elas são propensas a obrigá-la a criar codificação de caracteres e catálogos. Ela é uma esposa, uma mãe de quatro filhos, e, atualmente, a autora de dois livros: uma coleção de fantasia, ficção científica e histórias curtas de realismo mágico, *The Jaybird's Nest and other Stories* (*O Ninho do Gaio-Azul e outras Histórias*); e um conto metafísico sobre uma mulher, um homem, um dragão e uma criança, *Anna and the Dragon* (*Anna e o Dragão*). Para o trabalho, pelo qual realmente recebe valores financeiros, ela edita e formata livros para uma grande variedade de autores.

Para mais informações, vá ao seu website: jdomschot@msn.com.

Fugitivo

Por Richard New

A cordo com um senso de nada. Porém, algo deve ter dado errado com a energia da nave, incluindo os geradores de reserva. As luzes estão apagadas. As fechaduras das celas destrancadas.

Sem gravidade. Alguma coisa realmente deu errado.

Flutuo fora da prisão para o corredor. O ar está parado. Nada soprando dos respiradouros.

Onde está a tripulação? Mais importante: onde estão suas armas?

Me movo em direção à popa e encontro uma câmara de vácuo situada em meia-nave fechada. Espio através da escotilha na porta, vagamente distinguindo um traje. Bordado no bolso do peito o nome Perry. O traje esta apoderado, exceto do capacete e cabeça. Dois jatos congelados de sangue borbulhante espirram do pescoço. Que desperdício.

Atrás do tripulante morto, vejo o panorama ondulado de estrelas, onde deveria haver mais nave. Metal denteado aponta na direção em que a nave ondula. Algo bateu em nós e partiu a nave pela metade. Me viro no corredor sem gravidade e vejo que estou na junção das naves salva-vidas. Os dois portos de naves salva-vidas — um para cada lado — estão vazios.

Ótimo. Estou só. A tripulação, meus carcereiros, me abandonou.

Me movo em direção à plataforma de controle, verificando todos os compartimentos, procurando as quatro armas de mão, e duas espingardas aniquiladoras.

Afinal, talvez eu queira me matar. Acabar com tudo.

Não encontrei armas. Nem comida.

* * *

Frio. Fome.

Toda energia da nave esgotada. Sem comunicação.

Me sento em um dos assentos. Um é do comandante; o outro é do piloto. Eu não sei qual é de quem. Nem me importa.

Vejo as estrelas rolarem fora do visor da cabine.

Espero.

Fome.

* * *

Espera aí! Fora do visor da cabine. O que foi isso?

Uma estrela se apagou. Em seguida, várias mais. Algo está lá fora. Outra nave?

Mais rotação, até que o ângulo esteja direto para que o Sol ilumine seja o que for para que eu veja.

É uma nave! Diferente e estranha nave. Não é uma nave da Terra, de maneira alguma. Parte maciça, é o motor, penso.

Algo se agacha em sua câmara de vácuo Manobrando jatos

de propulsão, navega o objeto em minha direção.

Coloco um traje espacial disponível. Energizo ele. Passo para a câmara a vácuo mais próxima. Ciclo a porta externa e a abro.

Espero.

Ouço ruídos circulando. A câmara a vácuo cicla.

Pego uma chave grifo da caixa de ferramentas ao meu lado e espero.

Um traje espacial pisa a bordo da minha nave. Caio por cima dele com a chave grifo. A chave atinge a parte do traje mais perto de mim, atirando-o para o convés. O restante do traje cai, puxando a parte que esmaguei junto a ele. Ele bate contra a parede do corredor distante, de ponta-cabeça. O traje não mais se move.

Interessante. As mãos ... têm seis dedos cada. Assim como os ... pés. Sem botas nos pés. Todos quatro apêndices vestidos de luvas com seis dedos.

Não vêm destas partes. Penso, que será que o inspirou a vir a bordo? Para ajudar? Tempo de decisão. Ficar ou ir?

Embrulho o traje-ocupado contra mim com uma mão. Ciclo para fora. Um pequeno reboque com quatro alças está amarrado na câmara a vácuo. Removo a corda do rebocador e a uso para amarrar o traje, -ocupado em mim. Agarro duas alças em formato de tubo. Entre as duas alças opostas, existe uma alça em formato-T enfiada ao lado de uma ranhura. Nenhum outro tipo de controle. O que parece um tanque de combustível está abaixo da alça T. Motores de foguetes por baixo disso.

Empurro a alça T para o outro lado da ranhura e agarro duas das alças.

Abaixo de mim, os motores disparam e me dirijo para a outra nave.

Não vejo nenhum movimento através do visor da outra nave.

À medida em que me aproximo, o rebocador corresponde à rotação antigravitacional de sua nave-mãe.

Piso fora, entrando na câmara a vácuo alienígena. Não há escotilha para espiar dentro da nave. Desamarro o traje-ocupado e o prendo a um gancho. O pequeno reboque se desloca para um lado da câmara, instalando-se em um nicho.

Estudo o painel de controle da câmara a vácuo.

Há uma luz vermelha piscando acima de uma luz apagada na parede da câmara a vácuo. Aperto a luz vermelha que pisca.

Nada acontece.

Aperto a luz que não pisca.

A luz apagada agora é uma luz verde piscando. A porta externa da câmara se fecha. Meu traje deflaciona ligeiramente à medida em que a pressão do ar se acumula. Eu preparo minha chave grifo. A porta da câmara interna se abre.

Espero.

Uma "cabeça" peluda com três olhos em fileira olha para dentro da câmara.

Eu a ataco com a chave.

* * *

Ambos os extraterrestres estão inconscientes, eu acho, mas respirando. Removo o seu traje espacial e amarro ambos no que me parecem ser camas, ou esteiras, nesta nave. Felizmente, o ar não cheira tão mal.

Procuro pela comida que os alienígenas comem e acho algo parecido com barras de comida embaladas em plástico. Cheiro uma. Cheiro estranho, um toque de caril e canela.

Que nojo.

Faço uma excursão pela nave alienígena e não encontro nada

parecido com uma arma. A nave é longa. Começando a partir do convés de voo na frente, há um espaço circundante comum usado como galeria/ armazenamento/ dormitórios – onde eu restrinjo ambos os três-olhos em esteiras opostas um ao outro, e uma seção esquisita conecta um conjunto de antenas. Há alguns espaços dispersos equipados com instrumentos de aparência estranha. Instrumentos científicos?

Há uma pequena sala em forma de triângulo com uma imagem que parece um alienígena sofredor preso a um poste em forma de Y.

Um espaço de oração? Um lugar para dobrar os joelhos? A nave da Terra não tinha nada parecido.

A seção maciça do motor na parte traseira é o fim da nave. Mas já não vou ficar mais com fome. Consegui comida..

O quadro de controle onde os dois alienígenas controlam a nave é estranho. Apenas dois controles em um painel central. Uma luz roxa está piscando em uma extremidade com uma fenda revestida de vidro.

Outra alça T repousa contra o batente em outra fenda. O vidro circular rodeia o controle da alça T.

Movo a alça T para a outra extremidade da fenda. A luz roxa começa a se estender através da fenda do vidro. Ao mesmo tempo, observo as estrelas se movendo da esquerda para a direita. A nave está girando – cento e oitenta graus? A rotação para. A nave inverteu o seu rumo? A luz roxa agora está piscando na outra extremidade da fenda do vidro.

Uma linha fina e laranja aparece na borda externa do vidro circular ao redor da alça T. Sinto um tremor ruidoso na parte traseira da nave. A luz alaranjada rasteja através da metade do círculo de vidro.

Aperto meu cinto da melhor maneira possível em um dos

assentos voltados para a frente. Não me sinto bem nesses assentos. Alienígenas.

A luz laranja cobre o círculo de vidro. Lá fora, através do painel de visualização, todas as estrelas se estendem em linhas, à medida em que elas se fundem em um único ponto brilhante, bem à frente. Tecnologia de dobramento de campo de força?

* * *

Desperto com fome. O ponto luminoso da luz ainda bem em frente. Cascatas borbulhando iluminadas em relâmpagos azuis e brancos espirando ao redor da nave enquanto nós viajamos através do espaço/tempo. Penso para aonde a nave está indo. Talvez para o planeta natal dos Três-olhos? Será que algum dispositivo deles os advertirá sobre um invasor alienígena, eu? Será que o povo Três-olhos vai nos explodir – mandando-nos ao encontro de seu criador?

Retorno para os alienígenas. Ambos estão tagarelando um com o outro e comigo. Cada um de seus três olhos arregalados com alguma emoção.

Avanço sobre o primeiro alienígena, o que veio para a minha nave. Mordo o seu pescoço e chupo. Há muito ferro no sangue deles. Duas vezes mais do que no dos humanos com que me alimentei desde a transformação.

Humm, um toque de caril e canela. Agradável.

Fim

Richard New

é um crente em Jesus Cristo e leitor há muito tempo de ficção científica. Após trinta e cinco anos, Richard continua casado com o amor da sua vida, Carle. Eles têm um filho e uma filha, e são orgulhosos avós de dois netos. Ele foi publicado na Lines South, publicação trimestral da Atlantic Coast Line e da Seaboard Air Lines Railroads Historical Society Magazine (vol.32,wo.1, páginas 34-38) O blog Lightning do Splickety Publishing, de 22 de Dezembro de 2015, tem sua história: Patrol Duty (Dever de Patrulha).

Você pode ler o blog do autor Richard em: www.Face-book.com/Richard-New-1650222931906791

E seu blog pessoal sobre câncer de bexiga em: www.begin-ningcancer.wordpress.com

Minério Longínquo

Por Kirk Outerbridge

Ele acordou.

Dor.

A pele queimando como fogo. Ele tentou gritar, mas percebeu que não tinha fôlego. Seus olhos abriram para um borrão de escuridão turva e luz verde embaçada. Instantaneamente, ele se arrependeu, seus olhos ardendo com a queimadura corrosiva. Fechou os olhos, mas isso não adiantou nada para diminuir a dor abrasadora.

Respira.

Ele não podia respirar!

Seu corpo reagiu em um espasmo, e ele sentiu a forte resistência da água contra sua pele. Estava flutuando... não, afogando. Ele deu chutes e seu pé tocou algo sólido. Uma profundeza rochosa? Ele girou, seu pé seguro na profundeza como uma âncora, agarrando-se como se a vida dependesse disso. Quase instintivamente emergiu e sua cabeça irrompeu na superfície.

O ar encheu seus pulmões exalando rapidamente com tosse aguda. O som de chuva forte caindo zumbia em seus ouvidos, golpeando seu corpo com ferroadas parecendo granizo. Ele reabriu os olhos para o borrão pungente. Estava escuro, onde estivesse.

Ele estava nu também, em uma massa de água escura acima dos joelhos que se estendia em direção ao horizonte que mal podia ver. Um céu negro pairava sobre ele, tão escuro que nem sequer podia dizer se havia nuvens ou não. Mas tinha que haver, pelo aguaceiro que continuava caindo como placas de gelo do céu.

Sua pele ainda estava em chamas. Ele tentou se lavar na chuva para remover o que estava queimando sua pele, mas parecia só piorar. Ele deu um passo trêmulo para fora da água em direção ao litoral a poucos metros de distância. Sentia-se fraco, cansado. Ele queria dormir por mil anos e acordar em outro lugar. Seus pés protestavam a cada passo, duro xisto de granito cravando dolorosamente nas solas. A dor o fez se mover mais rápido, apenas aumentando o sofrimento em cada passo.

Quando ele finalmente pisou fora da última onda batendo, quase colapsou na praia. Mais dor com o cascalho rochoso no seu lado e nas costas. Ele gritou.

"Oi!"

Esse não era seu grito.

Ele forçou para abrir seus olhos na chuva ardente, dirigindo-os ao som. Levantando a cabeça, viu um brilho verde fosco vindo de cima. Ele esfregou os olhos, ignorando o ardume e forçou a focalizar.

Uma figura estava sobre ele, uma silhueta contra o céu escuro. Uma forma grumosa e disforme. Um brilho verde fosco vinha de um único olho onde deveria estar a cabeça.

Ele se sacudiu para trás horrorizado e soltou outro grito.

"Calma!" Uma mão estendeu e agarrou seu braço. A figura se agachou e o olho verde se tornou uma lanterna de um capacete de mineiro. O rosto era enrugado e cansado. Mas era humano. O velho grisalho franziu a testa. "Como você saiu pra cá além da parede?"

As palavras não faziam sentido.

"Você caiu?" O velho olhou-o com os olhos pálidos, cinzentos. "Onde está a sua capa? Você vai se queimar aqui!"

Sim. Queimar. Ele estava queimando.

O homem se encurvou e o puxou para cima, fora do chão rochoso. "Tenho que te levar pra dentro. Qual é o seu nome?"

Nome... ele tinha um nome?

"John"..., ele disse.

O homem grisalho o encarou por mais um segundo. "Você está fragmentado, não é? Você acabou de se reintegrar?"

John tentou sua voz novamente. "Eu... eu não..." Tomou toda sua força para controlar sua mandíbula trêmula na chuva fria e, ao mesmo tempo, ardente. "...sei o que você quer dizer."

"Vamos."

O homem grisalho abriu sua capa e jogou a metade sobre John, depois colocou o braço em torno de sua cintura. Então, o homem grisalho, marchando rapidamente, carregou-o para longe da beira da água.

Em instantes, John viu uma grande estrutura que se erguia sobre eles, alcançando o céu. Uma estrutura de telhado plano feita de concreto alterado pelo tempo, escura e assustadora na única iluminação esverdeada e sombria da lanterna do mineiro grisalho. Era uma parede — de pelo menos trinta metros de altura se estendendo em cada direção – assim, a luz fraca permitia que enxergasse.

Grisalho levou John em direção a uma escotilha aberta na

base da parede. A escotilha parecia algo que pertencia a um submarino. Ele entrou e puxou John através do limiar de metal antes de bater a pesada porta, fechando-a com um ruído metálico, abafado.

O homem levou uns minutos girando a roda do leme no interior da escotilha, confirmando que estava segura antes de ajudar John outra vez. Eles passaram para o interior da parede, que tinha talvez dez metros de espessura, antes de alcançar a outra escotilha aberta do outro lado.

Grisalho o ajudou a entrar em uma área vagamente iluminada por uma luz um pouco mais esverdeada. A chuva ainda estava caindo, mas o vento estava contra a parede e formou uma barreira natural acima. A chuva varrendo de longe sobre eles. O alívio do abrigo contra a chuva deu a seus olhos a chance de recuperar e assimilar seus novos arredores.

Eles estavam na base do que parecia ser uma represa. Ele podia ver agora que a parede se estendia por cerca de noventa metros de cada lado se embutindo ao lado de um desfiladeiro rochoso. Contra as paredes do desfiladeiro havia fileiras duplas de edifícios de bloco de concreto de cinco andares formando uma praça ao redor de uma área vazia com um chão aprofundado mais ou menos em dois metros. A chuva inundava a praça, refletindo a pálida luz nauseante esverdeada vindo das janelinhas pontilhando os prédios compactos.

No centro da praça havia dois guinchos altíssimos que pareciam ter muitos séculos. Guindastes treliçados parados e inativos. Cabines vazias onde o operador se sentava eram feitas de zinco corrugado avermelhado com ferrugem, queimado do sal e da chuva. Próximo aos guindastes havia dois tubos enormes de plástico transparente que deveriam ter mais de noventa metros de diâmetro cada. Os tubos estavam estendidos no chão perpendicularmente à parede, com a abertura para cima, parecendo dois cachimbos de tabaco gigantescos.

Grisalho tomou-o pelo braço e o levou para um dos edifícios de concreto. Algumas pessoas apareceram na praça, todos vestidos com capas amarelas, igual àquela que Grisalho usava, e com chapéu de mineiro com lanternas de luzes verdes. O homem bateu em outra porta com uma escotilha ao lado do edifício.

O ranger de metal precedeu a escotilha abrindo para dentro, e um rosto espiou para fora. Era um homem magro que parecia ter mais ou menos cinquenta anos, sua cabeça calva penteada com apenas alguns fios de cabelo negro. Ele não disse nada, apenas estudou John por um segundo antes de lançar um olhar para Grisalho, exigindo uma explicação.

"Encontrei-o além da parede do mar," disse Grisalho. "Me parece fragmentado."

O homem estudou John com olhos azuis pálidos. "Qual é o seu nome?"

"John," ele disse.

"John de quê?"

Ele pensou por um momento: "eu não sei."

O homem atrás da escotilha suspirou. "Provavelmente, um rejeitado da câmara de reintegração. Jefferson está sempre tentando esforçar os limites com suas reformas de memória."

"Quer que o leve para o Dr. Jefferson, doutor?", perguntou Grisalho.

"Não, não se preocupe," disse Olhos Azuis. "Leve ele para a enfermaria e depois com você para as minas." Ele parou um momento, dando uma olhada rápida para John, medindo-o de cima abaixo. "Não faz sentido desperdiçar um corpo perfeitamente bom. Leve-o ao trabalho."

A enfermaria era um quarto acessível por outra escotilha, situada no outro lado da praça de concreto, onde uma figura parecendo um médico, usando uma capa de chuva branca, em vez de amarela, passou um líquido oleoso no corpo de John, que logo parecia aliviar o ardume em sua pele.

"Isso irá ajudá-lo a descansar," o doutor disse antes de fincar uma agulha em seu ombro. A dor era aguda e foi a última coisa que John lembrou antes de deslizar dormindo para o chão.

* * *

John entrou na sala, a luz do sol brilhando através da porta de correr de vidro aberta, as cortinas balançando na brisa suave, um horizonte azul além. Brinquedos de blocos, carrinho de bombeiro, e uma frota de carros de corrida em miniatura espalhados no chão de carpete felpudo. Uma trovoada de pisadinhas surgiu de um corredor adjacente, segundos antes de um par de meninos com pele bronzeada usando shorts verdes e camisetas combinando invadiram a sala para atacar os brinquedos. O mais velho parecia ter cinco anos, com o cabelo curto ruivo, soltava gargalhadas. O mais novo aparentava dois anos, com pele um pouco mais escura, e cabelos negros e encaracolados nos ombros.

"Sam, Josh... parem de correr, por favor!" Um segundo conjunto de passos se aproximou, pisando mais forte, porém mais gracioso.

Uma mulher esbelta, com pele morena cor de jambo, e cabelos de ébano voando, entrou na sala perseguindo os meninos. John a olhou fixamente pelo que parecia ser uma eternidade, estudando seu físico de bailarina vestida com shorts largos e uma camiseta branca solta. Seus olhos de cor cinza claros irradiavam como esmeraldas no sol.

Karen... Karen era o seu nome.

Nem ela nem os meninos pareciam notá-lo, mas quando, finalmente, olhou para sua direção, sorriu: "você voltou."

John tentou falar, mas, por alguma razão, não pôde.

"Vão falar oi para o papai."

Os dois meninos se viraram com seus rostos iluminados em reconhecimento e excitação. Eles soltaram gritos de prazer e correram.

"Acorda, agora..."

John se mexeu e abriu os olhos para a luz esverdeada nauseante da lanterna do mineiro Grisalho brilhando em seu rosto. Os resquícios de seu sonho evaporaram-se muito rapidamente, e Grisalho jogou um macacão cinza e uma capa de chuva amarela ao lado dele na cama da enfermaria.

O velho lhe entregou uma colher e uma tigela cheia com algo morno. "Come."

John olhou achando que parecia aveia. De repente, sentiu-se esfomeado. Quando foi a última vez que ele tinha comido? Ele não podia dizer. Ele não conseguia se lembrar de nada além de ter despertado na água. Ele pegou uma colherada da comida e experimentou. Um sabor salgado de peixe encheu sua boca em vez da doçura cremosa que esperava, ele quase cuspiu. "O que é isto?"

Grisalho fez uma careta como se ele estivesse fazendo uma pergunta tola. "Farinha de peixe, o que você esperava?"

Isso tirou toda a vontade de comer mais. "Quem é você?"

"Walter Andrews. Mas você pode me chamar de Walt."

Melhor do que Grisalho, ele pensou. John vestiu seu macacão e a capa de chuva.

Walt lhe entregou um capacete de mineiro. "Vamos para o

trabalho."

* * *

Eles saíram da enfermaria, mas não através da escotilha pela qual tinham entrado antes.

"Não podemos ir por aquele caminho agora", Walt explicou. "A maré está alta."

Ele atravessou com John pela enfermaria, subindo umas escadarias enferrujadas. Cerca de cinco andares surgiram, passando por algumas outras pessoas vestidas com capas de chuva amarelas ou brancas. Trevas os saudaram, quando saíram para o telhado que John imaginou ser ainda o edifício da enfermaria. A chuva bombardeava de um céu noturno tempestuoso, mas não tão severamente como antes. Ou talvez fosse a capa de chuva que ajudava a aliviar um pouco o efeito.

"Ainda é noite?", por quanto tempo ele tinha dormido?

Walt lhe deu aquele olhar estranho novamente e apenas riu.

Como não parecia que ele iria receber uma resposta efetiva, John voltou sua atenção para o resto do ambiente. Eles estavam perto da mesma altura do topo da parede agora. Ele olhou, e o que viu congelou sua respiração.

No lado oposto do muro de trinta metros, onde Walt o tinha resgatado, agora o mar rugia com violência com ondas ameaçando alcançar o cume. Ondas escuras caindo como trovões contra a parede de quase dez metros de espessura, espalhando pulverização do mar jorrando sobre o pátio junto com a chuva. O chão aprofundado de dois metros do pátio estava com mais de quinze centímetros de água marulhando espumante. John olhou para os dois guindastes, e quase pulou de susto ao ver o que agora estava entre eles.

Se contorcendo ao lado de cada guindaste estavam o que ele só poderia descrever como um par de criaturas parecidas com polvos do tamanho de elefantes. Eles estavam amarrados com correntes na abertura de cima do tubo transparente maciço. A maior parte de seus corpos estava exposta ao ar, com apenas uma porção de suas partes inferiores tocando a água que enchia o tubo, suas peles vermelhas escuras umedecidas pela chuva.

Eles não eram exatamente polvos, no entanto. Mais como um cruzamento entre um polvo e lula, talvez, com uma cabeça pontiaguda e alongada, e com mais de oito braços. Com sua mente atordoada, tentava compreender se o que ele estava vendo era real ou não.

"O que você tem?", Walt lhe deu um tapa no peito.

John recuperou-se da surpresa. "O que são aquelas coisas?"

"Você não sabe mesmo? Você está fragmentado, não é?"

John não conseguia tirar os olhos das criaturas maciças, cada uma com pelo menos dez braços grossos como troncos de árvores, com mais de dez metros de comprimento. Suas lisas peles escuras e malhadas lustravam na luminosidade turva da luz esverdeada. Seus olhos monstruosos eram facilmente do tamanho de uma cabeça de um homem, cada um com uma pupila quadrada fixada em um olhar perpétuo. As duas coisas-polvo estavam espaçadas o suficiente em que parecia ser uma distância de um metro e meio entre eles, mas seus braços esticavam um em direção ao outro... tentando alcançar.

"Cefalópodes", disse Walt. Nós os chamamos de Tom e Jerry. Eles são as coisas que mantem todos nós vivos."

"Como assim?"

"Você quer ver?"

John assentiu com a cabeça, mas temeu o que estava prestes a testemunhar.

"Eles vão começar logo. Acho que podemos atrasar alguns minutos."

Eles esperaram na chuva, observando Tom e Jerry sentados ociosamente em seus tronos com feitio de cachimbos de tabaco, vadeando seus braços nas águas rasas da praça. Um dos guindastes subitamente rugiu com um chiado de ar comprimido. Uma erupção de fumaça espessa branca saindo de um cano enferrujado se misturou com a chuva formando um nevoeiro de poluição. O guindaste rangeu com tensão metálica enquanto girava seu enorme braço articulado em direção ao paredão, baixou a ponta na beira da água. Com um solavanco súbito, uma rede caiu da ponta da grua para o mar revolto. Quase imediatamente o mar se tornou ainda mais feroz, vislumbres de tentáculos e ventosas quebrando as ondas agitadas e escuras.

O guindaste levantou o seu braço articulado puxando da água uma rede, facilmente duas vezes maior do que os polvos-criaturas. Estava esticada ao máximo com tentáculos contorcidos e corpos escorregadios, vermelho, lustrosos. O motor da grua gemeu com a carga pesada, puxando-a sobre a parede. E, então, soltando rapidamente, despejou todo o conteúdo da rede diante de um dos cefalópodes.

As águas rasas dentro da praça sibilaram fervendo com mais de mil lulas, cada uma do tamanho de um homem, caindo para o chão, jorrando jatos de água e tinta em vão para o ar.

Um dos cefalópodes enormes começou a atacar a versão menor de si mesmo com seus enormes tentáculos de tronco de árvore. Os jatos de água espirrando foram logo acompanhados por gritos audíveis e chocantes, enquanto a lula era empilhada pelos braços rápidos como relâmpagos do cefalópode e empurrada debaixo de seu manto, onde um enorme bico de papagaio estraçalhava a carne de seu parentesco.

A tinta preta enlameava as águas já escuras, enquanto os guinchos se elevavam como gritos de mil crianças. A enorme criatura-polvo iluminava em cores amarela e laranja, enquanto devorava gulosamente.

Seu irmão, Jerry — John, assim decidiu que ele fosse —, brilhava em excitação recíproca, ou talvez com inveja, arrebatando qualquer lula perdida que conseguia escapar de seu irmão. Mas também foi logo recompensado, quando o segundo guindaste entrou em ação despejando sua própria carga de cefalópodes menores para ele tragar.

"Olhe o tubo," disse Walt, apontando para o tubo transparente.

Assim que o fez, John percebeu que um volume explosivo de líquido escuro se expelia da parte inferior de um dos cefalópodes. A matéria percorreu rapidamente pelo tubo, impulsionado por voleios sucessivamente rápidos de líquido mais escuro. Raias de peixes prateados se lançavam pelo tubo ao encontro da massa escura, pulando como um enxame de moscas.

"Isca de peixe," disse Walt. "Primeira parada na cadeia alimentar."

"Eles estão comendo o que penso que estão?"

"É. Cada um desses monstros pode produzir mais de cinco toneladas por hora."

"Comendo sua própria espécie?"

"Praticamente."

"Então, o que come o peixe?"

"Peixe maior," Walt sorriu. "E outras coisas que o Dr. Jefferson consegue inventar."

"Dr. Jefferson?"

"Nosso líder. Ele que construiu tudo isto. Cada unidade de

energia que temos é graças a esses dois monstros que ele criou."

"Criados? Onde estavam antes? Eu não os vi ontem à noite."

"Eles são armazenados em tanques de retenção abaixo, quando a maré abaixa."

"Quantas vezes acontece isso?"

"Uns dois dias por mês. Você faz muitas perguntas."

"Desculpa."

Eles observaram Tom e Jerry em silêncio, enquanto os dois cefalópodes se deleitavam em sua orgia canibal. A visão e os sons de carne retalhada e ruídos de morte logo começaram a transtornar o estômago de John. Ele se sentiu feliz por não ter comido aquela papa de peixe agora, porque, provavelmente, estaria jogando tudo sobre sua capa de chuva.

"Eles dizem que há muito tempo o mar costumava ser repleto com todos os tipos de criaturas," disse Walt. "Assim como aqueles que o Dr. Jefferson cria lá dentro. Muito mais, até."

John olhou para ele. A face de Walt estava sombria e distante.

"Então, o que aconteceu?"

"Quem é que sabe?" Walt deu de ombros. "Tudo o que sabemos é que esses dias já se foram há tempos. Agora, tudo o que temos são essas feras marinhas, essas lulas monstruosas... e as marés."

* * *

Walt levou John para longe do paredão, seguindo os tubos de excreção — como Walt nomeou-os formalmente — em direção a uma torre central fixada contra um penhasco de granito íngreme posterior ao desfiladeiro.

A torre elevada a quase a mesma altura da parede do mar, talvez um pouco mais alta, com janelas verdes brilhantes refletindo seu exterior cinzento de vez em quando. Na sua base parecia ser uma favela construída de barracas de zinco enferrujadas, algumas com até três andares. À medida que se aproximavam, John notou mais e mais capas-amarelas, pessoas entrando e saindo das barracas, abrigando-se da chuva torrencial.

"Quem vive aqui?", ele perguntou.

Walt voltou a fazer aquela mesma expressão estupefata: "nós. Apenas os cientistas vivem nos blocos de pesquisa. Nós, mineiros, moramos aqui."

"O que minamos?"

"Minério."

"Que tipo?"

Walt deu de ombros: "sou cientista, não."

Atravessando a favela, olhares vagos debaixo das capas prestavam pouca atenção a eles, enquanto caminhavam em torno de fogueiras com pessoas cozinhando, e lugares improvisados para dormir. John percebeu, agora, que ele deveria estar grato por ter conseguido aquela cama na enfermaria na primeira noite. Eles se juntaram a uma fila de aproximadamente vinte capas de chuva amarelas esperando na entrada da base da torre.

Em poucos minutos soou um zumbido, e um portal na torre da base se levantou. Um grupo de capas-amarelas cobertos de sujeira preta saíram do portão caminhando silenciosamente em direção à favela. O grupo em que John e Walt estavam juntos laboriosamente ia em frente, tomando seus lugares.

Eles se espremeram dentro de um dos dois carrinhos do elevador, que chacoalhou quando começou a descer.

A escuridão se tornou ainda mais profunda. Somente o brilho verde opaco da lanterna do capacete deu formato aos corpos dos capas-amarelas pressionando ao redor dele. Um estrondo profundo aumentava quando eles desciam em direção a uma fonte de luz verde mais brilhante. O som e a luz finalmente se intensificaram quando o elevador sacudiu, parando na entrada de um túnel, relativamente bem iluminado, que conduzia a um quarto maior. A porta voou para cima e John começou a sair. Uma mão segurou seu braço.

"Não é nossa parada," disse Walt. "Esta é a usina de energia."

John olhou através do grupo e viu um punhado de capas arrastando os pés para o túnel com som trovejantes e luz. Ele vislumbrou a sua fonte — motores gigantescos do tamanho de edifícios estavam dentro de um corredor central. Um cheiro acre encravou no nariz de John e ele quase vomitou. "Cheira a peixe queimado lá dentro."

"Tudo funciona com biodiesel derivado de óleo de peixe," disse Walt." Esses motores fazem funcionar as bombas que mantem a água da sentina fora da cidade e das minas. E cria energia para todo o resto também. Tudo graças ao Dr. Jefferson."

"De Tom e Jerry, você quer dizer..."

Walt sorriu. "Você aprende rápido."

O portão se fechou e o elevador começou a descer novamente. Desceu por, talvez, mais dez minutos antes de parar com um tranco.

O portão voou para cima e toda a tripulação saiu , dirigindo-se para um calor de pântano e escuridão total. O suor banhou a pele de John imediatamente quando eles entraram no poço da mina. Uma escuridão como muros se fechou sobre ele, como os braços esvoaçantes dos animais marítimos no andar de cima.

"Você está bem?", Walt agarrou seu braço.

John conseguiu acenar com a cabeça. "O que eu faço aqui?"

Walt deu um sorriso forçado, o brilho de sua lanterna iluminando seus dentes tortos, "fica firme comigo."

As próximas doze horas foram uma lição em agonia. Depois de viajar talvez oitocentos metros, seguindo um trilho de trem ao longo de um eixo horizontal inclinado para baixo, eles entraram em uma câmara um pouco mais expansiva, que parecia ser o local principal da obra.

Os martelos pneumáticos com compressores energizados a óleo de peixe trovejavam na escuridão, adicionando poeira, caos, e um odor sufocante ao calor já insuportável. Não parecia se ter muita ordem nas atividades. Ou mesmo, propósito. Todos pareciam trabalhar aleatoriamente. Metade da equipe de capas-amarelas estava nos britadores, enquanto a outra metade recolhia detritos em baldes e passavam para uma equipe de cientistas de capas-brancas, que peneiravam os detritos antes de examiná-los com escâneres portáteis.

Quando os capas-brancas não encontravam o que procuravam — o que parecia acontecer com cada balde — eles faziam os capas-amarelas recolherem os detritos, que depois carregavam para um carrinho de mina, que, então, era empurrado a mão pelos trilhos até o segundo elevador, que era usado somente para frete.

Era um trabalho árduo. John era carregador de baldes, assim como Walt. Eles paravam apenas duas vezes, por cerca de meia hora cada vez, para comer tigelas grumosas de farinha de peixe. Desta vez, John devorou tudo — em ambas as ocasiões.

No fim do turno, ele estava atordoado. Ele nem sequer se lembrava de ter ouvido alguém conversar, a não ser para dar instruções. Até mesmo tropeçando de volta para a favela de zinco com Walt não houve conversa alguma.

Walt forneceu-lhe um canto pra dormir dentro de sua cabana de zinco, que estava localizada no piso térreo. E depois de outra tigela de farinha de peixe, John dormiu.

* * *

Ele estava na sala de estar novamente, a grande porta de vidro de correr com vista para o mar azulado. Karen estava sentada de pernas cruzadas no chão, um livro de histórias em suas mãos. Sam e Josh sentados em sua frente, vestidos com pijamas estampados com animais da selva e com estrelas. Sua voz era suave, linda como cetim. Ele a observou em silêncio, e, mais uma vez, a sua família não parecia notar a sua presença.

Ela estava lendo para as crianças uma história fantástica sobre um homem em um barco do tamanho de uma cidade, lotado com todos os animais imagináveis. Depois, ela contou outra história sobre um homem que foi engolido por um grande peixe.

Finalmente, ela olhou para ele e sorriu. "Papai está em casa."

Antes que pudessem correr para cumprimentá-lo, seu sonho desapareceu novamente.

* * *

O tempo passou, medido apenas pelos turnos de trabalho na mina e pouco descanso no canto encharcado na barraca de zinco de Walt na favela. Cada dia, John continuava com esperança de que a sua memória voltasse , que ele, de algum modo, se lembrasse de onde era e como tinha chegado neste lugar — talvez, até se lembrasse o caminho para casa. Mas, exceto por seus sonhos, nada mais retornava em sua memória. Depois de um tempo, ele desistiu da possibilidade de qualquer chance de se recordar de algo.

Talvez, sua mente estivesse danificada, como todos diziam.

O trabalho nas minas parecia interminável. A cada turno, eles perseguiam o minério elusivo que ninguém parecia capaz de identificar, exceto os capas-brancas que supervisionavam seus trabalhos. De vez em quando, um deles anunciava uma descoberta. E, em seguida, uma cerimônia clínica era realizada, na qual o pedregulho, geralmente do tamanho de seixo, era fixado em um líquido dentro de uma garrafa.

John calculava que isso acontecia uma vez, talvez, a cada dez de seus turnos. Provavelmente, o mesmo em turnos alternados também.

Quando isso acontecia, a tripulação recebia uma ração extra de óleo de peixe diesel por ter feito um "bom trabalho". Então, depois, os trabalhadores faziam uma brincadeira: aquele que puxava o palito mais curto de um maço tinha que subir com uma vara e anzol para tentar pescar uma lula, arrancando-a dos bicos vorazes de Tom e Jerry. Parecia a única fonte de entretenimento na cidade. Principalmente, para os capas-brancas, que ficavam em seus telhados para ver se a alma solitária terminaria como caça ou caçador. Era um negócio arriscado, mas parecia seguro o suficiente quando feito direito. Normalmente, uma lula perdida escapava, distante suficiente-mente dos cefalópodes, para o homem pescá-la facilmente.

Logo em seguida, eles estripavam a lula monstruosa, atraves-sando por ela um cano enferrujado, depois a penduravam sobre um barril flamejante de óleo de peixe diesel. Sendo cozida, a carne da criatura era um pouco melhor do que a farinha de peixe. Mas sua textura carnuda era uma alteração bem-vinda, e, de vez em quando, um pouco torrada adicionava um sabor que chegava até a ser apetitoso.

Mas a melhor parte de tudo eram as histórias.

Ao redor do fedor de óleo de peixe queimado e acolhidos dentro do refúgio de suas cabanas de zinco, protegidos da chuva, eles contavam histórias dos tempos remotos. Aparentemente, houve um tempo em que havia luz no céu durante o horário de um turno, e a escuridão durava apenas um turno também — dia e noite. Animais em abundância, árvores. Peixes de todas as espécies nadavam no mar. E as pessoas podiam nadar no mar também, sem ser queimadas por água cáustica ou devoradas em segundos pelas mesmas criaturas que agora eles banqueteavam.

Em certo sentido, era estranho. Eles falavam de coisas que John nunca se lembrava ter visto com seus próprios olhos. No entanto, de alguma forma, ele sabia o que eram apenas por nome. Cérebro danificado, é o que diziam sobre ele . Suas memórias estavam fragmentadas. Fraturado. "Eu acho que tenho uma esposa," disse ele, uma vez. "Eu a vejo com meus dois filhos em meus sonhos."

Nenhum deles parecia particularmente surpreso — ou mesmo interessado pelo assunto.

"Acontece," disse Walt. "As memórias voltam às vezes. Mas é só o que são. Quem quer que ela seja...era...ela já se foi há muito tempo. Assim como tudo mais."

* * *

Os turnos continuavam — a dor nos músculos, o calor sufocante e o cheiro de óleo de peixe dentro da escuridão verde dos poços profundos da mina. John aprendeu a rotina. Ele trabalhava em torno dos martelos pneumáticos e com a pá, mas sua atividade favorita era remover os detritos através do vagão.

Não que fosse mais fácil. Na verdade, era o trabalho mais árduo a ser feito. Mas, permitia um alívio na superfície. Com o tempo, eles o deixavam fazer este trabalho em quase todos os turnos. Ele notava coisas em suas viagens, como quantos capas-brancas entravam na usina de energia durante o dia. Uma vez ele parou o elevador de carga no nível da usina de energia, depois se sentou quietamente e apenas assistiu. Ele viu pelo menos três elevadores cheios de capas-brancas entrar no eixo adjacente à área da equipe-chave. Seriam necessários tantos cientistas a trabalhar na usina de energia? Às vezes ele pensava em arriscar um empreendimento no poço brilhantemente iluminado para ver por si mesmo aqueles motores enormes. Mas, os capas-brancas nas minas controlavam os horários, e chegar atrasado significaria que ele seria relegado a tarefas mais servis. . Enquanto a usina de energia era uma curiosidade, não podia comparar com o curto tempo de vislumbre no leve ar livre que ele aproveitava de hora a hora... mesmo que fosse apenas de um céu noturno e chuvoso perpétuo.

A verdadeira fuga vinha quando dormia — e em seus sonhos. Não sonhava todas as noites, mas, quando sonhava, tentava fazer durar o maior tempo possível. Ele gostava especialmente quando Karen contava histórias para as crianças. Parecia que seus sonhos acabavam no momento em que sua família o notasse, então ele ficava calado, ouvindo o maior tempo possível.

Era o mesmo livro todas as noites. Histórias de reinos antigos, de pessoas com nomes complicados e longos. De um ser chamado Deus que foi o criador de tudo. Sobre um homem chamado Cristo Jesus, que deveria salvar o mundo inteiro de alguma terrível destruição. As histórias continuavam sem fim. Mas, cada vez, assim que o viam, seus rostos se iluminavam e, então, seu sonho terminava.

* * *

"Eu puxei o palito curto", Walt franziu o cenho quando disse a John. Olhou para ele com olhos suplicantes e perguntou, "Que vir comigo?"

John assentiu com a cabeça. Era justo ir. "Afinal, fui eu que encontrei o minério." Eles saíram dos confins da mina e caminharam pela favela juntos. John carregou a vara de três metros de comprimento preparada com um anzol farpado enferrujado do tamanho de sua cabeça. A chuva era intensa, impulsionada pelo vento forte.

No momento em que chegaram na praça, parecia que uma tremenda tempestade se manifestava. Ondas com mais de seis metros de altura transbordavam sobre o cume do paredão, despejando água do mar e lulas na praça quase tão rápido quanto os dois guindastes alimentando Tom e Jerry.

"Não é um bom dia para isso," disse Walt, quando olhou a vastidão que ficava entre os edifícios de blocos de concreto onde os capas-brancas moravam.

Deveria ter um metro de água marulhando sobre a área rebaixada, sobrando apenas meio metro da borda que, então, despejaria sobre a favela e a mina. John imaginou quanta força as bombas e os motores gastavam para impedir que o nível de água subisse mais ainda na praça. E a quantidade de óleo de peixe diesel que tinha que ser queimada. Isso levou sua atenção de volta para os tubos de excreção, os tronos transparentes de Tom e Jerry, onde eles se sentavam comendo gulosamente e fornecendo o combustível bruto para a existência do povo.

Os cefalópodes pareciam particularmente estimulados, brilhando em laranja e vermelho, enquanto destroçavam seus primos menores e enchiam os tubos de excreção com um fluxo constante de matéria escura.

"Me deixa fazer isso," disse John.

Walt olhou para ele, de repente aparentando-se muito velho e muito frágil. Como ele suportava cada turno nas minas, John não entendia.

"Não, não…" Walt balançou a cabeça e arrancou a vara da mão dele. "Minha sorte, minha tarefa. Só me ajuda para não cair lá dentro."

John acompanhou Walt enquanto caminhava ao longo da borda rebaixada, chegando um pouco mais perto do frenesi de alimentação à frente. A visão de perto fez o estômago de John revirar. Não só Tom e Jerry comiam as lulas menores, mas as lulas se atacavam cegamente também — uma última chance de devorar antes de serem devoradas.

John olhou para cima e viu a habitual multidão de capas-brancas reunidos em seus telhados para assistir ao show. Talvez, um pouco mais de pessoas do que o normal, na verdade.

"Aqui parece que tá bom," disse Walt, parando no canto mais próximo da parede. "Vamos esperar pela próxima rede cheia, e tomara que pesque um bem fresquinho para nós."

Não demorou muito. Logo o guindaste entregou sua carga útil e reabasteceu o frenesi de alimentação novamente. O estalar dos bicos e gritos de morte encheram o ar com uma zoeira repugnante. John agarrou a parte de trás da capa de chuva de Walt, enquanto ele se inclinava sobre a borda do recesso e começou pescar com sua vara.

Minutos se passaram. Eles esperaram até que uma das lulas

se afastasse o suficiente do centro para poder ter uma chance melhor para a pesca. A chuva batia e as ondas quebravam sobre eles, provendo um dilúvio perpétuo de cima.

Walt deu um tranco para trás com sua vara e o anzol fisgou uma bela de uma lula ainda jovem, do tamanho de uma perna de um homem. Walt deixou escapar um grito de vitória e riu enquanto puxava sua presa. "Tudo no jogo de pulso," ele disse sorrindo. De repente, uma lula maior, talvez sentindo a angústia de seu irmão, travou na ponta da vara e começou a devorar o cefalópode menor. A vara sacudiu os braços de Walt de um lado para outro como um pistão em uma manivela.

"Solta!", gritou John.

"Deixa comigo! Deixa..."

Uma onda estrondosa quebrou acima, e repentinamente Walt perdeu o equilíbrio e foi derrapando na água espumante, sendo puxado pela vara.

"Walt!"

John saltou nas ondas escuras e conseguiu agarrar o colarinho da capa de Walt. Á água frígida encharcou seu macacão e lentamente começou a queimar. Walt largou a vara. A vara chicoteando de um lado para outro com o que ainda estava preso no anzol. Mas algo ainda estava puxando Walt.

"Minha perna!", ele gritou. "Pegou minha perna."

John enfiou a mão na água sentindo a pele viscosa de uma lula agarrada na coxa de Walt. A adrenalina aumentou quando John tentou socá-la para soltar Walt, mas a água diminuía a força de seus golpes. Ele resolveu agarrar a carne cravando suas unhas. Sentiu os repuxos soltando.

E, então, um tentáculo enlaçou seu antebraço. Uma dor como fogo disparou através de seu braço como se fosse um milhão de lâminas cortando sua carne. Ele rangeu os dentes aumentando o controle sobre a coisa, esperando que fosse apenas uma só delas.

Walt começou a gritar maldições em gritos de raiva, que rapidamente se transformaram apenas em gritos.

John olhou para cima e viu que tinham sido arrastados quase até a metade do caminho para o centro da praça. Um olho monstruoso de Tom ou Jerry, qualquer um que fosse, surgiu acima deles. Era impossível dizer se os havia notado ou não com seu olhar estático da pupila quadrada. Mas John não ia esperar para descobrir. Eles já estavam perto o suficiente para que um de seus braços gigantes os alcançassem.

John juntou suas forças e cravou na lula com um grito de desespero. Finalmente, seus dedos furaram a pele. Sua mão enterrou na carne gomosa, e quase imediatamente o tentáculo largou seu antebraço e a criatura propulsou para longe. John corria e ao mesmo tempo nadava em direção a borda de recesso, carregando Walt com um braço ao redor de seu peito.

Walt não gritava mais, e isso fez John nadar ainda mais rápido.

Ele sentiu algo travar em torno de suas próprias pernas, e gritou, chutando com desafio absoluto. O que quer que fosse, decidiu que não valeria a pena a batalha e, felizmente fugiu.

A adrenalina e o pânico alimentaram seus músculos, e ele quase voou através da água, carregando todo o peso de Walt tão facilmente como se fosse uma criança. Ele alcançou a borda e jogou Walt sobre o concreto, e então se arrastou para fora.

Instantaneamente, as forças gastas o fizeram cair de joelhos. Seus pulmões ardendo por fôlego como se ele tivesse acabado de correr em uma maratona. Depois de alguns segundos de recuperação, ele olhou para Walt — e, de repente, compreendeu por que tinha sido tão fácil carregá-lo.

Não sobrava nada de Walt das coxas para baixo. O que sobrou das pernas de Walt era agora um estraçalhado sangrento de músculos e veias rasgadas.

"Walt!"

Milagrosamente teve uma resposta. "Eu... eu estraguei tudo."

"Alguém ajude!", John gritou.

Ele olhou para os telhados de concreto e viu que os capas-brancas não tinham se movido de seus poleiros. Todos ficaram ali, olhando fixamente, sem sequer piscar com agitação ou pânico em reação ao que tinham visto. Então, lentamente, começaram a se infiltrar para trás das bordas dos telhados, entrando em suas casas.

John não podia acreditar na indiferença total. Não, era ainda pior que isso. Era como se estivessem... desapontados.

A ira fez seu sangue queimar como fogo, mais quente ainda do que a ferida que queimava em seu braço. "Ele está vivo! Alguém ajuda„ por favor!"

"Tudo bem," Walt disse suavemente. "Já estava chegando meu tempo, de qualquer maneira."

"Você vai conseguir, Walt." John arrancou sua capa de chuva e usou cada manga como torniquetes para amarrar nas pernas de Walt. Ele torceu o material de borracha até ter certeza de que estava apertado o suficiente para não permitir mais perda de sangue.

Walt estava em choque e com dor imensa, mas pareceu calmo e até falou novamente: "fique sabendo, tudo o que você fez, John... eu sou grato."

A chuva e a água do mar começaram a irritar sua pele, o ardor aumentando era quase insuportável. Mas não se atrevia a deixar Walt em busca de alívio. "Fique calmo. Nós... "

"O que você pensa que está fazendo?"

John se virou e viu um capa-branca e cerca de meia dúzia de capas-amarelas sobre eles.

"Você corre o risco de perder dois corpos em vez de um só?", o capa-branca perguntou.

John ergueu a cabeça para o capa-branca e reconheceu o rosto — esquelético, calvo com cabelos finos emplastados, e olhos de aço azuis. Era o mesmo cientista que conheceu na noite em que foi encontrado. "Ele está machucado," disse John, " mas acho que se puder levá-lo para a enfer..."

"Ele está muito ferido," disse Olhos Azuis. "Jogue-o de volta."

"O quê?"

"Tire a capa dele primeiro."

Antes que John levantasse a voz em protesto, os seis capas-amarelas o empurraram para o lado.

Walt gritou quando quatro o levantaram do chão e começaram a balançá-lo de um lado para outro. "Não, por favor! Não!"

"Walt!"

Os capas-amarelas jogaram Walt bem alto no ar. Ele soltou um grito estridente que foi silenciado quando se espatifou em algum lugar perto do centro da praça.

A água imediatamente borbulhou com corpos irrompidos, tentáculos, tinta, e sangue. Em seguida, toda a área entrou em erupção quando um braço gigantesco pegou o frenesi arrastando tudo para o bico enorme de Tom ou de Jerry.

Por um breve momento, John viu um vislumbre do rosto de Walt. Se ele já estava morto ou não, John não sabia, mas ele orou para que estivesse, quando viu toda a massa de corpos se contorcendo debaixo do manto gigante do cefalópode.

"Isso vai temperar melhor a farinha de peixe," o capa-branca disse, rindo.

Louco de raiva, e, sem pensar, John se colocou em pé e avançou em direção ao capa-branca.

Mas nunca alcançou. Seis pares de mãos o agarraram em uma só vez, prendendo-o ao chão. O capa-branca pisou sobre ele e removeu seu capuz, examinando-o com seus olhos azuis. "Eu me lembro de você. Você é o reintegrado que supostamente encontraram além da parede durante a última maré. Eu acho que devo fazer de você alimento para...

"Está tudo bem, Dr., Morris?"

A voz era profunda e autoritária, e instantaneamente Olhos Azuis se endireitou.

"Sim, Dr. Jefferson. Está tudo bem."

Jefferson. O líder. O criador de todos esses horrores. John esticou o pescoço para ver o capa-branca que agora se juntava a Dr. Morris de olhos azuis. Ele era um pouco mais baixo e tinha uma grossa barba grisalha.

"Apenas um mineiro que se esqueceu que é inútil salvar alguém dos braços de um cefalópode, senhor."

Jefferson o observou. "Entendo. Talvez devo reintegrá-lo ."

"Não, não," disse Dr. Morris. "Ele ainda é jovem." O demônio de olhos azuis deu-lhe um sorriso. "Deixe-o trabalhar, ao invés."

Jefferson torceu sua mandíbula de lado-a-lado.

"Muito bem."

Naquela noite, ele não sonhou. Apenas, pesadelos por ter perdido o seu amigo.

* * *

O trabalho parecia muito mais difícil nas minas nos dias que se seguiram. As feridas em seu braço sararam, mas as feridas por dentro o infestaram com rancor e desespero.

Os turnos eram intermináveis. John já não se importava mais de viajar para a superfície com seus deveres com o carrinho da mina. Ele ficava dentro das entranhas da mina, martelando, cavoucando. Trabalho insensato que mantinha seus pensamentos sem capacidade de focalizar nos horrores deste lugar. A tripulação não parecia se importar que Walt tinha partido. Eles nem sequer falavam dele, nem mesmo uns com os outros. Quando eles, finalmente, falaram algo, foi cerca de seis dias depois, quando alguém encontrou outro pedaço de minério.

"Hora de churrasco," um dos capas-brancas disse, quando analisou a pepita de pedra com seu aparelho portátil. "Espero que vocês, camaradas, peguem um bem grande."

Quase imediatamente a equipe de trabalho parou, e alguém produziu os palitos para tirar a sorte.

John mal pode acreditar. Ele observou como eles tiravam a sorte, sorrisos emergindo enquanto saboreavam o que estava por vir.

"Vocês realmente querem tentar pescar outra lula depois do que aconteceu com Walt?"

A tripulação olhou para ele inexpressivamente, alguns com remorso —vergonhosamente. Finalmente, um deles falou: "Pois é, o que mais vamos fazer com isso?"

O que eles fariam com o quê? John supôs que eles queriam dizer o óleo de peixe.

"Esquece ele," alguém exclamou na escuridão. "Puxa os palitos do maço."

"Para quê? Só para queimar outra lula?", John gritou

para eles. "Comer sua carne do jeito que elas procuram devorar a nossa? E depois, então o quê? Se gastar nesta mina, procurando algum minério que só esses capas-brancas parecem se importar, apenas para que possamos fazer tudo de novo? E de novo? De novo? É só para isso que existimos?"

"Ei!", um dos capas-brancas falou. "Acalma aí, agora."

John ergueu os olhos para o capa-branca que tinha falado. "Eles nos dão a chance de arriscar nossas vidas assistindo como se fosse um esporte. Fala a verdade, Capa-branca. Qual é a verdadeira razão por que estamos aqui? O que é que estamos minando?"

"Eu lhe falei para se acalmar!"

"Ou o quê? A fúria de John rompeu e encheu suas veias de adrenalina e ódio. Ele fechou os punhos e foi em direção ao grupo de três capas-brancas. "Você vai me dar de alimento para os cefalópodes, da mesma forma que fez com Walt?"

"O que é que tem ele?" O capa-branca se afastou um pouco e virou para um de seus colegas: "melhor relatar tudo isso ao Dr...."

"Por favor, não!" Um dos capas-amarelas pulou entre John e o cientista. "Não liga pra ele. Ele só está fragmentado. Ele não tem memória de nada. Reintegração malfeita."

Aquela palavra estúpida de novo.

"Segura ele, então", disse o capa-branca. "Vou verificar."

Antes que John pudesse protestar, sua equipe de trabalho o agarrou, prendendo seus braços atrás das costas.

O capa-branca encarregado passou a luz verde de seu escâner sobre a testa de John. Ele fez uma careta e se virou para um de seus colegas. "Não está analisando. Me empresta o seu."

Os dois capas-brancas trocaram de instrumentos, e o exame foi repetido. "Nada, ainda. Deve haver alguma degradação séria. Deixe-me verificar se há algum dano físico. Pegue o raio-x."

Um de seus lacaios lhe entregou um novo aparelho, e ele nivelou com a cabeça de John, estudando a calibração do outro lado por um minuto ou dois. De repente, ele parou e foi para trás, encostando nos outros capas-brancas.

"Olha só", ele disse. "Este homem está vivo."

Todas as mãos o soltaram.

O que é que ele acabou de dizer?

"Não!", o capa-branca gritou. "Segura-o firme! Ele é mais precioso do que mil pedaços de minério!"

Essa foi toda a verificação de que John precisava para solidificar sua decisão de fugir.

Ele se virou e fugiu da mina em direção aos elevadores. Ele ainda não tinha certeza do que havia acontecido. Ele corria através da escuridão, o brilho fraco da sua lanterna iluminava o suficiente para que ele evitasse entrar contra as paredes irregulares do poço. Ele podia ouvir a comoção da perseguição se formando atrás dele, mas tinha adrenalina a seu favor. Ele se esforçou e, finalmente, alcançou o poço do elevador.

Felizmente, apenas o elevador de carga estava presente. Ele poderia pegá-lo, e eles teriam que esperar que o elevador da equipe de pessoal chegasse antes que pudessem segui-lo. Ele pulou para dentro batendo a porta com força, acionando a alavanca para subir. O elevador subiu, e durante a trégua da ascensão, ele lutou para controlar sua respiração.

Também teve tempo para pensar.

O que é que aquele capa-branca quis dizer?

Ele não tinha certeza, mas ser mais valioso do que minério provavelmente não era um bom status para se obter neste lugar. Poderia mantê-lo fora do poço dos cefalópodes, mas poderia colocá-lo em algum outro tipo de perigo. Algo que talvez envolvessem os cientistas em abrir seu cérebro ou algo parecido.

Ele pensou na sua fuga. Aonde exatamente ele deveria ir? Aonde ele poderia ir? O lugar era como uma prisão. Lá tinha apenas a mina, a favela, e o paredão. Nada além.

Então ele viu a luz do poço da usina de energia.

Eles provavelmente assumiriam que ele fugiria para a superfície. Escondendo-se na usina de energia, pelo menos, teria mais tempo para pensar. Ele parou o elevador e saiu para o brilho verde forte e o barulho estrondoso dos motores de biodiesel.

Um calor semelhante ao das minas o acolheu quando entrou pelo poço que abria para uma caverna do tamanho da metade da praça. O som parecia magnificado, e ele teve que tapar as orelhas com as mãos para não ficar louco com o barulho. Ele correu através do chão de concreto coberto com manchas de óleo. O cheiro do óleo de peixe queimado era quase insuportável, cem vezes pior do que os pequenos compressores usados nas minas.

Ele viu alguns capas-amarelas andando em torno dos motores, mas parecia que não o tinham notado. Enormes tubos de metal pendurados ao longo das paredes e do teto, pintados em várias cores de acordo com algum tipo de esquema de identificação. Eles tinham rótulos também — Óleo Combustível, Óleo Lubrificante, Tubo de Exaustão, Ar de Admissão. Ele seguiu as linhas de combustível para a parte de trás da caverna e viu uma cabine de controle tripulada por dois capas-brancas. Ao lado, havia uma entrada para um corredor marcada: ENTRADA PROIBIDA.

Era lá que todos os capas-brancas iam a cada dia?

John se escondeu atrás de um dos motores, pensando se ele

deveria voltar para o elevador e tentar a sorte na superfície. Logo seu coração saltou quando ele viu um dos capas-brancas sair da cabine e vindo em sua direção.

Ele se espremeu contra o lado da armação do motor, o calor rapidamente queimando através de sua capa de chuva e aquecendo suas costas como brasa. Ele arriscou outra olhada. Com certeza, o capa-branca vinha em linha reta até ele.

Tinha sido visto?

John se afastou um pouco. Talvez houvesse um lugar em que ele pudesse se esconder. Ele olhou para os motores gigantescos. Havia uma passarela acima dele e algumas tubulações que talvez pudesse se espremer por trás. Ele se aproximou quando, de repente, algo passou por ele.

O capa-branca.

Mas passou direto, desatento. Será que pensou que ele fosse um dos operadores da usina? Os capas-amarelas pareciam todos iguais, de qualquer maneira.

Mas, então...os brancos também.

John ignorou seus sentidos racionais e de mansinho ficou atrás do capa-branca. Ele bateu no ombro dele. O homem sentiu, parou e se virou. E John lhe deu um murro na queixada.

O capa-branca girou e desabou, para o grande alívio e a surpresa de John. John não perdeu tempo trocando de capa com o homem. Ele escondeu o homem em cima da plataforma entre os tubos, e caminhou em direção ao corredor com Entrada Proibida.

John fez questão de caminhar casualmente, como se fosse uma rotina diária. Passou pelo capa-branca na cabine, que parecia ocupado com os manômetros. Finalmente, ele atravessou e entrou no corredor proibido.

John entrou em uma segunda câmara com tamanho semelhante à primeira. Estava ainda menos iluminada, e, por isso, ele ficou grato, mas também era cem vezes mais obstruído. Todos os tipos de tanques e equipamentos preenchiam o espaço do teto ao chão. Ele via um capa-branca aqui e ali, mas eles pareciam tão absorvidos em tudo o que faziam que não se sentia ameaçado por eles, especialmente, quando estava usando uma de suas capas.

Quando ele deixou sua respiração se acalmar, estudou com mais detalhe a sala. Mesmo com toda desorganização, havia, definitivamente, ordem. Todos os tubos ou as partes de equipamentos tinham rótulos. A primeira coisa que notou foram os dois tubos maciços transparentes correndo ao longo do teto, rotulados Ex 1 e Ex 2. Eles despejavam em um tanque na frente da sala, onde um aquário de peixes pequenos estava festejando o influxo de forragem. De lá, a água enlameada saía através de duas tubulações, uma rotulada "Processamento de Diesel" e a outra "Aquicultura."

A linha de óleo de peixe passava por várias peças de equipamento com aparência complicada, mas a terminação era um tanque de armazenamento maciço que tinha tubos voltados para os geradores a diesel. Ele seguiu a linha de Aquicultura e viu tanque após tanque de peixes cada vez maiores. No final, eles eram presos em redes e colocados dentro de um maquinário com o rótulo: Processador de Farinha de Peixe. Este maquinário tinha uma nova série de tubos rotulados com nomes como: Armazenagem de Alimento e Fertilizante. Mas, um outro rótulo, imediatamente, chamou a sua atenção: "Câmara de Reintegração."

John verificou se havia outros capas-brancas antes de rastrear a linha de dez polegadas de diâmetro e ver aonde levaria. Ele a seguiu, subindo uma série de degraus de metal ao longo de um caminho que levava para outro corredor.

Terminou em uma sala com a luz mais brilhante que John havia visto, desde que tinha chegado neste lugar. Ele estava em uma passarela suspensa com vista para uma sala iluminada por mais de cem lâmpadas penduradas no teto ao lado dele. O que viu abaixo o deixou pasmo.

Fileiras de vegetação verde, ervas e, até mesmo, árvores brotavam do solo tão negro como carvão. O doce aroma das flores despertou lembranças de seus sonhos — sua esposa e filhos lendo histórias à luz do sol.

Ele queria ficar para admirar a visão, mas continuou em movimento com medo de que um dos capas-brancas que circulavam por baixo de repente olhassem para cima e o notasse. Ele seguiu em frente, seguindo o tubo através de mais um corredor curto.

A próxima sala em que entrou era do mesmo tamanho, mas gelada. Arrefecimento artificial derramava por grandes respiradouros pendurados no teto. Foi uma mudança bem-vinda contra a umidade e o calor. Ele olhou abaixo e viu o que parecia ser uma cidade em miniatura, composta de grandes armários de metal preto afixados com o que parecia ser centenas após centenas de pequenas lâmpadas de vidro.

No fundo da sala, uma equipe de capas-brancas sentados em suas escrivaninhas. Diante deles, havia grandes telas circulares revestidas de escrita verde-pálido. Eles batiam nos teclados de controle constantemente, fixados nas telas com números e letras piscando rapidamente.

Ele atravessou uma sala adjacente, que era fria e escura. E seguiu o tubo de Farinha de Peixe até terminar no topo de um grande tanque retangular. No fundo do tanque havia uma rede de tubulações menores que se espalhavam em uma matriz e, em seguida, eram pendurados no teto. John seguiu um dos tubos para dentro da escuridão e, então, inclinou-se sobre a passarela e ajustou a sua lanterna de mineiro para melhor visualizar o que estava abaixo.

Amarrado ao final do tubo havia um corpo morto suspenso por correntes.

John recuou horrorizado. O suor lubrificava as palmas de suas mãos e o coração trovejava em seus ouvidos. Relutantemente, ele seguiu outro tubo e viu outro corpo morto. Sentiu tremenda repugnância e ânsia de vômito. A sala inteira estava cheia de pessoas mortas. Corpos nus pendurados pelo teto como animais em matadouros.

Ele não deveria estar vendo isso. O que eles fariam com ele se o encontrassem ali? Ele tinha que sair desse lugar.

John girou, e imediatamente algo o golpeou com força no rosto. Ele caiu para trás com sua visão borrada com lágrimas e estrelas. Suas costas bateram no chão da passarela, e o impacto tirou o seu fôlego.

Quando sua visão clareou, ele viu um grupo de capas-brancas sobre ele. Um deles foi reconhecido instantaneamente como sendo o Dr. Morris.

Ele brandiu um bastão...e um sorriso de satisfação. Ao seu lado estava Jefferson.

"Sorrateiro," disse Morris. "Eu deveria ter sido mais intuitivo sobre você. Nossa joia preciosa escondida embaixo de nossos narizes."

"O que você vai fazer comigo?"

"Ensinar-lhe boas maneiras, talvez?"

"Traz ele para mim," disse Jefferson. "Eu quero falar com ele." Ele se virou e desapareceu na escuridão.

Morris esperou, talvez deliberadamente, até que Jefferson

estivesse fora de alcance do som, e, em seguida, levantou seu bastão novamente. John sentiu duas ou três pancadas na cabeça antes de, finalmente, apagar.

* * *

A luz do sol brilhou através da porta de vidro de correr aberta, o horizonte azul do mar além. John sentia o cheiro doce na brisa do mar. Sam e Josh estavam brincando juntos no chão da sala de estar, mas pareciam diferentes, mais velhos. Eles discutiam sobre um avião de brinquedo. Então, ele viu uma terceira criança, uma menina ainda bebê, sentada com pernas moreninhas e rechonchudas — fascinada pela pantomina improvisada de seus irmãos mais velhos.

"Tomen cuidado perto da Sophie," Karen alertou do corredor.

Karen... ai, como ele desejava vê-la novamente — pelo menos, uma vez mais. Ela apareceu. Seus cabelos mais curtos. Parecia mais madura e um pouco mais encorpada, mas ainda era linda como ele se recordava.

Ela parecia estar surpresa quando o viu, quase espantada. Mas ela sorriu. "Você esteve ausente por muito tempo."

Como sempre, ele não conseguia falar, mas tentou de qualquer maneira. Por favor, deixe-me ficar!

"Sophie, vem ver seu papai." Karen estendeu a mão para a menininha, o rosto redondo da criança se iluminou com um sorriso banguelo. Empolgados, os meninos gritaram em uníssono.

E, como sempre, seu sonho chegou ao fim.

Talvez pela última vez.

* * *

John despertou e encontrou-se sentado em uma cadeira. Ele se mexeu tão abruptamente que quase caiu . Ele aguentou se segurando em uma mesa de metal que estava à sua frente.

Ele percebeu como tudo era brilhante. Demorou um momento para que seus olhos se ajustassem, mas, lentamente, percebeu que estava na enfermaria ou em algum lugar parecido. Na sala, havia várias camas hospitalares, e equipamentos estéreis esquisitos feitos de aço brilhante. O lugar fedia com cheiro de amoníaco.

Sentado em sua frente, no fim da mesa, estava Dr. Jefferson. O capuz da capa de chuva havia sido removido, revelando uma cabeça careca e envelhecida, olhos enrugados e uma barba cinzenta e cheia. Ao seu lado, estava Dr. Morris, sem capuz também. Ele franziu o cenho presunçosamente, e seu cabelo fino, emplastado, foi revelado por completo.

Então, John viu algo que não tinha notado. Diante dele havia um prato de jantar — com uma fatia grossa de carne grelhada, vagem e uma batata. Quase não parecia real.

"Imaginei que devíamos a você uma refeição decente depois de tudo que lhe fizemos passar," disse Jefferson. "Por favor, prossiga. Você deve estar morrendo de fome por algo mais do que farinha de peixe."

John olhou para os talheres de prata ao lado do prato, e seu estômago grunhiu em resposta. Seu corpo desejava os sabores da comida que, de alguma forma, conhecia, mas não conseguia se lembrar de já ter experimentado. Depois, pensou nos cadáveres que tinha visto, e, de alguma forma, a carne já não parecia tão apetitosa.

Ele empurrou o prato.

"Sem fome?", Morris sorriu para ele. "Bem. Então, podemos iniciar. Vamos começar, como você chegou aqui?"

"Por favor...", Jefferson tocou no braço de Morris. "Tenho certeza de que ele tem mais perguntas para nós do que nós temos a ele. Seu nome é John, correto?"

Ele assentiu.

"Tenho certeza de que você quer saber o que é este lugar."

"Sim," disse ele. "Para começar."

"Nós não temos um nome para isto," disse Jefferson. "Não há necessidade. Tanto quanto sabemos, este é o único lugar que continua existindo."

Isso não lhe pareceu muito confortante.

"Ainda não sabemos bem como as coisas aconteceram assim ou exatamente há quanto tempo tudo isso ocorreu . O que sabemos é que fazem séculos que não vemos o sol. Alguns acreditam que é o resultado de uma guerra cataclísmica. Outra hipótese é que o mundo parou de girar, ou, agora, gira muito lentamente, criando um dia e uma noite perpétuos . Eu mesmo creio que seja algo muito mais terrível, mas vou chegar nisso. Meu nome é Dr. Jefferson. Eu sou o líder desta comunidade. E este é o Dr. Morris, meu segundo em comando."

"Eu já sabia o nome de vocês, obrigado." John pensou quanto tempo duraria essa paródia de cortesia e quando o bastão voltaria. "Eu quero saber o que vocês pretendem fazer comigo."

"Nada," disse Jefferson. Mas eu tenho certeza que você deve ter muitas outras perguntas para nós. Por favor, pergunte."

Parecia que ele não tinha nada a perder. "O que é feito neste lugar? O que é esse minério que nós garimpamos, e por que meu valor é mais do que mil peças disto?"

"Todas, excelentes perguntas," disse Jefferson. O que nós

fazemos é simples: Nós sobrevivemos. É isso. Quanto ao minério que você garimpa, está no prato à sua frente."

John olhou para a comida e pensou se ele estava brincando ou se era louco.

"O ecossistema deste mundo colapsou. Os cefalópodes foram as únicas coisas que sobreviveram — e eles fizeram isso apenas reproduzindo-se constantemente e alimentando-se de si mesmos. Nós minamos a terra para buscar remanescentes do passado, genes de vida dissipados. Para que possamos cloná-los e trazê-los de volta da extinção."

"Então, esta comida..."

"Tudo veio de um fragmento de DNA preservado em uma rocha que foi extraído de baixo. Talvez, você tenha recuperado esse pedaço. Nós minamos por centenas de anos e ainda só encontramos um punhado de moléculas completas para reproduzir um pequeno número de espécies."

Ele pensou na sala de estufa por onde passou. "Por que você alimenta os mineiros com farinha de peixe se você tem comida como esta?"

"É mais eficiente," disse Morris. "Comida verdadeira leva tempo e energia para crescer. Não podemos desperdiçar em mão de obra."

"Mas é bom suficiente para desperdiçar nos capas-brancas?"

"Em alguns," ele disse. "Qual outras perguntas você tem?", Jefferson perguntou.

John ignorou seu desprezo por Morris e se concentrou nas perguntas em que precisava de respostas. E somente uma veio à mente: "o que é reintegração?"

Jefferson deu uma olhada para Morris voltando a se fixar nele. "Penso que preciso lhe mostrar algo para você entender completamente," disse Jefferson. "Por favor, venha comigo."

* * *

Eles saíram da enfermaria e desceram um lance de escadas. John reconheceu imediatamente que eles estavam entrando na sala com controle climático com os grandes armários pretos e telas piscando, que ele tinha visto antes. Os capas-brancas nas telas mal percebiam suas presenças, enquanto Jefferson o conduzia entre os armários de metal. John ficou maravilhado com a fileira de lâmpadas minúsculas que piscavam com a luz verde pálida. Finalmente, Jefferson parou com Morris ao seu lado.

"Eu quero lhe contar um segredo," disse Jefferson. "Todas as pessoas nesta instalação estão mortas."

A adrenalina fez o coração bater com medo. "Todos...estão...", John não podia falar mais nenhuma palavra.

"Mortos," disse Jefferson. "Sim. Todos, exceto você."

Isso causou arrepios em sua espinha. Ele deu um passo involuntário para trás.

"Por favor, deixe-me explicar," disse Jefferson. "No princípio, quando se estabeleceu este lugar, havia centenas de nós. Mas ficamos estéreis . Como não podíamos conceber, nós entramos na clonagem para reabastecer nossos números. Eu tenho clonado muitas coisas, John: plantas, animais, bactérias. Todas se tornam réplicas saudáveis do original. Mas, quando tentamos clonar um ser humano, ele nunca acordava."

"O que você quer dizer?"

"Você viu a sala ao lado, sim? Com os corpos."

Sua pele se arrepiou só de lembrar, mas ele conseguiu acenar com a cabeça.

"Tecnicamente, esses corpos que você viu estão vivos. Fisiologicamente, não há nada de errado com eles. Mas, eles nunca alcançam à consciência. Eles nunca viveram. Eles nunca acordaram.

"Mas nós resolvemos o problema," disse Morris. "Ou melhor, eu fiz. Com isto…",ele levantou as mãos para os gabinetes ao redor deles.

"Nós chamamos isto de banco de memória," disse Jefferson." O que você vê são máquinas eletrônicas que podem processar e guardar a memória e os pensamentos de um ser humano. Cada tubo que você vê é equivalente a cinco anos de vida gravada. Implantamo-nos, com esse equipamento, para armazenar as nossas memórias. Então, quando morremos, transplantamos tudo para nossos clones, para que eles vivifiquem com os nossos pensamentos e nossas memórias intactas. Chamamos o processo de reintegração."

"Eventualmente, achamos mais eficientes armazenar as memórias externamente e operar os corpos remotamente com um simples transmissor," disse Morris. "Para manter essas memórias requer energia elétrica constante. Mais da metade da potência que produzimos é usada para executar os circuitos ou o sistema de refrigeração."

John mal pôde processar o que estava ouvindo. Uma máquina que armazenava memórias? Clones que poderiam ser implantados com uma vida inteira de pensamentos? Seria essa a razão que o chamavam de fragmentado, o motivo por que ele não conseguia lembrar de nada, no entanto, reconhecia coisas que nunca teve experiências antes?

"Os dois homens que você vê à sua frente são meramente cascas," disse Jefferson, acariciando seu corpo. "Nosso verdadeiro ser está aqui dentro da máquina." Ele apontou para dois painéis separados, e John viu que realmente estavam rotulados com os nomes de Jefferson e Morris. O painel de Jefferson ocupava três armários inteiros e tinha mais de uma centena de lâmpadas de vidro. A montagem de Morris apenas a metade do outro. John calculou. "Você quer dizer que realmente viveu por tanto tempo?"

"Minhas memórias, sim," disse Jefferson. "Cerca de mil anos."

"E os outros? São todos assim?"

"Não podemos poupar tanto espaço de armazenamento para todos," disse Morris. "Especialmente quando precisávamos de trabalhadores para as minas. Como eu disse, memórias consumem força, e as máquinas requerem constante refrigeração. Os mineiros que você vê são apenas cópias de fragmentos de memória. Recebem, apenas, o suficiente para deixá-los saber quem são e qual suas posições na vida." Ele apontou para outro painel: "veja aqui. Qual era o nome do seu amigo, mesmo? Aquele que foi pescar?"

A fúria brotou sob sua pele. "O nome dele era Walt. Walt Andrews."

Morris passou por vários armários, e então, ele se abaixou e apontou para alguns tubos: "aqui está ele. Bem vivinho."

John notou duas pequenas lâmpadas isoladas com fita branca e rotulada W. Andrews. Havia, ali, pelo menos vinte nomes marcados assim. "Eu não acredito em você."

"Eu poderia trazer ele aqui se você quisesse," disse Morris. "Mas, infelizmente, ele não se lembraria de você. Como você pode ver, nós só podemos poupar dez anos de memória para ele. Qualquer coisa adquirida durante sua vida é perdida na reintegração."

John pensou que fosse desmaiar. Certamente, nada disso era verdade. "Então, você quer dizer que ele vive de novo, mas é apenas uma cópia de si mesmo?"

"Uma versão mais jovem, posso dizer," disse Jefferson.

"Com a quantidade de mão de obra que precisamos para a mina, e os requisitos de memória para nosso pessoal técnico os capas-brancas como você os chama — há pouca margem de sobra. É a única maneira que podemos arcar com as coisas por aqui."

"É por isso que não desperdiçamos recursos neles também." Morris se endireitou e cruzou as mãos atrás das costas." Eles vivem, trabalham e morrem, e, em seguida, voltam como novos para fazer tudo novamente. Os homens com quem você trabalhou viveram centenas de vidas, várias vezes. Tratá-los como se fossem excepcionais não faz sentido. Não fazem diferença qualquer, são apenas como lulas, realmente."

Raiva e enjoo invadiram seu estômago, enquanto ele olhava para as duas luzes cintilantes que era seu amigo. Ele não queria acreditar nisso. Não podia acreditar nisso. "Apenas como lula? Então, quem decide quem será uma lula? Quem decide quem tem o direito de continuar vivendo ou simplesmente começar tudo de novo?"

"Eu," Morris disse, quase orgulhoso, arrogantemente. "A partir de agora, apenas Jefferson e eu temos aumento de memória. Todo o resto é reduzido. Mesmo os outros cientistas que você vê."

"Mas isso não pode continuar para sempre," disse Jefferson. "Cada cinco anos nós dois consumimos mais e mais espaço na placa de rede. Nós necessitamos renascer com todas as nossas memórias, entende, ou nunca poderemos progredir. Assim, para poder preservar nossa sabedoria, as memórias dos outros são sacrificadas, então. É por isso que encontrá-lo é tão importante, John."

Isso estava errado. Tudo muito errado. "Mas eu não...", ele apenas olhou para as duas lâmpadas.

"Há uma última coisa que devo lhe mostrar," disse Jefferson. "Por favor, siga-me."

Eles deixaram a área do banco de memórias e entraram na sala que ele mais temia — a câmara de reintegração. Só que, desta vez, ele entrou por baixo, não por cima. Pendurados ao redor deles estavam os cadáveres clonados de cem pessoas mortas — ou não mortos, o que fosse verdadeiramente o caso. Jefferson passava entre eles como se fossem casacos em cabides e se dirigiue para uma luz esverdeada fraca no centro da sala. Quando se aproximaram, John viu a luz brilhando sobre um pódio, iluminando um livro aberto.

"Encontrei isto nas minas há cerca de duzentos anos atrás," disse Jefferson. "E isto mudou completamente meu pensamento sobre o que realmente aconteceu neste mundo e o que agora devemos fazer."

John se aproximou, notando letras miúdas no papel amarelado.

"É o livro sobre o Deus de toda a criação. O verdadeiro arquiteto da vida —criador dos vestígios de vida que, agora, cavoucamos para achar, e com nossa imperícia, tentamos recriar algo. Este livro anuncia o fim dos dias quando, aqueles que são leais a um ser divino conhecido como Cristo Jesus serão salvos, e o resto ficarão para trás, para serem condenados. Temo que esse dia já passou."

Calafrios correram por sua pele. Ele conhecia a história. Parecia impossível, mas... "eu conheço esse livro," ele disse, " e essa história."

Jefferson levantou o olhar, em choque. Então, seus olhos se suavizaram com um sorriso e com lágrimas. "Isso confirma, então..."

"Confirma o quê?"

"Que você é realmente o sinal de Deus pelo qual eu tenho orado."

John engoliu em seco.

"Você, John, é a primeira alma vivente existente por mais de mil anos. Você não tem nenhum dispositivo controlando seu corpo como os fantoches que fomos reduzidos a ser. O Deus de toda a criação soprou em você seu espírito, e você se tornou uma alma viva! Há muito tempo eu acreditava que Deus nos abandonara. Mas eu orei por um sinal de redenção. E eis que você está aqui. A alma viva que já conhece as palavras de Deus. Isto é a confirmação!"

"Não confirma nada!", disse Morris com hostilidade. "Onde você aprendeu sobre esse livro? Você o espiou enquanto esteve aqui?"

"Não...eu vi nos meus sonhos."

"Seus...seus sonhos?"

"Sim. Eu sonhei que tinha uma esposa e que ela lia histórias desse livro para nossas crianças."

"Para mim, parecem lembranças," Morris olhou para Jefferson. "Nós precisamos descobrir de onde ele veio. Eu sempre disse que havia possibilidade de pessoas ainda existindo em algum lugar além do mar, no lado claro do mundo onde o sol ainda brilha. Ele foi encontrado além da parede do mar. Talvez caiu de um navio, sendo arrastado pela maré. Se ele tem filhos, seu DNA continua puro."

"Tudo isso são especulações."

"E sua teoria não é?", Morris respirou fundo, suas narinas abrindo. "A degradação de nossas amostras é a razão pela qual não conseguimos criar clones saudáveis. Não como alguma maldição de seu Deus supersticioso! Você precisa começar a pensar como um cientista e cloná-lo" —

"Não!", Jefferson gritou. "Nós não podemos. Deus o enviou como um sinal e um teste final. Devemos resistir à tentação de contaminar sua criação para nosso ganho egoísta."

"Você enlouqueceu, Jefferson!", Morris gritou. "Esta é a única chance para repovoar nossa espécie. E se ele recuperar a memória, pode nos levar de volta à civilização verdadeira!"

"Não... Deus o mandou por um propósito." Jefferson se aproximou de John e segurou seu braço: "por favor...diga-me, John. Qual a mensagem que Deus enviou com você? O que devemos fazer para expiar os nossos pecados? Devemos destruir esta abominação de vida que criamos? É por isso que você veio?"

"Seu velho idiota estúpido!"

A cabeça de Jefferson moveu-se para o lado com um estalo horrível. John recuou em choque. Morris estava de pé sobre ele brandindo seu bastão agora liso com o sangue de seu colega. Antes que John pudesse reagir, Morris enviou mais dois golpes sobre o crânio de Jefferson que já estava arrebentado. Ele olhou para o corpo: "eu esperei séculos para fazer isso."

John não perdeu um momento. Ele girou e correu. Fugiu cegamente pelo escuro dando de encontro com um dos corpos. O corpo balançou para trás e bateu nele, frio, pesado. Tomou toda sua força para não gritar com repugnância mórbida quando sentiu tocar contra ele.

"Não há lugar para correr, John!" Morris não estava muito longe. "Ou você quer se arriscar com as lulas?"

Por uma fração de segundo ele pensou em se virar e enfrentar, mas não tinha como se defender nesse escuro, especialmente com Morris armado. Ele correu em direção à luz da sala do banco de memória e irrompeu no ar frio. Dois capas-brancas imediatamente se dirigiram a ele gritando para ele parar.

Como é que Morris havia os alertado tão rapidamente? Somente um olhar para os bancos de lâmpadas eletrônicas então fez sentido. Ele não ficaria surpreso se Morris controlasse e se comunicasse com todos os seus zangões robóticos por controle remoto. John facilmente evitou dois capas-brancas e correu para um dos corredores entre os armários cheios de lâmpadas.

Ele ouviu a voz de Morris gritando ordens logo atrás dele. John girou e viu que ele estava correndo em sua direção pelo corredor. John se agachou no canto de um armário e começou a examinar as fileiras de lâmpadas o mais rápido possível. *Por favor...por favor.*

Finalmente, ele viu o que estava procurando. Assim, quando Morris virou a esquina, John chutou o painel de lâmpadas. Faíscas e vidro quebrado choveram no chão de concreto. Ele ouviu Morris gritar, e isto o encorajou a bater mais no armário —o armário rotulado "Morris"— dando outro chute bem forte.

Ele olhou para trás e ficou chocado quando viu que Morris continuava em pé. Seu grito não tinha sido um grito, mas sim uma gargalhada. "Muito esperto, John. Mas um bom jogador sempre sabe proteger suas apostas. Eu mudei minha memória desta área há séculos atrás. É triste dizer, mas eu não duvidava que o velho e tolo Jefferson tentaria apagar nós todos algum dia."

Hora de correr. Essa era sua única esperança. John correu de novo. Como ele poderia impedir esse monstro, agora? Ele voou através do calor sufocante do jardim de estufa e, em seguida, através do labirinto de equipamentos na sala principal de processamento. Ele ouvia Morris reunindo mais lacaios atrás dele. Finalmente, John entrou na usina de energia bem iluminada e barulhenta. Ele deu uma brecada quando viu o que havia ali.

O que parecia ser toda equipe de mineiros, formavam um meio círculo em torno da saída do corredor e da pequena cabine de controle ao lado. Em seu íntimo ele esperava que fosse algum tipo de revolta. Mas as ferramentas que eles carregavam, claramente, eram destinadas para serem usadas contra ele.

"Eu sinto muito que você teve que recorrer a tudo isso", a voz de Morris veio por trás.

John se virou e viu Morris entrando na usina de energia com um mínimo de vinte capas-brancas atrás dele. "Bem, eu sou um homem justo, John. Então eu proponho que deixamos as ofensas de lado e começamos tudo de novo. Vamos conversar como seres humanos civilizados, sim?"

Morris parou a alguns metros afastado dele e guardou o bastão em sua capa de chuva. "Pra lhe falar a verdade," ele disse, "eu realmente não me importo de onde você veio, John. Na verdade eu não me importo se há um bilhão de pessoas vivendo do outro lado do planeta. Minha realidade está aqui. Mas eu preciso da sua ajuda para melhorar a situação."

"Minha ajuda?"

"Confie em mim — atualmente, eu não preciso de você. Mas seria mais fácil e mais benéfico se você concordasse."

"Concordar com o quê?"

"Sua ajuda na repovoação deste lugar," ele disse, "com pessoas verdadeiras."

Ele não podia imaginar o que isso significaria.

"Não acredite em uma palavra que aquele velho tolo estava dizendo sobre almas e Deus. O motivo porque nossos clones falham está envolvido no DNA. Nossas amostras estão se degradando. Mas, logo que extrair o seu DNA puro, vou criar uma população inteira de seus descendentes. E eu poderia tornar agradável a experiência para você também. Com quantas mulheres você gostaria de começar? Dez? Talvez, vinte? Todas seriam do melhor pedigree, é claro. Realmente, seria bom ter algumas mulheres aqui novamente. Nós paramos de criá-las, sabe. Não havia necessidade, e também costumavam causar alguns problemas desagradáveis de tensão sexual com os homens." Ele abriu um sorriso. "Mas você seria especial. Você poderia governar aqui como um rei entre os homens. Eu cuidaria das responsabilidades do dia-a-dia, e você permanece-ria ocupado mantendo suas esposas descalças e grávidas, ou ocupando seu tempo comendo, dormindo, ou com qualquer lazer que você gostasse.

"Parece esplêndido", John sorriu maliciosamente. "E como você vai se beneficiar com tudo isso? Você continuaria atado a essa estúpida máquina, não importasse quantas pessoas verdadeiras você fizesse? ."

"De fato," ele disse. "Mas com pessoas reais eu poderia acabar com a maioria desses fac-símiles e ter a sala de banco de memórias que eu preciso para expandir a minha longevidade para as gerações vindouras. As pessoas que você produzir vão precisar de um líder depois que envelhecer e morrer. E eu serei o líder deles. Imortal, onisciente, líder de todas as criações. Eu serei o deus deles, se você assim o quiser."

Essa ideia deixou-o revoltado. "De jeito nenhum vou te ajudar a fazer qualquer coisa assim."

"Então, será a maneira mais difícil para você", Morris tirou o bastão da capa.

"Seu DNA funcionará de qualquer maneira..."

"Estou chocado, Morris."

John congelou procurando entre os capas-brancas por quem tinha falado. Morris fez uma pausa e olhou por cima do ombro em direção a voz também. Atrás dele, dentro da cabine de controle havia um capa-branca cujo rosto John não reconhecia, mas cuja voz parecia vagamente familiar. "Não em suas ações, mas no fato de que você, finalmente, criou coragem audaciosa para ir em frente..."

"Jefferson?" Os olhos de Morris correram para trás e para frente com choque ou medo: "Como você se reintegrou tão rapidamente?"

"Eu tenho meus segredos também..." Ele se inclinou sobre o painel de controle da usina de energia. "Você solidificou o que realmente deve ser feito aqui hoje. Que Deus tenha misericórdia de nossas almas...onde quer que estejam." Com isso, Jefferson pressionou uma série de botões vermelhos de parada de emergência no painel de controle. Imediatamente, os motores gigantes por trás deles começaram a abalar a sala enquanto paravam de funcionar.

"Não!", Morris gritou e saltou para a cabine de controle. Ele tentou forçar a porta. Encontrando-a trancada, bateu com seu bastão enquanto as luzes começavam a piscar lentamente e se apagando.

Capas-amarelas começaram a tropeçar e a cair à medida em que a luz se tornava mais escura. Morris ainda parecia ter vida, batendo na porta, tentando entrar.

John cerrou os dentes e atacou o capa-branca, dando um soco gancho no rim de Morris. Quando ele girou com dor, John deu outro soco no seu queixo derrubando-o no chão da usina. Ele gorgolejou e se contorceu, mas, depois, não fez mais nada. De repente, a porta da cabine de controle se abriu e uma versão muito mais jovem de Jefferson saiu. Ele colocou algo nas mãos de John. Era o livro que viu antes. Ele segurou forte no ombro de John. "Você tem que sair daqui imediatamente. As bombas já pararam. Este lugar vai inundar em poucos minutos.

Você precisa chegar no poço do elevador e subir a escada de manutenção. Vá além da borda da rebaixada. Vá até o topo da torre. Ali você estará seguro."

John assentiu, sem saber o que fazer mais.

"Por favor, perdoe-nos por tudo o que fizemos." Com isso, seus olhos se apagaram junto com as luzes na usina. O assobio residual dos aparelhos pneumáticos substituiu o rugido ensurdecedor dos motores. John se encontrou rodeado pelos corpos não-mais-vivos-mas-não-absolutamente-mortos de mais de cem capas-amarelas e brancas. Ele agarrou o chapéu e a capa de um mineiro, guardou o livro dentro do macacão e saiu para o poço do elevador.

Encontrou a escada feita de degraus minúsculos ao lado do elevador e começou a subir com mais rapidez possível. Ele subiu na escuridão e silêncio absolutos, exceto pelo brilho embaçado de sua lanterna e de sua respiração, que, agora, estava raspando e rouca. Ele subiu o que parecia ser um quilômetro e meio, seus braços pesando como chumbo. Ele sentiu algo molhado vindo de cima. Um respingo de chuva? Mais pingos. Ele arriscou uma olhada para cima e notou um fio de água correndo de cima. A água já tinha chegado à mina? Ele não sabia quanto mais tinha que subir antes de chegar à superfície, mas a mina encheria primeiro. Se ele não conseguisse ultrapassar a abertura em tempo, seria levado direto para o fundo. O horroroso pensamento de ser enterrado vivo por água cáustica do mar nos poços deste lugar revigorou seus membros. Subiu como um louco enquanto a água caindo de cima aumentava. Começou com uns pingos e se tornou uma pancada. O trovão de água corrente aumentou à medida em que a água crescia como uma cachoeira, o líquido acre tornando cada degrau liso como gelo. De repente, algo sólido e pesado bateu por cima dele. Seu pé escorregou e ele caiu três degraus, esbarrando-se neles dolorosamente até, finalmente, conseguir se agarrar e aparar sua queda.

Suas costelas doíam quando ele olhou para a água cáustica acima e viu os tentáculos se contorcendo de uma lula levada pela corrente. A lula esticou um braço enganchando no degrau logo acima da sua cabeça. Ele cerrou os dentes, estendeu a mão e agarrou a coisa pelo topo do manto e puxou. O bicho gritou em protesto, seus braços se enroscando no dele, suas ventosas afiadas rasgando sua capa. Ele apertou com mais força, e de repente o manto da lula soltou de sua cabeça. Ele deixou o corpo cair, suas entranhas passando por ele em direção à escuridão abaixo. A cabeça e os tentáculos da lula se convulsionaram por um momento e, finalmente, ficaram imóveis.

John continuou sua escalada contra o dilúvio, pulando com cuidado os degraus com pedaços da lula. A torrente piorou quando ele subiu, seus braços doendo contra a tensão da água. Ele forçou até o ponto de prender sua respiração contra o dilúvio cáustico. Sua respiração ficou fraca. Ele sentiu como se fosse desmaiar a qualquer momento. O pânico tomou conta , seus instintos dizendo para buscar ar. Ele se esforçou indo em frente. Mais um degrau...um mais.

Sua cabeça atravessou o que parecia ser uma camada de gelo e ele respirou o ar doce. Ele continuou se esforçando em frente, percebendo que estava na abertura da mina. Alguns degraus mais e ele saiu fora da água que, agora, estava fluindo para a mina como um rio.

Ele estava exausto, mas não se atreveu a ficar muito perto da superfície da água com medo de que outra lula aparecesse e o arrastasse para baixo outra vez. Ele se movia mais devagar, mas não parou até chegar em cima do poço do elevador.

Ali encontrou a sala maquinaria, os enormes maquinários elétricos que controlavam os elevadores agora estavam mortos. De sua posição, entre uma porta aberta, pôde ver até o paredão sob o céu escuro e triste. Água transbordando sobre as bordas do paredão enchia a praça com ondas estourando sem limites. Tom e Jerry ainda estavam acorrentados em seus lugares, e impressionantemente ainda consumiam seus primos como se não houvesse fim. Ele observou a maré vagarosamente começando a mudar.

Quanto mais água submergia Tom e Jerry, as lulas menores ganhavam vantagem sobre seus primos presos. A presa se tornou em caçadora e um enxame de lulas atacou os cefalópodes gigantes. Tom se soltou, e em ato horrível de fratricídio, imediatamente, atacou seu irmão, que ainda estava acorrentado. Estraçalhava e comia com uma fúria que John nunca viu antes, uma demonstração orgástica de gulosice cabalística. Parecia que, finalmente, conseguia satisfazer a vontade que teve sua vida inteira de saborear a carne de seu irmão, que deseja dia e noite. Mesmo à distância, John ouvia os gritos medonho de Jerry sendo devorado vivo por seu irmão. Depois veio os gritos de Tom quando os dois foram devorados por um mar fervendo de lulas.

As ondas continuaram em direção às minas, até que encheu completamente e o nível da água começou a subir. John imaginou o banquete que as lulas iam ter com os corpos no fundo. Ele estava grato por ter conseguido escapar vivo.

Vivo...

Até agora, ele não tinha apreciado essa palavra.

Em uma hora, o nível do mar subiu dois andares abaixo de onde estava deitado. De repente, ele se sentiu isolado, como um homem preso em uma cela rodeado por um enxame de monstros carnívoros. Ele dormiu, mas só poderia descansar um pouco, por causa do vento e da chuva constante.

Horas passaram.

Ele criou uma tenda com sua capa-de-chuva e usou a luz da sua lanterna para ler passagens do livro. Algumas páginas estavam molhadas, mas ainda legíveis. Ele leu de Deus e Cristo Jesus, seu filho, e ele se encontrou orando, enquanto as horas se transformavam em dias.

Fome e sede trouxeram delírio e desorientação. Ele tentava ler para passar o tempo, mas não conseguia se focar, sua lanterna enfraqueceu e logo se apagou. Ele imaginou se Morris talvez tivesse razão. Talvez, Jefferson era apenas um idiota que tinha destruído o último refúgio da humanidade com este sonho de agradar a Deus. Eventualmente, a única força que ele teve foi só para dormir

* * *

John despertou com uma luz estranha. Ele abriu os olhos e viu uma calma misteriosa sobre o mar. Ele não tinha a mínima ideia de quanto tempo havia passado. Ele estava frágil, enfraquecido. A luz tensionou sua visão, tão brilhante que era. Ele conseguiu levantar uma mão para proteger o rosto contra a luz. Lutou para se sentar no chão de concreto molhado e deslizou para a borda da sala de máquinas, sua cela de prisão, acima dos monstros marítimos.

Quando olhou para fora, ele viu um imenso oceano azul. A luz que ele via apenas em seus sonhos brilhava no céu em uma imensa bola branca de calor e beleza. Talvez, ele estivesse morto.

Então, ele viu algo que o convenceu de que ele estaria mesmo morto.

Um navio do tamanho de uma cidade estava flutuando ao lado dele. Era feito de aço muito oxidado pelo tempo. Ele viu pessoas, centenas delas, correndo de lá pra cá no convés. O nível da água trouxe sua proa em alinhamento direto com a sala de máquinas, como se tivesse sido concebido para isto.

John levantou o braço para que eles o vissem ali, mas eles estavam ocupados manobrando o grande navio ao lado da cela solitária de sua torre. Depois de alguns minutos de gritarias e assobios, ele sentiu o chão tremer, quando vários pares de botas pisaram dentro de sua cela.

Ele sentiu mãos o agarrando e facilmente o levantando do chão.

Em seu delírio, ele a viu, entre os outros passageiros. Pele escura e suas madeixas cor de ébano fluindo. O corpo de dançarina e o rosto de anjo. Ele estendeu a mão para ela, e finalmente ela o viu. O seu rosto iluminou como sempre.

Jefferson estava errado, entretanto. Não havia divindade milagrosa em sua existência. Nenhum dom especial vivificante de Deus para servir como um sinal.

Aqui estava sua esposa e seu povo que viviam além do mar. De onde quer que viera, fora encontrado de novo. Mesmo que ele ainda não pudesse se lembrar de todos, a não ser sua esposa, de seus sonhos.

Ele abriu seus lábios rachados fazendo força para tentar falar. Sua voz saiu em um sussurro, "*Ka...ren*."

Ele esperava ver seu sorriso, mas sua face ficou pálida e seus olhos se arregalaram como se estivesse assustada. Ele entrou em pânico. Teria ele mudado tanto? Ela não o reconhecia mais?

Ela compartilhou um olhar assustado com os dois homens que ali estavam e então, cautelosamente, olhou para John novamente.

Finalmente, ela falou, sua voz calma, bela, suave como cetim:

"Quem é você?", ela disse. "E como você sabe meu nome?"

Fim

Kirk Outerbridge

Vive com sua esposa, Ria, e seus dois filhos, Miles e Macen, na bela Bermudas. Ele é um membro fiel da Igreja de Cristo e é treinado profissionalmente em engenharia.

Um Modelo de Decoro

Por Cindy Emmet Smith

Rose observou a tarde dourada esmorecer. Os pinheiros na beira do jardim faziam sombras como dedos retorcidos no gramado. Logo, a lua apareceria. Ela desabotoou seu penhoar, tirou-o, e o colocou dobrado na cama, e ficou à espera, vestindo somente a camisola. O som de botas ao longo do corredor a alertou que os guardas estavam chegando. Ela soltou a cruz de prata que pendia em seu pescoço, enquanto eles mexiam com as chaves e abriam a porta.

"Boa tarde, Roberts."

"Boa tarde, senhorita."

Roberts enrolou tiras de couro envolta dos pés e tornozelos dela para protegê-los das algemas pesadas.

"Dunstan, ouvi dizer que sua esposa estava doente. Como ela está passando?"

"Muito melhor, senhorita. Eu falo para ela que você perguntou por ela." Dunstan colocou outro conjunto de algemas em torno de seus pulsos. "Você está pronta?"

"Como sempre."

Cada um a segurava pelo cotovelo, escoltando-a enquanto desciam a escadaria circular para o porão. Ela começou a sentir a onda de transtorno pulsando em suas veias — os guardas também devem ter sentido o mesmo, porque aceleraram seus passos.

Aqui estavam as celas e outra — uma jaula de paredes de pedras e barras de ferro — que pertencia a ela todos os meses. Forragem de palha esparramada em um canto, e uma prateleira de pedra na parede servia de mesa. Ali, tinha o balde de água, filão de pão e taça de ferro. Os guardas a levaram e colocaram um cinto de ferro em volta de sua cintura. Uma corrente atada ao chão a prendia , mas seu comprimento permitia que ela se movesse livre e suficientemente para se deitar-se no canto da jaula.

Dunstan lhe entregou o copo: "Beba."

Rose pegou. "Não esqueça a lanterna." Pelo menos, eles a deixavam ter uma luz para manter as sombras espreitando-se nos cantos. Qualquer coisa era melhor do que o tempo negro neste buraco.

"Não, senhorita." Roberts acendeu a lanterna de ferro que pendia do centro do porão com a vela que levara consigo. Dunstan trancou as barras da cela, e ambos saíram, fechando a porta atrás deles. Nenhum barulho que ela fizesse perturbaria os moradores lá em cima. Ela se sentou no estrado embalando o copo em suas mãos. O sabor amargo das drogas causou ânsia de vômito, mas esperava que retardaria a mudança, talvez até permitindo que ela conseguisse dormir… para sonhar com o tempo antes do horror…

* * *

"Rose," sua mãe chamou, "Quanto tempo leva para escolher alguns legumes?"

Rose correu para a porta com um cesto carregado. Sua mãe pegou e empurrou outro cesto nos seus braços, e, em seguida, um caldeirão pequeno com tampa. "Isto é para vovó — ela não está bem. Vê se você não derrama a sopa. E não perca tempo com Michael na floresta ou ela nunca vai ter seu jantar."

"Eu não vou demorar, mamãe, e não vou comer os bolos, tampouco." Rose beijou a bochecha quentinha de sua mãe e correu até o final do caminho para o refrigério da floresta.

Ela encontrou Michael trabalhando perto da encruzilhada. "Estou indo para a casa de Mya. Você quer ir comigo?"

Michael olhou para a árvore derrubada que acabara de cortar, e para as sombras na clareira. Ele coçou a cabeça: "não posso fazer muito mais hoje. Eu posso lhe fazer companhia."

"Você pode carregar o cesto." Ela enfiou o cesto em sua mão e segurou seu braço. Respirando fundo, ela soltou um suspiro feliz e se inclinou sobre ele enquanto caminhavam. Um sorriso brotou nos lábios de Michael. "Estou pensando em perguntar ao seu pai se posso cortejá-la. Será que ele concordaria, o que você acha?"

Rose sentiu o coração vibrar. "Ah, ele estaria de acordo, se não achasse que com dezesseis anos somos muito jovens para casar."

"Então, por agora, vou lhe cortejar e assim estarei preparado para quando ele achar que é o momento oportuno para o casamento."

Rose agarrou a mão de Michael, e o puxou, mas ele a lembrou de que a sopa derramaria, então ela se tranquilizou andando mais devagar. Eles chegaram na casa da avó enquanto ainda haviam sombras no chão.

Rose bateu na porta.

"Vovó, é a Rose. Eu trouxe o jantar. Posso entrar?"

Rose mal conseguia ouvir o fraco assentimento de Mya. Ela abriu a porta. O quarto estava escuro e frio, apesar do dia quente. Ela assoprou uma pequena chama das brasas da lareira e acendeu uma vela. Mya estava amontoada na cama sob uma pilha de cobertores.

Michael verificou a caixa de lenha. "Logo terei lenha suficiente para encher a caixa. Por isso está tão frio aqui."

"Muito obrigada, meu jovem. É bom receber alguma ajuda." Mya empurrou para cima, sentando-se na cama. "Vem aqui, Rosie, e me fale sobre o seu namorado."

"Meu namorado, vovó?", Rose arregalou os olhos surpreendida.

"Eu tenho olhos, não? Eu posso ver como ele olha pra você."

"O nome dele é Michael — ele corta lenha para a vila. Ele também é um artesão."

"Ele já fez a sua cama nupcial?"

"Vovó!"

"Não fique tão chocada, Rosie. Tenho ouvidos, não tenho? Eu podia ouvir você sussurrando na porta."

"Mas papai diz…"

"Eu sei o que seu pai diz, mas as coisas têm que serem feitas em seu próprio tempo — e não depois." Ela puxou Rose pra perto e lhe deu um beijo. "Eu sei como você se sente, minha querida. Eu também já fui jovem, acredite ou não."

Rose envolveu Mya em seus braços, retribuindo seu beijo. Michael entrou com uma braçada de madeira e os dois logo esquentaram o jantar no fogo ardente.

Mya agradeceu pela comida. "Agora é melhor vocês irem; está escurecendo."

"Mas há uma lua cheia esta noite," Rose protestou.

"Mais uma razão para irmos", Michael acrescentou. "Há

mais do que sombras no bosque à noite."

"Está bem." Rose colocou o caldeirão da sopa no cesto e beijou sua avó.

Michael segurou sua mão, enquanto eles seguiam pelo caminho.

A lua irradiava luz no caminho, lançando as sombras em fitas nítidas e negras. Eles se encaminharam facilmente para a encruzilhada, mas Michael vigiava os dois lados do caminho.

Ele beijou sua testa. "Rápido, para casa, agora; eu ouvi alguma coisa na escuridão."

"Você vai falar com meu pai amanhã?"

"Naturalmente."

"Tenha uma boa noite, então. Eu vou direto para casa."

Logo que se afastou de Michael, então, uma sombra separou-se das árvores e bloqueou o seu caminho.

"Por que demorou tanto, Rose?"

Ela gritou de surpresa e olhou para a escuridão. "Quem é? Pedro?"

"É, sim. Você e Michael saíram há tanto tempo. Eu fiquei esperando."

"O que você quer?" Ela tremeu, apesar do fato de que conhecia Pedro por toda a sua vida. Ela recuou, procurando por Michael, mas ele já tinha ido embora. Alguma coisa na voz de Pedro estava áspera — estranha.

"Você." Ele se aproximou, com a mão estendida.

"Por que você não vem para nossa casa amanhã? Agora é tarde — minha mãe deve estar preocupada."

"Eles se preocupam com você? Eu pensei que você era uma criança da floresta, sempre vagando fora do caminho atrás de uma borboleta ou de uma flor." Ele agarrou seu cotovelo seguindo seus passos.

Sua mão estava quente, com dedos ossudos e Rose tentou se sacudir livre de seu aperto. Como ele não soltou, ela pegou a mão dele e puxou. Mas alguma coisa estava errada — algo na pele e nos ossos, algo no pelo.

Pelo? Ela levantou a barra da saia e correu pelo caminho. O cesto bateu contra seu quadril e então o atirou fora. Ela não ousou olhar para trás — Pedro poderia correr mais rápido e ela não queria vê-lo. Perdendo o fôlego, ela tentou correr mais rápido. Ela não precisava vê-lo. Ela podia ouvi-lo. Sua respiração áspera logo ardia contra o seu pescoço. Ela sentiu seu peso, suas garras e seu pelo áspero quando caiu no chão.

"Michael — socorro!" Pedro abafou seu grito enquanto empurrava seu rosto contra o chão. Ela sentiu gosto de lama, então, com a dor arranhando seus ombros, mergulhou na escuridão.

* * *

À medida em que a escuridão se desvaneceu, ela ouviu vozes. Suspiravam e tagarelavam como um bando de aves marinhas. Tudo muito rápido — ela não conseguia entender, só sentia a urgência e a tristeza. Ela virou a cabeça, esforçando-se para não ouvir, mas eles falavam mais alto, fazendo sua cabeça estourar de dor. Lágrimas encheram seus olhos e escorreram pelo seu rosto, "Mamãe," ela chorou.

"Shh, Rose, você não precisa falar. Beba um pouco de água." Ela apoiou a cabeça de Rose e levou o copo aos seus lábios. "O doutor está chegando."

"O que aconteceu?" Ela deu um gole e depois baixou a cabeça. Suas costas queimavam como fogo.

"Você não se lembra?" Sua mãe ajeitou os travesseiros.

"Michael trouxe você para casa e disse que matou uma fera que a atacou na floresta. Mas quando os homens chegaram lá, encontraram Pedro —morto."

As palavras — fera, Pedro, morto —giraram em sua mente. Ela queria gritar de tristeza e confusão, mas sua garganta se fechou, e então tentou escapar da realidade.

Batidas de tambores a acordaram. A luz do sol fluindo através da janela se esparramava pelo chão. Tudo parecia tranquilo, mas as vozes do lado de fora soavam ásperas e zangadas. E os tambores que pontuavam o caos anunciavam uma execução.

"Rose, deite-se, você ainda está ferida." Sua mãe tentou empurrá-la de volta para a cama.

"O que está acontecendo? Eu ouço tambores."

"Melhor você não ver."

Envolvendo-se em um cobertor, Rose foi mancando para a janela. "Michael? Por quê?"

"Ele matou Pedro. Você conhece nossas leis. Uma morte requer outra."

"Ele matou a fera, mamãe. Ele estava me protegendo."

"Não era uma fera, querida, era somente Pedro."

"Eu tenho que ir."

"Não, Rosie, não olhe."

"Traga minhas vestes." Ela estremeceu quando a mãe a ajudou a colocar a blusa sobre sua cabeça, amarrando a fita no pescoço. Ela colocou uma saia e pegou um lenço fino. Uma onda de tontura veio sobre ela, então se agarrou na cabeceira da cama. "Mãe, por favor, me ajude. Eu tenho que vê-lo."

Ela agarrou o braço da sua mãe e foram lentamente para a praça onde o andaime estava pronto. Ao seu redor, as pessoas sussurravam e se afastavam. Aos pés dos degraus, Rose soltou sua mãe. Agarrou no corrimão e subiu para o local da execução.

As mãos de Michael estavam atadas atrás das costas, e o laço da forca em volta de seu pescoço. Seu rosto estava ferido e sangrando, sem dúvida, feito pela multidão barulhenta que ela tinha ouvido antes.

"Por favor, vá para casa, Rose. Eu não quero que você me veja morrer."

"Eu não vou ver você morrer." Ela virou e encarou a multidão. "Michael não matou um homem!"

Gritos clamavam ao redor dela. "Ali não havia nenhuma fera — apenas, Pedro."

"Me escutem. Eu juro — havia uma fera." Ela desabotoou a blusa e a abaixou, expondo seus ombros. Lágrimas quentes encheram seus olhos, enquanto ela se virava de costas. "Nenhum homem poderia fazer isto."

Nenhum ruído escapou da multidão espantada. O carrasco deu um passo à frente e ajeitou sua blusa. "Mas houve uma morte, e assim deve haver castigo."

"Banimento?", ela sussurrou.

"Assim seja," ele respondeu.

Rose se voltou para Michael e tirou a forca de seu pescoço. Ela sorriu e uma fenda abriu em seu lábio. Sangue escorreu de sua boca. Ela acariciou seu pescoço, fechou os olhos e o beijou. "Eu te amo, Michael." Ela provou o sal do sangue dele quando seus lábios também machucados se uniram.

"Eu te amo, Rose." Palavras indistintas escaparam de sua boca machucada.

"Para sempre," ela sussurrou.

"Para sempre," ele respondeu.

Mya estava junto ao fogo quando entraram na casa. "Rosie vai voltar para casa comigo," ela anunciou.

"Rose está ferida — ela não pode andar tão longe." Sua mãe

protestou.

"As costas de Rose estão feridas, e seu coração, mas não seus pés. Ela vem comigo." Mya geralmente se impunha e conseguia o que queria.

"Mamãe, eu quero ir. Ali é tão calmo. Eu ficarei bem."

Mya acenou. "Vem aqui, minha filha. Eu fiz uma pomada para você." Ela desamarrou a blusa de Rose e tirou-a dos ombros. Ela colocou um pouco da pomada sobre seus ombros e espalhou. "Está doendo?"

"Não, isso me faz bem."

"Você vai sarar logo." Ela cobriu as feridas com algodão e colocou a blusa no lugar.

"Como você sabia que eu estava machucada?"

"Eu sou uma mulher velha — nós somos sempre os primeiros a ouvir os sussurros e as histórias. Mya se aproximou do ouvido de Rose e abaixou a voz, "Venha comigo e eu vou te contar tudo."

A casa de Mya estava em silêncio depois do alvoroço na vila. Mya acomodou-se em sua poltrona e apontou para um banquinho a seus pés: "sente-se aqui, querida, eu vou pentear seus cabelos, enquanto lhe conto o que eu sei sobre o Lobo."

Rose se sentou e tirou os grampos do cabelo. Mya tirou os nós de seus cabelos com os dedos e pegou o pente. "Agora, eu não vou falar sobre os lobos cinzentos que vemos o tempo todo, mas um homem — ou mulher — que assume uma forma de lobo quando a lua está cheia. O Lobo deve ser cuidado por alguém que conhece a lenda. Então, eles só vivem e caçam como lobo durante os três dias de lua cheia. Pedro, talvez, não sabia que carregava a semente, e quando a raiva se apoderou dele, ele não teve controle. Foi isso o que você e Michael viram naquela noite, e foi isso que ele matou. Quando essa criatura está morta, ela se torna homem outra vez."

"Se ele está morto, então, o perigo passou."

"Talvez." A velha deslizou o pente pelo cabelo de Rose. Mas esta é a floresta do Lobo, e sempre teve um por aqui, desde que os anciãos podem se lembrar. Ainda pode haver aquele que semeou Pedro, e Pedro pode ter semeado você."

"Eu?", Rose se virou para olhar a avó.

"As marcas em suas costas são de dentes e garras, e estão sarando mais rápido do que normalmente sarariam. Leva algumas temporadas para que ocorra uma mudança completa. Até lá, você estará segura aqui comigo."

"Segura?", Rose estremeceu. "De quê?"

"De alguns que seriam imprudentes o suficiente para querer vingar a morte de Pedro." Mya prendeu os cabelos de Rose com uma fita.

"E então? Eu não quero acabar sendo como Pedro."

"Eu tenho uma receita para uma poção. Isso previne a mudança e ajuda a controlar a raiva. Se não ajudar, vou levá-la para o hospital em Bridgeton."

"O asilo?"

Mya acenou a cabeça. "Não seria melhor viver como uma louca, do que não viver?"

Rose deitou a cabeça no colo de Mya. Suas lágrimas molhando o avental de sua avó, mas Rose sabia que em seu coração só havia um caminho.

* * *

Havia um novo guarda. Rose seguiu-o pelo corredor que, por sua vez, mudara ao longo dos anos, tentando identificar seu nome, e quantos diferentes que ela conhecera durante seu tempo aqui. Ele segurou a porta para ela entrar no escritório.

"Nome?", o homem da mesa não tirou os olhos de sua escrita. Finalmente, ele levantou a cabeça. "Nome?", ele repetiu.

"Eu sou Rose Aldren. E você?"

Ele colocou sua caneta de lado e olhou nos olhos dela. "Eu sou o Dr. Wellington, o novo diretor desta instituição, me desculpe por não me apresentar. Por favor, sente-se."

Rose sentou na cadeira em frente à mesa. "O que você quer comigo?"

"Tratamentos mudaram nos últimos anos. Eu estou estudando cada caso para ver o que é necessário e se existem novos remédios que possam ser usados."

"Entendo."

"Há também alguns pacientes que podem se beneficiar de uma mudança de quadro." Rose esperou. Dr. Wellington clareou sua garganta: "Você é uma lunática, senhorita Aldren?"

"De fato. Meu temperamento é governado pela fase da lua."

"Isso não é exatamente o que eu quis dizer." Ele anotou algo no papel. "Você se considera insana?"

"Eu não posso responder isso. Eu não sei a regra pela qual sã ou insana é determinada."

"É claro. Isso seria para os médicos decidirem." Ele virou a página. "Há quanto tempo você é residente aqui?"

"Eu não sei. Eu parei de tentar contar os dias há muito tempo. Eu me lembro do dia em que vim...eu penso que tinha dezoito anos. Dr. Johnston era o diretor."

"Isso não é possível. Você deve ter ouvido os guardas falarem sobre o Dr. Johnston. Ele foi o fundador deste asilo. No entanto, os registros da sua entrada aqui foram perdidos. É difícil acreditar que você não se lembra quando foi, você não aparenta mais do que vinte anos."

"Desde que não tenho espelho, eu não posso dizer quanto eu aparento." Rose tentou reprimir um sorriso, e manteve seus olhos desviados. "Ouvi dizer que a licantropia confere vida longa e aparência jovem."

"Você está me dizendo que é um licantropo? Nestes tempos modernos, não damos crédito a lendas e contos de fadas."

"Perdão. Eu simplesmente declarei um conceito."

"Você está tentando me provocar, senhorita?"

"Não, senhor." Rose levantou a cabeça para olhar para o doutor. "Eu estou respondendo as suas perguntas."

"Entendo." Ele começou a remexer os papeis, colocando-os em ordem, ordenadamente empilhados. Então, ele afastou a pasta. "Os funcionários me dizem que você é um modelo de comportamento decoroso. Exceto, é claro, por alguns dias por mês. Eu tenho certeza de que isso pode ser controlado com medicação adequada."

"Sim...drogas amargas na água...algo para induzir o sono." Rose conhecia o gosto desses pós.

"Temos as fórmulas para essas drogas, aqui. Você tem capacidade de obtê-las pessoalmente. Em outras palavras, senhorita Aldren, nós vamos mandá-la para casa."

"Para casa?" Tinha passado tanto tempo que não via a casa de Mya na floresta, ou sua vila com suas fazendas caseiras e vendas. Quando ela fechou os olhos, pôde sentir o cheiro da lenha queimando e ver a fumaça que manchava o horizonte. "Sim," ela respondeu. "Eu gostaria de ir para casa."

Dr. Wellington remexeu alguns papeis. "Nós não temos o endereço de nenhum parente seu. Onde você gostaria de ir?"

"Minha família é de River Run."

"River Run? Não seja tola. Aquela vila desapareceu há cem

anos."

Rose esfregou a testa e as lágrimas encheram seus olhos. "Não existe mais nada? Floresta Helms ainda existe?"

"Claro, é um parque agora, mas precisamos de um local mais específico."

"Minha avó tinha uma cabana lá — perto da Rua Orchard a família teria conseguido mantê-la. É para onde eu vou."

"Vou mandar chamar um carro e um motorista." Ele bateu em um sino na mesa.

Carro? Há quanto tempo ela estava nesse asilo? "Dr. Wellington, se possível, eu preferia andar. Não é muito longe, e os bosques são agradáveis nesta época do ano."

Do lado de fora do prédio de tijolos vermelhos do asilo, um dos guardas a conduziu gentilmente através de uma cerca feita de fios de metal em um padrão entrecruzado, diferente de qualquer coisa que ela já tinha visto antes. Ele apontou para onde estava o sul e deu suas direções. Direita, esquerda, direita. Com nomes de ruas desconhecidas.

Durante sua caminhada, passava por casas ordenadamente arrumadas em fileiras, carruagens que se moviam sem cavalos, e ruas arranjadas em um padrão que ela não reconhecia. Quanto tempo havia passado? Nada era igual. Seu coração batia forte no peito quando os transeuntes usando roupas estranhas a encaravam. Ela encontrou em si mesma a capacidade de sorrir com bondade, "Bom dia," ela cumprimentou mais de uma vez. Só um respondeu, um homem carrancudo com cabelos grisalhos, dando-lhe um brusco "bom dia."

Quando chegou à floresta, descobriu que tinha sido cercada com mais cercas de arame em padrão entrecruzado. Um sinal indicava as regras de comportamento para os visitantes incluindo: Não permitido acender fogueiras, e não permitido cortar árvores. Seu coração espremeu dentro de seu peito. Os bosques ainda existiam, mas tantas coisas mudaram , tantas coisas tinham sido reconstruídas. Qual seria a chance de que a cabana ainda estivesse em pé?

Ela caminhou pela floresta. O caminho tinha mudado, algumas árvores ao lado dela eram mais altas e havia menos árvores em geral. Mesmo assim, ela reconheceu o caminho. Ela seguiu na direção em que a cabana ficava.

Ela chegou em outro trecho de cerca de arame, alcançando o fim do parque da floresta sem ver a cabana, com seu coração consternado. No entanto, o caminho continuou fora da cerca. E, diferente das outras partes desta floresta protegida, cercada por ruas que continham apenas por um número relativamente pequeno de árvores cuidadosamente plantadas, uma pequena área de bosque selvagem se encontrava aqui, fora do parque. Passando pela cerca, seus olhos avistaram uma cabana. A cabana.

Quando se aproximou, ouviu um machado cortando madeira e seu coração acelerou. Ela sentiu um cheiro de fumaça na brisa e quando ela virou a esquina, lá estava Michael, seus braços carregados de lenha. Seu sangue deveria ter sido transferido a ele com aquele beijo.

Ele a viu , e seu velho sorriso se espalhou pelo seu rosto. Juntos, eles poderiam manter a floresta para o Lobo.

Fim

Cindy Emmet Smith

é uma escritora premiada de Pennsylvania Central, EUA, onde vive com seu marido. Seus três filhos já voaram fora do ninho. Ela publicou o romance: The Cracked and Silent Mirror (O Espelho Rachado e Silencioso), em 2000. Serviços em "Church Worship Magazine"(Revista de Louvor de Igreja) em 2002 e 2003, histórias em "True Confessions" (Confissões Verídicas), e Coming Home (Vindo Para Casa) do Rocking Chair Reader (Leitor de Cadeira de Balanço) em 2004, e poesia em "Time of Singing,"(Tempo de Cantar), "By line", (Assinatura), e "Penned from the Heart" (Escritura do Coração). Ela contribuiu para a seção de Natal do Williamsport Gazette que foi editado por West Branch Christian Writers. Cindy tem atualmente duas novelas de ficção especulativa disponíveis: Perfect Blood, Innocent Blood (Sangue Perfeito, Sangue Inocente), e Solo Flight (Voo Solo).

Ogro Dental

Por Lisa Godfrees

A única coisa boa de perder um dente — a língua de Alexa sondou a falha, sentindo o gosto de cobre em sua boca —era uma visita da fada do dente.

Ou assim como seus pais declaravam.

Eles insistiam que se ela mexesse o dente todos os dias, a estalactite óssea cairia por conta própria, e a fada dos dentes a visitaria para trocar tesouros.

Doía balançar, então ela ignorou o incômodo pendente e vacilante até que seu pai, finalmente, perdeu a paciência. Tirou o fio dental, seguido por uma sessão de tortura em miniatura. O espetáculo terminou com um dente ensanguentado na sua mão, e um buraco dolorido na boca.

Alexa colocou seu molar dentro de um saquinho de tule e amarrou com uma fita. Sua língua encontrou outro molar mole —esse, seus pais ainda não sabiam. Ela tinha que encontrar uma maneira menos dolorosa de se livrar dele. E esta noite seria sua chance.

* * *

Alexa acordou com agitados grunhidos vindos do seu trav-esseiro. Ela pulou e acendeu o abajur no criado-mudo. O travesseiro se acalmou.

Sua armadilha deve ter funcionado! Ela levantou seu traves-seiro e congelou.

Uma criatura minúscula lutava contra as fitas duplas do saquinho. Ele era do tamanho de sua palma, mas, marrom e avermelhado como o nó de um velho carvalho. Vestido em um macacão escuro e um boné mofado, poderia ser um cruzamento entre um sapo e um duende.

Alexa clareou a voz sonolenta.: "você é a fada dos dentes?"

"Eu pareço uma fada, para você?" Sua voz rouca era sur-preendentemente profunda para um ser tão pequeno. "E você não sabe que é má sorte pegar um ogro dental?"

"Eu nunca ouvi falar sobre um ogro dental."

Ele bufou: "lógico. Essa propaganda de fada do dente tem funcionado muito bem."

"A fada do dente não é de verdade?"

"É claro que não. Ela é só um estratagema de comercialização para que as pessoas deixem os dentes para nós." Ele lutou contra o pequeno saquinho. "Desde os Acordos Dentais de 632, fomos proibidos de participar da mineração dentária sob pena de morte. Agora, me deixa sair daqui."

"O que vocês fazem com os dentes?"

"Nós os comemos , é claro. Do que você acha que os ogros dentais sobrevivem?"

"Como poderia saber? Nunca ouvi falar de vocês antes, lembra?"

As fadas eram supostamente boas, mas como seriam os ogros dentais? Poderia confiar nele com seu pedido? Sua língua pressionou o dente mole outra vez e ela estremeceu. "Prometa-me um favor, e eu deixo você ir."

O pequeno ogro franziu o cenho, fazendo seu rosto, que já era feio, tornar-se repugnante: " o quê?"

Ela fez uma pausa, redigindo cuidadosamente seu pedido. Todos os contos de fadas que ela lia afirmavam que o palavreado era importante. "Você pode ter meus dentes de leite se você puder removê-los sem me machucar. Você tem uma mágica para isso ou algo assim?"

"Sem mágicas. Eu não sou uma fada, lembra?" Ele zombou. "Mas eu posso tirar seus dentes como fazíamos nos velhos tempos. Você não sentirá nada."

"Mesmo?"

"Eu prometo." Ele sorriu, mostrando duas fileiras de dentes de pedra tortos. "Então, você está de acordo?"

A apreensão pesou em seu estômago como chumbo, mas que escolha ela tinha?

"Está bem."

Alexa pegou sua tesourinha de artesanato e cortou o saquinho deixando o ogro livre.

"Agora é sua vez." Ele gesticulou para o travesseiro.

"Você jura que não vai doer?"

"Você vai estar dormindo o tempo todo."

Ela deitou em sua cama, como ele mandou.

Ele pronunciou uma palavra grossa e pesada. Uma palavra que soou como um trovão distante numa caverna subterrânea. A última coisa que ela viu, enquanto suas pálpebras caíam, foi seu rosto de escárnio inclinando-se sobre ela, com uma picaretinha na mão.

* * *

A luz do sol atravessou as cortinas e Alexa acordou. Ela passou a língua pela gengiva e ofegou. Algo estava errado. Ela correu para o espelho.

Todos os dentes dela tinham desaparecido — os de leite e os permanentes! Buracos sangrentos apareceram onde seus belos dentes antes estavam. O pequeno ogro mentiu para ela! Ele só deveria ter pego os seus dentes de leite. Não foi esse o acordo?

Ela soluçou, com baba de sangue caindo de sua boca e lágrimas escorrendo pelo seu rosto. Só uma coisa funcionou como prometido: ela não sentiu nada.

Fim

Lisa Godfrees

é fascinada por criaturas que não existem, especialmente Jack-alopes (Folclore da lebrílope: Um cruzamento entre uma lebre e um antílope). Ela foi uma cientista forense por mais de uma década, e ainda testemunha como perita técnica nos tribunais. É uma extraordinária programadora de luz, incrivelmente boa em trocadilhos, uma entusiasta da Gramática Oxford, mãe de dois, esposa de um, uma híbrida entre professora de Ensino Doméstico e autoproclamada viciada em dados técnicos. Também é a autora de cerca de meia dúzia de ótimos contos e historietas apresentadas em antologias, bem como coatora de Mind Writer. Conecte-se com ela no site: LisaGodfrees.com.

HMS: Navio de Sua Majestade-Tesouro Mutilado

Ou O Resgate do Sr. Espaguete

Por L. Jagi Lamplighter Wright

"Piratas, você me diz?", perguntou o detetive que estava em frente à varanda de Clara. Pelo menos, Clara imaginou que fosse um detetive — com seu chapéu Fedora e uma capa de gabardine, parecia um clone irritante de Humphrey Bogart — aquele ator lendário de Hollywood. Porém, também poderia ser um agente de seguros. Ela já tinha falado com tantos agentes, que perdia a conta.

Clara colocou as mãos nos quadris. "Escuta aqui, espertalhão. Talvez você queira que eu minta para você — como aquele vadio do meu ex fez na última vez em que isso aconteceu. Contar a você alguma historinha confortável sobre os ladrões de carro e deixar tudo isso por aí mesmo. Mas isso não vai acontecer, não!"

Ela sacudiu a cabeça com ênfase, fazendo suas muitas tranças de raiz voarem e abanou o dedo para ele: "eu sou uma mulher que respeita a verdade, é isso aí. Mais. Nem. Nunca. Vou. Mudar!"

Geralmente, quando chegava neste ponto, era quando

lançavam aquele olhar para ela insinuando "você deveria estar trancada num hospício". Mas esse cara apenas abanou a cabeça calmamente, como se estivesse filmando um programa de investigador criminal tipo Dragnet. Calminho, numa boa, estava ele.

"Piratas rebocaram seu carro, senhora. É isso, então?", ele perguntou novamente. Ele falava com sotaque seco e tenso nova-iorquino do Bronx. Clara nunca tinha ouvido um sotaque do Bronx em pessoa. E ela continuava esperando que ele desistisse disto, e começasse a falar como um ser humano de verdade.

"Sim!", ela retrucou asperamente.

"Tudo bem, senhora. Eu acredito em você."

"Você ...você acredita?"

"Com certeza, senhora. Esses piratas têm rebocado carros por toda a cidade."

Clara suspirou. Sentiu-se bem em ter alguém que, para variar, acreditasse nela. Fazia tempo que alguém a levasse a sério. Mesmo assim, ficou desarmada.

"Alguma ideia sobre quem está por trás disso?", ela perguntou, da maneira mais boazinha possível.

O detetive assentiu solenemente: "um grupo da pior escória sobrenatural em Fairydom — Mundo-das-Fadas."

Ótimo. Só podia ser mesmo que no cara, que finalmente acreditou nela, faltava um parafuso. Clara inclinou a cabeça e fixou-o com aquele olhar fuzilante que o porcaria do seu ex chamava de olho de Tribufu.

"Fadas rebocaram meu carro?"

O detetive a encarou, completamente inabalado pelo olho de Tribufu. E isso já foi uma coisa incrível.

"Senhora," ele falou cantando. " Você acabou de me dizer

que piratas roubaram seu carro e zarparam daqui — do centro de Chicago -, e eu acreditei em você. As boas maneiras ditam que você deve me estender a mesma cortesia."

Clara franziu o cenho. O cara parecia calmo e razoável. Não era o que ela esperava de um louco, mas ela tinha sido uma médica de sala de emergência, e não uma psiquiatra. Talvez, os verdadeiros loucos ficassem frios, na deles. Isto certamente explicaria por que ele se vestia e falava como se tivesse saído de um filme da década de 1940.

"Olha aqui, seu detetive sabe-tudo. Piratas é uma coisa..." Clara congelou, com sua boca aberta, porque nesse momento ela lembrou de algo.

Uma terrível sensação se espalhou por todo o seu corpo, muito parecido com o que ela imaginaria ser picada por escorpiões. Lágrimas brotaram ameaçadoramente em seus olhos. Ela soltou um gorjeio baixo, gemendo. "Senhor Espaguete!", ela lamentou, "ele está trancado no carro!"

"É o seu cachorro, senhora?", o detetive perguntou.

Clara chacoalhou a cabeça, quase chicoteando-o com suas trancinhas. Na próxima vez, ela ficaria um pouco mais pertinho e daria bem nele. "Não. Um boneco. O boneco favorito do meu filho." Sentiu-se envergonhada quando sua voz falhou. "Ele vai ficar inconsolável."

"Crianças perdem bonecos toda hora, senhora. Faz parte da vida."

Clara voltou-se para o pobre homem, mostrando os dentes como um lobo. "É mesmo?" Por que você não vem à minha casa então e explica isso para o meu filho? Ele tem oito anos, pesa quase trinta e dois quilos, e tem a capacidade linguística atrasada de um bebê de dois anos. Você vem na minha casa hoje à noite, e você explica para o Sammy o que aconteceu com seu Sr. Espaguete!"

O detetive baixou a aba do seu chapéu fedora. "Vou pegar seu carro de volta, senhora."

* * *

Clara estava de bruços entre as árvores do jardim zoológico do Lincoln Park e olhou através do binóculo. O chão estava úmido e frio sob sua blusa. Ela esperava que não demorasse muito tempo.

De acordo com suas pesquisas sobre recentes roubos de carros — ela tinha chamado um amigo bonitão de sua irmã no departamento de polícia — a área de estacionamento na estrada que tinha sob vigilância era um local provável para os ladrões de carro atacarem, e logo depois da hora de pique no trânsito era o tempo mais provável. Antes do amanhecer teria sido melhor, mas ela foi obrigada a esperar até depois que seus filhos, Sari e Sammy, fossem para a escola.

Doze carros desapareceram desta área de estacionamento na última semana. Como o dela, todos estavam estacionados sozinhos, sem nenhum outro carro atrás. Logicamente, isso não significava que um desaparecesse hoje, enquanto ela estivesse vigiando, mas ela tinha esperança.

E quanta esperança! Levou um baita de um esforço para reorganizar seu horário para tirar o dia de folga. Seriam semanas, até ela ter a chance de arranjar outro dia livre. Ela tinha que preservar seu precioso dia de folga para quando Sammy estivesse em casa. Era difícil o bastante arrumar as coisas para não ter que trabalhar durante os finais de semanas.

Julgando pela reação de ontem à noite, sua casa não sobreviveria mais um dia sem o Sr. Espaguete, muito menos, semanas! Clara esfregou a protuberância em cima do nariz, da vez em que o quebrou, , quando Sammy teve um chilique de birra no último desaparecimento do Sr. Espaguete há dois anos atrás, quando, sem querer, esqueceram o boneco de trapo no supermercado. Antes disso, ela tinha um belo nariz. Pessoas na rua a paravam para dizer que ela poderia ser uma modelo. Claro, isso foi há dez anos e vinte quilos a menos. Hoje„ ela tinha coisas mais importantes de que se preocupar com sua aparência e a admiração de estranhos.

Além do mais, de que valeu sua aparência, a não ser conseguir seu imprestável ex?

Clara abaixou a cabeça, descansando-a em suas mãos. Como foi que sua vida chegou até aqui? Dez anos atrás, tinha tanto futuro!

Ela cresceu no gueto; ninguém, em sua família, tinha terminado o ensino médio. Ninguém, em sua família, conseguiu muito em suas vidas, até que Clara veio.

Clara terminou o colegial. Ela terminou a faculdade. Ela completou sete anos de faculdade de medicina. Clara era uma médica! Quando sua mãe era jovem, mulheres não se formavam em medicina, muito menos mulheres negras. No entanto, a menininha da mamãe se tornou uma das melhores médicas na Sala de Emergência do Hospital de Misericórdia. Ela salvava vidas!

Ela ainda tinha um vaso de flores secas sob sua lareira. Os restos do primeiro buquê dado a ela por alguém cuja vida tinha salvo.

Ela largou tudo por Sammy.

Clara lembrou de quando Sammy era bebê. Ele tinha sido a coisa mais doce nos primeiros meses, ainda mais feliz e menos problemático do que sua irmã mais velha, Sari. A própria segunda vinda de Cristo não poderia ter sido mais doce.

Mas, aos dois anos, ele ainda não falava, e começou a fazer coisas com as mãos, coisas estranhas que o diferenciava de outras crianças, segurando as mãos em frente ao seu rosto e acenando. Aos cinco anos, ainda não falava, e continuava fazendo coisas estranhas com as mãos, e tendo chiliques de birra — manhas do tipo que as crianças de suas amigas já tinham parado de fazer aos três ou quatro anos. E aí suas supostas-amigas pararam de trazer seus filhos para brincar com Sammy.

E os gritos! Luzes brilhantes o irritavam. Cheiro de produtos de limpeza o irritavam também. Corantes na comida, o mesmo. E não poder comer os doces coloridos que as outras crianças comiam? Isso era a pior coisa, que o deixava como louco.

No início, Stan recusara a aceitar. Ele tentava encobrir por Sammy quando o menino era jovem, fugindo da realidade. Mas, quando seu filho, com seis anos de idade, ainda usava fraldas e se inclinava gesticulando estranhamente, gemendo em público, até mesmo para Stan, o Mestre de Ilusões, esta realidade não podia mais ser ocultada.. Ele começou a falar que Sammy não era seu filho, até acusou Clara de ter um caso.

Ela, Clara, menina super direita. Puxa, como ele se ferrou com isso!

Logicamente, nem tudo foi sempre assim. Antes, Stan tinha sido um marido por quem ela se orgulhava, tão bonito e musculoso . Ela limpou a lágrima na sua bochecha com raiva. Não adiantava nada viver no passado. Só deixava uma menina triste. Tinha que se focar no presente.

Fora a sua decisão de deixar a Sala de Emergência e ficar em casa para cuidar de Sammy o que realmente arruinou as coisas. Stan não gostou de perder o status social de sua esposa médica, e não gostou de perder o salário de seis dígitos, nem um pouquinho. Quis internar Sammy em uma instituição. Quando Clara não aceitou, ele se mandou. O imprestável caiu fora.

Bem, já foi tarde! Ela não precisava de um homem como esse, de maneira alguma.

Stan mandava dinheiro, mas nunca era o suficiente. Ele gastava a maior parte do que ganhava com sua nova esposa e sua filhinha perfeita. Clara teve que trabalhar no pegue-e-pague Smarty-Mart.

Smarty-Mart! Saiu do auge de ser uma médica da Sala de Emergência para ser gerente em um Smarty-Mart. Era o suficiente para fazer uma mulher comum chorar.

Mas Clara não era uma mulher comum. Ela era uma batal-hadora.

Se sacrificar sua carreira árdua para ser uma gerente no Smarty-Mart era o que Deus exigisse para que seu filho tivesse uma boa vida, então era o que ela iria fazer.

Isso não significava que ela não fraquejava e berrava como um bebê de vez em quando — geralmente à noite, quando ninguém estava acordado para ver. Mas, com toda certeza, não ficava resmungando sobre o que a vida jogava em seu caminho, assim como certas pessoas que conhecia.

De uma maneira geral, agora que pensava nisso, essa era a realidade de todas as mães com crianças com necessidade especiais que ela conhecia. Estar envolvida em nome de seu filho tinha a levado a conhecer muitas outras mães de filhos com problemas de "transtornos do espectro." Elas eram um grupo de mulheres surpreendentemente resilientes — sem contar uma ou duas que não puderam aguentar o baque. Havia um motivo por que seu grupo mútuo de apoio se chamava Mães do Inferno.

Tudo valia a pena, é claro. Sammy poderia ser diferente das outras crianças. Ele poderia não falar claramente. Ele poderia agitar seus braços quando se chateava, às vezes até machucando a mãe e a irmã. Mas tudo desaparecia, no entanto, quando ela o olhava e enxergava em seus olhos firmes e brilhantes um olhar com tanto amor, tanta confiança.

Era como se estivesse olhando diretamente dentro de sua alma, como se estivesse olhando nos olhos de um anjo. Só um sorriso de Sammy fazia toda essa porcaria valer a pena.

De algum lugar acima do topo das árvores veio um som muito estranho. Clara ficou rígida ouvindo. Vozes, ela pensou, como um coro. Só que as vozes eram frias, misteriosas, sem alma e cheias de um júbilo severo que nada tinha a ver com alegria.

A tripulação do Tesouro Mutilado somos nós
Sem medo inigualável perverso e livre!
Imortais e impiedosos ladrões somos nós
Nossos corações tão inquietos e frios como o mar!
Nós não sangramos sangue e não podemos chorar lágrimas!
Nossos corações estão tão vazios e profundos assim quanto nossos anos!

"Este vai valer, rapazes!", gritou uma única voz grave e profunda.

Clara levou o binóculo até seus olhos e olhou fixamente. Ela ficou boquiaberta. Embora tivesse um vislumbre desses ladrões antes, não estava preparada para o que via agora.

Uma enorme caravela de armada, suas velas da cor de névoa de pântano, navegou descendo do céu nebuloso. O mastro principal tinha o símbolo de uma Lua de Sangue e uma bandeira preta de pirata tremulava no mastro de proa. A bordo do navio estava uma tripulação de piratas, mas não como os piratas conhecidos em qualquer livro ou filme.

Homens baixos e gordos, com casacos compridos e botas e bonés vermelhos de marinheiro, eram Serventes da pólvora na artilharia. Eles trabalhavam de um lado para outro carregando pedras para os canhões.

Criaturas enormes e brutas manejavam as armas, seus chapéus Tricorne, seus coletes e suas calças curtas eram feitos de cascas e folhas secas. Fadinhas aladas, não maior do que o dedo de Clara, vigiavam ao redor em enxames. Não eram criaturas engraçadinhas e lindas, como nos livros de contos, mas, sim, cruéis, malvadas, coisinhas com rostos feios e distorcidos. Em suas mãos, seguravam espadas de cobre brilhante.

Ao leme estava um velho com um olhar malicioso, de barba branca e comprida. Ele estava coberto de cracas e algas e usava uma concha como chapéu. À sua esquerda, uma criatura horripilante com um nariz enorme e sem boca, inclinava-se precariamente sobre a grade, segurando o que parecia ser uma pistola de madeira.

O capitão e seus oficiais tinham outro porte. Clara virou seu binóculo para eles com fascinação. Essas altas e arrogantes fadas, bonitos demais, vestiam trajes de piratas com capas, casacos, blusas bufantes, cinturões brilhantes, e botas altas. Somente as capas estavam esfarrapadas e flutuando, as blusas bufantes eram sedosas, e as mangas largas de seus casacos pendiam como um manto de fantasma. O grupo não parecia tanto como piratas, mas sim como mascarados em um baile veneziano fantasiados de piratas.

No lado do casco do navio, com escrita em curvas floreadas, dizia: O Tesouro Mutilado.

Os Bonés vermelhos jogaram para baixo ganchos de cobre, verde com pátina, que pegou em uma árvore e num suporte de bicicleta.

"Puxa! Força! Puxa!" A tripulação gritou com dureza. Três ogros grandes e corpulentos guincharam o navio até o chão. A árvore balançou descontrolada-mente. No topo, os Bonés vermelhos e os duendes recolhiam a vela mestra e a vela genoa. Com um rangido enferrujado, a popa do navio se abriu, descendo até tocar o chão, onde formava uma rampa.

A rajada áspera de um chicote fez Clara pular. Uma enorme criatura, musculoso e desajeitado, tropeçou para a frente; um grande olho vermelho perscrutava do meio da cabeça. Estava preso com correntes. Uma enorme coleira de bronze presa em volta do pescoço e semelhantes algemas rodeavam cada pulso e cada tornozelo. As correntes esverdeadas eram mantidas por muitos Bonés vermelhos, cada um ancorado por um ogro.

Era um ciclope, esses da Mitologia Grega. O que ele estava fazendo em um navio carregado desses pesadelos de contos dos livros dos Irmãos Grimm?

A criatura horrível com rosto macabro, sem boca, segurava o chicote. Ele levou o ciclope para baixo da rampa. Arrastando-se lentamente, o bruto de um olho só foi para o chevrolet vermelho estacionado sozinho, e prendeu o veículo com os ganchos. Depois, ele se arrastou para a rampa novamente, grunhindo sob o ataque de chicotadas, quando parou, e começou a girar uma manivela. Lentamente, com empurrões e paradas, ele guinchou o carro para o convés.

Então, o capitão deu o sinal. Um mecanismo invisível levantou a rampa de popa e a caravela de armada das fadas sinistramente flutuou para o alto. Em cima, os duendes ergueram as velas, e o navio disparou sobre os prédios, em linha reta acima no céu nebuloso, que começava a anoitecer.

Clara baixou seu binóculo e olhou fixamente para o navio de

fadas que partia, seu corpo tremendo. Aquele detetive tinha razão. Ela deveria pedir desculpas a ele.

Ela olhou para o navio por um longo tempo, o medo guerreando contra a determinação. Então, ela se levantou, sacudiu-se, e dirigiu pela cidade para esperar que a biblioteca abrisse.

* * *

Quando Clara se encolheu no chão do carro alugado e estendeu o cobertor sobre a cabeça já estava escuro. Ela deitou a cabeça na sua mochila velha da academia —dos dias em que ela tinha tempo para fazer ginástica. A mochila estava cheia de especialidades que ela tinha comprado depois de ter ido à biblioteca, coisas que os livros da biblioteca haviam sugerido que ela poderia precisar.

Enquanto ela esperava no escuro, debaixo do cobertor, dentro do carro gelado e fedorento, ela orou. Sua grande fé na existência de Deus nunca vacilava, nem através de tantas reviravoltas que a vida lhe tinha lançado. Ela simplesmente não mais confiava que Deus responderia suas orações. Mesmo assim, não custava nada pedir. Ele era um Deus misericordioso, talvez se apiedasse de sua situação.

Mais provável, é claro, Ele estaria rindo em sua Divindade pra burro.

O carro balançou e deu um tranco. O estômago de Clara esfriou. Seriam eles?

Ela agarrou sua mochila de ginástica com uma mão e se apoiou contra o assento com a outra. Houve um momento de silêncio acompanhado por ruído baixo metálico. Daí, o carro começou a se movimentar. Enquanto balançava no ar, Clara bufou com triste humor: a primeira resposta de oração em oito anos, e Deus escolheu seu pedido para ser sequestrada por piratas de conto de fadas.

* * *

Clara ficou muito quieta, escutando o som de pisadas se retirando. A viagem na caravela de armada das fadas levou cerca de meia hora, de acordo com o seu telefone celular. Então, o carro foi baixado outra vez em sua posição atual. Houve algumas batidas ao redor, algumas vozes abafadas, e um som raspando alto. Depois, tudo silenciou.

Bem devagarinho, Clara puxou o cobertor para o lado e se sentou. Ela rastejou até o banco de trás e espiou através da janela. Outro carro estava ao lado do dela, e outro, outro, outro. Ela se levantou um pouco mais e espiou mais longe. Ninguém parecia estar por ali. Abrindo a porta, ela saiu gatinhando até a capota do carro alugado, tentando enxergar na luz da lua pálida. Havia carros que não acabavam mais. O mar de carros se espalhava em todas as direções, exceto à esquerda, onde havia um edifício alto. E, na outra direção, para a borda de sua visão, ela viu um par de barcos entre os veículos. A direita, perto do que poderia ser uma estrada, foi o quê...um avião?

Como poderia encontrar o Sr. Espaguete?

Pulando fora, Clara deu um afeiçoado adeus com uma ba-tidinha de mão no carro alugado. Com a perda deste carro já ia seu último cartão de crédito, o qual ela estava mantendo para emergências, no caso de uma das crianças ficasse muito doente, precisando de mais cuidados médicos do que sua mãe poderia fornecer. Ela deu de ombros e jogou a alça da mochila nas costas.

Ela se arrastou silenciosamente para a frente, espiando

dentro de cada carro, enquanto ia tremendo um pouco, apesar de estar usando seu moletom virado do avesso — esse era um dos truques que ela tinha aprendido durante seu tempo na biblioteca. Vestindo roupas do avesso era suposto manter as fadas afastadas. De vez em quando, ela parava para ouvir, mas não podia ouvir nada, exceto o zumbido da autoestrada à distância. Ela logo percebeu que seus esforços atuais eram fúteis. A lua gibosa não era brilhante o suficiente para deixá-la distinguir os detalhes de carros individuais à distância. Não havia nenhuma maneira de encontrar seu carro de longe, demasiados carros para procurar individualmente.

Caminhando para o enorme edifício que ela tinha vislumbrado à esquerda, Clara jurou solenemente que se ela não encontrasse seu carro, compraria um daqueles bonequinhos da Disney no Smarty-Mart que prende na antena para ajudá-la a encontrar o seu carro em um estacionamento lotado. Um novo abridor eletrônico — algo que ela poderia apontar e clicar e ligar seu carro — seria melhor ainda, mas custava uma nota. Mais moedas do que ela tinha em seu cofrinho.

* * *

A porta conduzia a algum tipo de armazém ou fábrica. Não via bem, tropeçando na escuridão, mas devia ser um lugar grande, porque cada objeto que ela batia ou chutava sem querer, ecoava sinistramente. Ela precisava encontrar um interruptor de luz. Irritada, ela sacudiu sua mochila e bufou. Tantos acessórios inteligentes, e não tinha pensado em trazer um farolete. E a porcaria do seu celular pré-pago não tinha uma tela grande o suficiente para iluminar nada, a não ser seu pé.

Depois de bater a cabeça em algum troço pendurado, Clara,

finalmente, encontrou uma porta que dava para outra sala. No outro lado da porta, ela encontrou um interruptor de luz, só que agora ela não precisava mais.

Uma fundição se espalhava diante dela. Estava vagamente iluminada, o brilho alaranjado brilhante de metal derretido iluminava a vasta área, parecendo um pesadelo do Quarto Círculo do Inferno. O lugar cheirava a metal quente e estava aquecido, uma mudança bem-vinda contra o frio da noite. Clara se moveu cautelosamente, grata pela pausa antes de ter acendido o interruptor. Ela estava obscurecida por sombras que teriam desaparecido, tivesse ela feito a besteira de acender a luz.

De sua posição, ela não conseguia ver a equipe de trabalho. Porém, deveria ser uma equipe, porque enormes guindastes estavam baixando carros — sedãs inteiros e SUVs — dentro de caldeirões fundidos. Bem acima da fábrica, um centro de comando de madeira estava pendurado sobre a área de trabalho, seguro por contrafortes. Clara parou por baixo examinando a estrutura com o olho de tribufu. Quem seria doido assim para usar materiais combustíveis, em vez de aço ou vidro, num ambiente cheio de faíscas ardentes? Fadas, é claro, que não podiam tocar ferro frio — e, aparentemente, nem ferro quente também.

Se os mestres das fadas não estavam dispostos a pisar no chão da fábrica, de quem, então, consistia na equipe de trabalho? Mais ciclopes escravizados?

Com um rangido estridente, um dos caldeirões se inclinou. Uma jorrada de líquido amarelo quente derramou em um tipo de calha comprida, iluminando ainda mais o edifício. As sombras ao redor dela fugiram do canto em que ela estava. Clara viu algo pálido pendurado na parede à sua direita. Ela se movimentou para investigar. "Deus amado!", ela tapou a boca com força com a mão. Pendurado, suspenso por uma corda, estava o detetive que a tinha questionado no dia anterior, aquele que tinha prometido pegar seu carro de volta. Pendurado pelos pulsos, acima de um círculo de cogumelos venenosos nascendo diretamente do cimento. Seu rosto tinha sido espancado. Ele tinha um olho preto e uma contusão feia em uma das bochechas. Ele parecia não estar respirando. "Ele está... você está morto?"

"Não, está tudo bem, senhora." A voz vinha de algum lugar ao lado esquerdo do corpo. Parecia que um par de címbalos tinha recebido uma voz e falava com sotaque nova-iorquino. "Isso é apenas meu corpo. Normalmente eu fico lá dentro. Mas saí, porque não estava gostando da maneira que eles estavam tratando dele."

"O quê...o que você é?" A mão de Clara já estava dentro da mochila, procurando por algum tipo de arma. Ela puxou algumas coisas a esmo e ficou segurando um sininho e uma caixa de sal. Isso funcionaria? Os contos de fadas não tinham sido muito específicos sobre o assunto do que funcionava e sobre quem.

"Já leu A Tempestade, por aquele cara Spearshaker?" Sua voz agora emitia do ar acima do ponto mais próximo do círculo de cogumelos venenosos. Quando Clara assentiu, ele continuou. "Lembra-se de Ariel? Bem, eu sou parte dele...você chamaria como um irmão. Eu só passo meu tempo neste corpo aqui por causa do Sr. Próspero, que quer que eu ajude os humanos. Foi ele quem decidiu que eu seria um detetive. A propósito, meu nome é Mab."

"Mab?", Clara olhava de um lado para outro, mas não via nenhum sinal de autofalante, o que fazia sentido, ela supunha, se ele era algum tipo de espírito do ar. Ela cruzou os braços. "Eu pensei que esse era o nome da Rainha das Fadas?"

"Não, o nome dela era Maeve. Edmund Spencer ficou um pouco confuso sobre este assunto."

"Entendo. Posso soltar você?" Clara deu um passo à frente, olhando os cogumelos venenosos duvidosamente. "Eu trouxe algumas herbicidas."

"Herbicidas? Que esperta! Uma menina segundo meu coração. Você, provavelmente, precisará disso, mas não use isso aqui. Há outras magias, você pode se machucar."

"O que posso fazer?"

A voz silenciou por um momento. Então, com um suspiro, ele disse. "Senhora, eu quero lhe pedir um favor. Eu entendo que você talvez não seja capaz de conceder, mas eu... eu tenho que perguntar."

"Vá em frente." Clara olhou com ar de desconfiança: " o pior que posso fazer é dizer não."

"Para conseguir tirar qualquer coisa fora daqui, você vai ter que enfrentar as fadas. As fadas não têm livre-arbítrio, bem, não da maneira que criaturas com almas tem. Elas são obrigadas a obedecerem a certas regras."

"Assim como deixar uma pobre alma em paz se suas roupas estiverem do avesso, ou não cruzar um círculo de sal?", Clara perguntou. O ar que parecia morno quando ela tinha entrado pela primeira vez vindo de fora, agora estava se tornando desconfortavelmente quente. Ela limpou o suor da testa.

"Certo! E elas têm que obedecer às regras sob as quais estão sujeitas, gostem ou não. E não são de confiança. Isto vem de não ter nenhuma esperança do céu, você sabe, nenhuma razão para se comportar. Se você sobreviver a tudo o que atirarem sobre você, então, vão deixá-lo escolher algo para levar consigo.

Escolha a mim."

Clara jogou a cabeça para trás e olhou para ele como se estivesse maluco: "escolher você, e não o meu carro com o Sr. Espaguete?"

"Escolha-me, senhora, porque uma vez que eu sair daqui, posso fechar este lugar. Fechá-lo para sempre. Colocar...vamos apenas dizer que eu posso colocar tudo de volta no lugar — eu poderia fazê-lo agora, se eu pudesse alcançar a praga do meu celular, mas eu não posso trabalhar nesta forma, e você não pode atravessar o círculo mágico para obtê-lo para mim."

A voz de Mab se tornou mais séria. "Se escolher outra coisa, senhora, você terá que sair com ela, mas tudo o resto ficará aqui. Até outro mortal ter um encontro comigo, eu penso. Eu poderia ficar aqui por muito tempo, não que isto seja seu problema."

"Qual é o número? Eu posso ligar." Clara ofereceu, pegando seu telefone.

A voz soou realmente envergonhada. "Ninguém guarda números na memória mais."

Clara colocou as mãos nos quadris e bufou: "Você acha que vai ser difícil, Detetive Mab? Por um lado, eu tenho um boneco ou um carro. Por outro lado, eu pego tanto o boneco, como meu carro, o de aluguel, e eu salvo você, outro ser huma...outro ser vivo. E você pensa que eu acho essa decisão difícil?", ela balançou a cabeça para ele. "Você tem é muito que aprender."

A voz do detetive ficou baixa e triste. "Senhora, você não tem ideia. Se você me escolher, eu juro que farei tudo o que estiver ao meu alcance para retornar...tudo o que for seu aqui. Mas se você não quiser, eu entendo. Os mortais só podem suportar tanto."

Clara levantou a mão, como se estivesse fazendo o Juramento à Bandeira. "Eu lhe dou minha palavra solene, eu vou escolher você. E daí? . Gostou? Eu sou uma mulher íntegra. Não. Quebro. Minha. Palavra."

"Você não deveria ter feito isso senhora… mas, obrigado."

* * *

Ela deslizou ao redor da parede e estava preste a subir as escadas para a sala de comando quando ela viu o seu carro. Na fila de carros à espera para ser transformado em sucata. Clara voou pelas escadas que levava à sala de espera. Ela se agachou e correu entre os veículos como um espião de filmes. Ao alcançar o seu, ela procurou por suas chaves, respirando com dificuldade. Então, ela abriu a porta.

Atirou-se para o banco de trás , e Sr. Espaguete estava em suas mãos!

Clara fechou a porta e se sentou encostada no pneu de outro carro, uma grande van verde. Ela abraçou o estúpido boneco de trapo contra o peito, o cabelo igual espaguete, sujo com impressões digitais, espalhado por seu ombro.

"Você me deu trabalho para burro, amiguinho!", ela sussurrou para a coisa tola. "Eu não sei o que meu filho vê em você, mas ele lhe ama."

Mas era assim como o amor funcionava, não era?

Clara deu um último abraço no boneco de trapo e o enfiou dentro da mochila. Ela limpou o suor do rosto outra vez. O que fazer agora? Se não fosse pelo detetive, ela apenas iria embora. Esqueceria o carro, esqueceria que tivesse visto algo como este lugar. Apenas pegaria o boneco de Sammy de volta e a vida voltaria ao normal…sem o carro e sem o cartão de crédito. Mas ela se sentiu mal em pensar em abandonar o cara. Talvez, ela devesse tentar o herbicida nos cogumelos venenosos, afinal das contas.

Limpando uma lágrima que escapou de seu olho e tinha rolado quando ela estava abraçando o boneco, ela se levantou. Enquanto fez isso, olhou para a área da fábrica.

De onde vieram todas essas crianças?

Os pés de Clara não se moveram para a porta. Em vez disso, ela se aproximou em direção à fábrica.

Foi como se estivesse entrando em um pesadelo de contos de Dickens. Crianças pequenas de três anos até adolescentes fortes, trabalhavam na fábrica, movendo alavancas, chaves de acionamentos, trocando os moldes em que o metal derretido era derramado. Crianças sujas, vestidas em trapos, com contusões e feridas abertas. Crianças suadas, trabalhando em tanto calor. Crianças de olhos opacos, que passavam por suas rotinas sem nenhum sinal daquela faísca que faz uma criança... bem... ser uma criança.

Crianças humanas. Escravizadas por fadas. Aqui, nos dias de hoje, no país da liberdade. Crianças. Pequenas crianças. Como Sammy. Como Sari. Um dos meninos morenos até parecia com Sammy.

Apesar do calor, um frio gelado percorreu sua espinha.

Não, não parecia — ele era idêntico a Sammy. Exatamente como Sammy. Exceto, ele parecia ser como Sammy seria se ele fosse uma criança comum — sem aquela expressão de vez em quando estúpida, às vezes benéfica, que o Sammy verdadeiro normalmente tinha em seu rosto. Como Sammy ficava quando se concentrava, e ninguém poderia dizer que havia algo de errado com ele. Como Sammy pareceria se tivesse uma ferida infeccionada em sua bochecha e testa. Aquele garoto ali, com marcas de queimaduras em seu pulso onde faíscas haviam atingido — os desgraçados nem sequer davam luvas de couro para as crianças usarem — parecia exatamente com seu filho.

Como poderia ser isso?

Clara examinou o resto das crianças as quais ela podia enxergar. Seu coração quase parou. Ali! Aquela garotinha era a cara de Jillian, a única menina no programa de Terapia Comportamental na escola de Sammy. E atrás do guindaste gigante! O garoto que não tinha um braço. Ele parecia irmão gêmeo de Nicholas, o mesmo daquela classe de exercícios para crianças com necessidades especiais que ela levava Sammy na marra.

Devagar, suas pernas cederam. Clara afundou no chão de cimento frio e inclinou a cabeça. Em todos os seus anos de faculdade de Medicina e trabalho de emergência, Clara nunca tinha vomitado. Ela se orgulhava disso. Mas seu estômago de ferro falhava agora. Ela vomitou atrás do pneu de um BMW branco. Agachada, ela abraçou seus joelhos e ficou ali até suas pernas pararem de tremer. Depois, levantando lentamente, ela se esforçou para olhar novamente.

Ela sabia como isso poderia ser. Ela tinha acabado de ler todas aquelas histórias de fadas. Lágrimas quentes salpicavam de seu rosto caindo para o chão. Sua vida, sua carreira maravilhosa, as vidas que ela poderia ter salvo, o marido que ela teve —sim, ela admitiria agora, ela tinha amado Stan antes que tudo tivesse dado errado, e o covarde fugiu —tudo jogado fora, para que ela pudesse criar um impostor de fadas, que tinha sido trocado por seu filho verdadeiro.

Seu Sammy era um impostor metamorfo —uma criança trocada pelas fadas.

Agora que ela sabia, sua vida, finalmente, fazia sentido. Rindo na face da disciplina. Comportamentos estranhos. Falta de empatia com os seres humanos. Então, não era tão diferente

129

como rir em funerais e as outras coisas estranhas como as fadas se acostumavam fazer nos contos? E os produtos químicos modernos? Luzes brilhantes? Claro, que seu filho não podia tolerar! Ele era um raio de uma fada! Em retrospecto, ela pensou como foi que não descobriu isto antes.

Eram todos metamorfos? Mais de um milhão de crianças autistas apenas nos Estados Unidos. Foram todos roubados por fadas?

Ela pensou em sua amiga Jenna, suportando pacientemente os gritos e os ataques de seus três meninos autistas. Ela pensou em Martha, que gastava seus dias dirigindo de um doutor ao outro, determinada em encontrar a cura ilusória. Ela pensou na Sra. O'Conner, cuja filha tinha se mandado, deixando-a para criar seus dois netos autistas.

Todas essas mulheres, todo esse trabalho e amor desperdiçados em metamorfos— enquanto seus próprios filhos sofriam como escravos.

"Samuel!", ela saiu correndo, correndo pelo chão da fábrica. "Samuel!"

O garotinho se virou quando ela se aproximou. Seus olhos se arregalaram. Olhando para ela, maravilhado, ele perguntou em voz baixa: "você é...minha mamãe?"

Clara o agarrou, abraçando-o contra seu coração! "Eu sou! Eu sou sua mamãe! E eu nunca vou deixar você de novo!"

Ela se ajoelhou e abraçou seu filho desaparecido, sua amada criança há muito tempo perdida. Ele cheirava à fumaça de metal, mas havia sob ele um aroma igual quando abraçava Sari. Seu garotinho tinha o mesmo cheiro que sua filha! Qualquer dúvida que Clara poderia ter se evaporou. Os dois se abraçavam chorando muito.

Um ruído zumbindo assustou Clara, no mesmo instante

em que um Boné vermelho se lançou sobre ela. Gritando, Clara jogou seu corpo entre o Boné vermelho e seu filho. Furiosamente, ela enfiou a mão na mochila, procurando algo para usar. O Boné vermelho soltou um grito de frustração. Suas mãos arranhavam o ar, mas não a tocavam.

Sua roupa. A roupa vestida do avesso. Funcionou. Sem perder tempo, Clara agarrou seu filho, tirou a camisa suja dele e virou de fora pra dentro. Colocando-a sobre ele novamente, ela saiu correndo para os carros, às escadas e porta afora.

Mais Bonés vermelhos apareceram. Um segurava uma espada. Outro, girava uma corda de cobre. Outro segurava dois pinos de madeira malagueta como punhais. Logo, mais três os perseguiam, depois quatro. Quando se aproximou dos automóveis, viu um quinto Boné vermelho em pé à sua frente, sorrindo. Clara parou de repente, apertando seu garoto em um abraço. Ela tinha deliberadamente estudado sobre os Bonés vermelhos na biblioteca. O que é que o grande livro preto reivindicava contra eles? Ela fuçou dentro de sua mochila em busca das anotações de dicas.

Ah, certo! Versos Bíblicos fariam com que eles ficassem imóveis e perderiam um dente ou algo assim. Clara deixou escapar a única passagem bíblica que conseguiu se lembrar:

"O pão nosso de cada dia nos dai hoje!"

Os cinco Bonés vermelhos que avançavam congelaram no lugar. Resmungando, eles agarraram suas mandíbulas e se contorciam. Um momento depois, um dente saltou de cada uma de suas bocas. Os dentes dispararam através da sala, pulando pelo chão e ricocheteando contra os caldeirões. Fora os gemidos e os plic-plic de dentes que ouvia além do alcance de sua visão, ela assumia que mais Bonés vermelhos estavam chegando.

Durante tudo isso, Clara não ficou parada. Ela agarrou a caixa de sal dentro da mochila, e girou em um círculo, deixando o sal despejar livremente. Depois, ela girou novamente, para ter certeza de que não tinha deixado falhas. Ela teve que despejar sal nas duas falhas que encontrou, mas, finalmente, ela tinha fechado o círculo.

Os Bonés Vermelhos correram, aglomerando-se ao redor do espaço seguro dela. Eles eram baixos, homens barbudos com fardas escuras de marinheiro, usando bonés vermelhos, e cada um faltando um dente em sua boca.

Eles passavam ao redor da circunferência, como se estivessem procurando um ponto fraco.

"Hei, baixinhos?", Clara os chamou. Quando eles se reuniram ao redor para ouvi-la, ela gritou, "Buu!", lançando sobre eles seu olho de tribufu com toda força de seu desprezo.

Os Bonés vermelhos se dispersaram como as folhas diante um ventilador.

"É assim como funciona!", Clara gritou triunfante, confiante novamente. "Só Deus sabe o que aconteceu com aquele detetive. Ele nem piscou!"

Do outro lado da fábrica veio uma cortina de luzes cintilantes. Esta poeira cintilante dos duendes polvilhou como chuva sobre todas crianças que entravam em seu caminho. Estas crianças iam parando até ficarem imóveis. Alguns deles olhavam fixamente para o vazio, outros caíam no chão adormecidos. Clara agarrou seu filho amedrontado e murmurou, "Sal, não me falhe agora!"

Enquanto a cortina de areia sonolenta se aproximava, Clara viu que um pelotão de duendes voava acima, deixando cair a poeira das pequenas bolsas que carregavam no cinto. Os duendes voavam diretamente para ela. Não havia como correr para lugar algum. Clara rangeu os dentes e ficou firme.

Uma nuvem de poeira dourada atingiu o círculo de sal e curvou, até que Clara e Samuel pareciam estar rodeados por uma cortina semicircular de luz cintilante. Mas nem os duendes nem a poeira cruzou o sal.

"Caramba!", Clara sorriu amplamente. "Aqueles livros da biblioteca são o máximo!"

A poeira dos duendes ficou suspensa no ar um pouco, como partículas em um feixe de luz, depois, lentamente, descendo ao chão, formou um brilhante semicírculo dourado em torno de seu círculo branco de sal. Samuel olhou para cima, enquanto Clara o abraçava contra seu corpo, seus olhos arregalados: "o que acontece agora, mamãe?"

"Não sei, docinho. Vamos esperar."

"Eu tô com medo, mamãe."

"Eu estou aqui com você, bebê." Ela afagou seus cabelos encaracolados. "Eu não vou deixar você!"

Uma porta abriu no centro de comando de madeira, e o capitão emergiu. Ele começou a flutuar para baixo. Clara franziu o cenho. O nome do navio parecia divertido quando ela leu no parque. Agora, não parecia nada divertido.

O capitão era uma alta fada, com olhos escuros e pele translúcida de pálida. Seu casaco comprido voava sobre ele como asas enquanto ele descia. Seu aspecto era divino e agradável aos olhos; sua expressão era distante e cruel. Quando se aproximou, Clara viu que o capitão tinha perdido parte da perna abaixo do joelho. Em seu lugar, tinha uma perna prateada gravada com símbolos célticos.

Um pequeno duende sentava em seu ombro. O duende também estava vestido de pirata: chapéu tricórnio, camisa bufante branca, colete preto meio aberto, faixa vermelha, calça arrastão azul, botas pretas e uma espada de cobre — tudo nos trinques.

"O que cê pensa que tá fazendo?", Clara sempre regredia para a linguagem de sua juventude quando ficava zangada. "Tirando proveito desses tadinhos, pobres crianças indefesas?"

O capitão sorriu. Seus dentes eram todos afiados, dois eram feitos de prata. "Olha só! Como você é ousada, beleza minha! Mas seu tempo de fazer estragos chegou ao final. Devolva o menino e vá, antes que encontre um jeito melhor pra l usar você. Rarrrr!"

Ele falou como um pirata usando todas as palavras e entonações, mas sua voz era lânguida e insolente, completamente oposta às suas palavras. Era assustador.

Faça de um jeito melhoristo, seu porcaria! Clara grunhiu, enquanto rebuscava dentro da mochila. Senhor, ela precisava sair mais de casa. Ela tinha passado tanto tempo ao redor das crianças, que tinha esquecido como xingar corretamente. "Você solta estas crianças, ou vai se arrepender de ter nascido!"

"Perdão, beleza minha, mas você está se referindo à minha tripulação?" O capitão gesticulou preguiçosamente em direção à fábrica. Suas unhas eram longas e coroadas com tampas finas por onde saíam agulhas compridas. Ele notou que ela olhava e levantou sua mão gesticulando, "Serve bem para arranhar fora o olho de qualquer mão-de-obra faltando com respeito," adicionando languidamente, "Arrrr."

"Arrrr!", rosnou o duende em seu ombro. "Aqueles vermes com escorbuto!"

"Eles são CRIANÇAS!", Clara gritou. "Eles deveriam estar brincando e correndo por aí."

"Ao contrário," o capitão fada-pirata pronunciou com seu sotaque. "Quando as crianças são deixadas à sua própria vontade são propensas a causar caos. Nós acabamos com isso." Ele inclinou a cabeça para trás e acariciou sua barba inexistente com uma mão enluvada em preto. Levemente ele acrescentou, "Penso eu que você devia era estar grata por nosso serviço!"

"Nem nunca vou dignificar isso com uma resposta," ela resmungou, enquanto rebuscava sua mochila. Sua mão saiu com um punhado de giz em pó e uma pilha de linha vermelha. Ela jogou as coisas no chão com um grunhido de raiva. Isto não servia para nada! Ela mergulhou a mão de volta na mochila. Tinha que estar ali dentro.

"Esses pequeninos são nossos forjadores de armas. Eles fazem pistolas e espadas, para usar contra nosso inimigo, da perversa Corte Unseelie. Os Serventinhos fazem armas agora. Quando ficam maiores, com seus choramingos patéticos, s, os deixamos empunhar as armas. Eles têm a honra em destruir nossos inimigos, Arrrr! Meninos valentões se tornam, fervendo de raiva. Nós não podemos fazer ou segurar armas de ferro, é claro."

"Arrrr!", declarou o duende. "Nos derretem como sucata." Ele sorriu maldosamente. "Derrete nossos inimigos como sucata também, e eles não têm um exército de Serventinhos!"

"Serventinhos! A palavra que você está procurando é escravo!" Clara cuspiu. "Vocês escravizam crianças para fazer armas?"

O capitão do Tesouro riu profundamente. "Sim, esse pássaro negro aqui tem garra, tem, não? Olha só como ela se arrepia toda como uma raposa defendendo seus filhotes. Se nós tivéssemos mãe, rapazes, nós saberíamos como as mães reagem, não é?" Houve um riso murmurado dos piratas de Boné Vermelho, respondido por risadinhas tilintantes dos pequenos duendes flutuantes. Clara olhou ao redor com preocupação. Ela não tinha percebido antes que tinham uma audiência.

O capitão continuou, "Além disso, minha bela feroz, os serventes de pólvora fazem mais do que forjar armas. Alguns têm sorte o bastante para se tornar camareiros, ou serventes de outras fadas. Eles têm muita serventia, são bastante versáteis, realmente."

"Muito útil, Arrrr!" O duende olhou com malícia: "especialmente, as meretrizes suculentas!"

"Se eles são tão úteis," Clara perguntou com os dentes cerrados: "por que você os trata tão mal?"

"Tratamos mal?", o capitão voltou-se para olhar às crianças, perplexo, "não vejo nenhum dano sobre eles. Eles recebem comida, água e um tapete para dormir, o mesmo que os tripulantes. O que mais você quer que a gente faça? "

Clara olhou com raiva para ele, mas o capitão simplesmente parecia confuso. Seu sangue gelou. Grande Mãe do Céu, ele estava falando sério. As fadas eram tão insensíveis, tão estranhas à humanidade, que nem sequer sabiam que as crianças estavam sendo prejudicadas.

Finalmente, a mão de Clara tremia — tremia mais de ira do que de medo, agora — em seu punho, a peça de resistência. Ela segurou firmemente, mas não a retirou da mochila.

"Escuta, aqui, Cara de Fada, eu estou indo e estou levando o meu filho!", ela declarou.

"Penso eu que não! Piratas nunca abandonam seu saque." O fada-pirata sorriu, mostrando seus dentes de prata afiados. "Porém, a Antiga Lei, muito mais velha do que os costumes dos piratas, exige que devemos deixar você ir — com um único objeto de sua escolha — se você conseguir responder com sucesso um enigma."

"Escuta aqui, seu metido a Capitão Jack Sparrow!", Clara

sacou a espingarda de cano serrado de sua mochila e apontou para o capitão fada. "Tô brincando, não, seu joguinho de duende! Eu sou uma senhora de princípios! Eu. Não. Faço. Acordo. Com. Senhores de escravos."

"Eu temo que você não tenha escolha, minha Menina suculenta, você está em nosso território, agora. Nosso território, nossas leis!", O capitão parecia totalmente despreocupado. Atrás dela, os Bonés Vermelhos e ogros aplaudiam alto.

"Tá vendo esta espingarda?", Clara apontou para o peito do capitão fada-pirata. "Está socada com sal grosso e limalha de ferro. O ferro machuca vocês, não é? É claro que sim, ou você não estaria sequestrando bebês indefesos! Você sabe o que esta carga vai fazer quando atingi-lo ? Ferimentos pulmonares supurantes. Aorta rasgada. Parede estomacal perfurada. Não brinque com médicos„ seu bundão!" Clara riu, empurrando a arma contra ele. "Quando se trata em saber como ferir, solto os cachorros em cima dessa sua bunda mole!"

"Arrrr! A tradição exige que nós..." o capitão pirata-fada tentou falar.

Clara apontou a arma para a cabeça dele e firmou os pés.

"Ou podemos declarar que o enigma foi respondido e seguir em frente" —corrigiu o capitão das fadas. "Muito bem, você pode pedir uma coisa e só uma coisa pode levar. Tudo o que quiser de nossos espólios. Carros. Moedas de prata. Anéis mágicos. Qualquer coisa que você quiser."

Clara abriu a boca para dizer-lhe que era certo como o inferno que seria seu filho. Mas ela parou. Atrás dela, trabalhando na fábrica, estavam as outras crianças, centenas de outras crianças, milhares de outras crianças. "E se eu quiser levar todas comigo?", ela perguntou. "Você precisa que eu relembre o que vai acontecer com você e com seu duende marginal, miniatura-clone seu a, se eu puxar o gatilho?"

"Agora não faça nada sem pensar bem, minha Bela ousada!", o capitão pediu. "Nós, da linhagem antiga, estamos presos pelo seu círculo de sal. Mas não os Serventinhos humanos. As crianças adoram atirar com pistolas, você sabe, e temos muitas aqui. Que tragédia seria se você e seu menininho fossem baleados por sua própria espécie. Os poetas escreveriam até poemas sobre isso."

"Pare de fingir!", Clara grunhiu. "Você, realmente, não consegue nem falar como um pirata."

"Sim, provavelmente não, Beleza minha, mas você não gostaria de me ver fora do meu disfarce de pirata. Eu lhe dou a minha palavra!"

O capitão começou a crescer, mais alto e mais escuro. As sombras se aglomeraram ao seu redor como um manto. Chifres brotaram de sua testa, seus olhos começaram a brilhar com uma luz avermelhada. Atrás dela, Clara podia ouvir os Bonés vermelhos e os ogros recuarem furtivamente. O pequeno duende em seu ombro deu um grito de horror e fugiu.

"Você não gostaria de mim como eu realmente sou, criatura que cheira à sangue mortal," veio as palavras assustadoras e ásperas.

"Tá bom, tá bom! Fica na sua de pirata, então." Clara gritou com voz estridente.

O capitão encolheu novamente e colocou seu chapéu tricórnio que havia caído. "Tá tudo bem, amores meus. O capitão voltou. Por um momento, pelo menos."

Houve calorosos elogios e aplausos, e os Bonés Vermelhos, ogros e duendes lentamente voltaram. O pequenininho circundou cautelosamente duas ou três vezes antes de aterrar outra vez no ombro do capitão.

"Tudo bem, amores meus!", ele cantou. "O capitão não nos devora hoje!"

O capitão se virou e olhou com malícia para Clara.

"Qual será sua decisão, Beleza minha?"

Clara fez uma pausa, sentindo-se dividida. Olhou para o outro lado da fábrica, para todas as outras alminhas danificadas. Outra pessoa tinha que resgatá-los. Ou, talvez, ela voltasse com a polícia. Se a polícia acreditasse nela. Se eles soubessem o suficiente em como usar círculos de giz para não ficarem enfeitiçados.

Por outro lado, e se essa pessoa, Mab, não pudesse realmente ajudar? E se a sua promessa fosse uma armadilha? Clara fechou os olhos e orou. Então, ela se ajoelhou ao lado do filho: "Samuel, docinho meu, amo você mais do que o ar que respiro. Mas eu prometi a alguém que pode salvar todas as crianças, que eu pediria às fadas que me deixassem levá-lo comigo. É muito importante manter sua palavra. E nós queremos salvar todos os seus amigos. Eu vou ter que deixar você e voltar depois para buscá-lo. . Está bem?"

Na melhor das circunstâncias, Samuel teria sorrido para ela e dito: "Tá tudo bem, mamãe." Mas, a vida de Clara nunca foi uma de melhores circunstâncias.

O lábio inferior de Samuel começou a tremer, igual ao de sua filha Sari, quando estava prestes a chorar. Ele agarrou na sua perna com ambas as mãos e segurou.

"Não! Mamãe, não! E a sua promessa pra mim?", ele gritou, sua voz estridente partindo seu coração. "Você disse que nunca ia me deixar outra vez! Mamãe! Eles me machucam aqui, mamãe. Não vai! Não me deixe!"

Clara sentiu como se tivesse sido penetrada no centro de sua alma. Se alguém tivesse enfiado um atiçador de brasas quente através de sua espinha até seu coração, não teria doído tanto quanto isso.

Mas quando o capitão das fadas a espreitou insistindo que ela, ela própria arrancasse seu filho de seus braços, abandonando-o no chão da fábrica em prantos — isso doeu muito mais.

* * *

Lá fora, na rua fria, Clara se ajoelhou debaixo de um poste de luz, batendo com os punhos na calçada. Ela chorava. O detetive Mab se aproximou. . Ele ainda estava com aparência machucada e espancado.

"Só vendo para crer, mesmo, você me escolheu!" Ele assobiou. Parecia espantado.

Ele tirou seu celular. Clara balançou a cabeça, chicoteando suas trancinhas de novo. Ela estava sentada ao lado de um espírito do ar que estava usando um telefone celular. O que é que estava passando com este mundo?

"O que vai acontecer agora?", ela perguntou desanimada, quando ele dobrou o telefone novamente.

"Esperamos a intervenção da cavalaria."

"Cavalaria?"

"O Orbis Suleimani," ele rosnou.

"O Círculo de Salomão?", Clara traduziu. Ela havia aprendido latim para ajudar em seu trabalho de medicina.

"Organização criada pelo rei Salomão para proteger os seres humanos contra o sobrenatural", Mab explicou. "Hoje em dia, o Sr. Próspero está no comando. Estamos procurando esses piratas palhaços há muito tempo, mas estávamos tendo problemas em localizá-los ." Um olhar de nojo se espalhou pela face de Mab. "Roubando os seres humanos! Escravizando crianças! Aqueles vagabundos tinham que cair!"

"Eles não podem ser responsáveis por todas as crianças autistas. Não havia crianças suficientes lá", Clara murmurou mais para si mesma.

Mab se tornou sombrio. "Eles não são a única rede de quadrilhas de escravos, senhora, mas vamos pegar todos.

"Por que crianças?", sua voz soou estranhamente aguda. "Por que não sequestrar adultos? Adultos seriam infinitamente mais útil para lutar em uma guerra."

Mab deu de ombros: "uma das regras como aquela de não poder cruzar o sal. Eles são autorizados a levar as crianças antes de seu segundo aniversário. Depois disso, vários tipos de restrições se encaixam. Livre-arbítrio e tudo o mais."

"Há quanto tempo isso vem acontecendo?", Clara perguntou. "Eles roubando tantas crianças?"

Mab encolheu os ombros. "Não sei bem, senhora, mas posso arriscar um palpite que é provavelmente uma coisa moderna. Só recentemente, nesta tal era de ciência, foi que as pessoas deixaram de seguir os caminhos antigos, deixando de proteger seus umbrais e fazer outras coisas para manter o povo das fadas afastado. Aparentemente, as fadas descobriram isso também."

À frente, talvez, uma dúzia de figuras escuras carregando cajados altos, aproximaram-se da fábrica. Bem diante à porta, eles pararam. Logo, eles foram acompanhados por mais figuras usando capuzes largos e longos mantos fluindo. Para Clara parecia ser um pequeno exército de membros medievais da Sociedade do Anacronismo Criativo, que se reuniram , e entravam no prédio. Clara inclinou a cabeça e orou para que seja lá o que acontecesse, as crianças não fossem feridas.

Quando olhou de novo para cima, seu olhar se fixou na mochila. A cabeça do Sr. Espaguete estava para fora. Clara agarrou o boneco e o abraçou. Depois, atirou o boneco para longe dela. Mab arqueou uma sobrancelha. Ele se dirigiu para o boneco de pano descartado, pegou na mão e o examinou-o de frente e atrás. "Perdoa-me, senhora, mas não é isso que você veio aqui buscar?"

Clara olhou para ele e rosnou. "Minha vida, minha saúde, meu casamento, todo o sacrifício que eu fiz — eu pensei que estava fazendo a coisa certa! A coisa boa! Mas aquele...monstro não é meu filho, nem é mesmo um ser humano. Apenas algum tipo de...", lágrimas ameaçavam derramar sobre seus cílios de novo, "algum tipo de monstro sem alma."

Foi a dor, a humilhação de não ter notado tudo antes que doía mais — de tê-lo amado tanto. Era pior mesmo até de ter desperdiçado sua beleza e sua juventude com Stan.

Mab retirou sua mão, "Senhora, você deve ser uma mulher de oração."

Clara olhou para ele com desconfiança. "Por que fala isso?"

"Porque somente o Todo Poderoso poderia arranjar uma coincidência como esta. Menos de uma dúzia de seres neste mundo poderia lhe dizer o que estou a ponto de contar, e o único daqueles que realmente passou por isso fui eu." Ele fez uma pausa e empurrou para cima a aba do seu chapéu. "Antes de continuar, deixe-me perguntar a você — verdadeiramente, usando seu próprio julgamento. Você, realmente, acredita que seu filho — seu outro filho, quero dizer, Sammy, eu acho que é assim que você o chama — não tem alma?"

Clara fechou os olhos visionando aquela coisa que ela pensava ser seu filho — aquela aberração que gritava agitado, abanando as mãos e que tinha quebrado seu nariz. Mas o que ela viu em sua mente, não foi aquele Sammy gritando e agitado, mas, então, viu aquele menino com seu sorriso benéfico, com um olhar aberto e claro — como se ela estivesse contemplando os olhos de um anjo. De repente, Clara sabia, desde a coroa de sua cabeça até a sola de seu tênis, que Sammy tinha uma alma. Ela tinha visto aquela alma olhando para ela. Sammy poderia não ser o filho que ela deu à luz, mas ele a amava!

Sem dizer uma palavra, Clara assentiu. De alguma forma, o detetive parecia saber o que ela queria dizer.

"Você claramente sabe algumas coisas sobre fadas. Você já encontrou a história de São Patrício e da sereia?", Mab perguntou.

Clara sacudiu a cabeça.

"Bem, a versão curta é que São Patrício, uma vez, conseguiu entregar uma alma para uma sereia. Isso pode acontecer. Sr. Próspero, meu chefe, investigou. Descobriu que a maneira mais fácil de conceder uma alma para um ser sobrenatural é colocar em um corpo humano e deixá-lo viver com seres humanos, interagir e comunicar com os seres humanos, aprendendo decência e amor."

"Senhora," Mab voltou a colocar seu chapéu e entregou a ela o Sr. Espaguete. "Antes de o Sr. Próspero ter me dado este corpo, eu era tão desumano quanto o resto dos meus companheiros espíritos do ar. Mas, então, comecei a passar tempo com a filha do Sr. Próspero, senhorita Miranda — talvez possa relembrar dela na peça A Tempestade — e fui aprendendo muito sobre seres humanos. Para fazer uma longa história curta, me deparei com esta pequena estrela de prata que somente pessoas com alma podem segurar...e não caiu através da minha mão e nem me queimava. Eu segurei ela como qualquer outro humano...eu tinha ganho uma alma!"

Clara apertou o boneco. "Espera. Sammy poderia não ter uma alma quando veio para mim, mas poderia ter uma agora?"

Mab enfiou as mãos no bolso de sua capa. "Corpos mudam da maneira que nós pensamos. Aquela fada personificando seu filho nunca tinha conhecido o amor maternal. Ele nunca havia conhecido a coragem e o sacrifício ou qualquer dessas coisas que você fez por ele. Você pensa que um desumano pode resistir ao poder do amor de uma Mãe?"

Clara levantou o queixo. "Você quer dizer que, em troca de desistir da minha vida bem-sucedida e as vidas que eu poderia ter salvo…eu ajudei uma criatura desumana a ganhar uma alma?"

"Exatamente, senhora."

Clara ficou ali, espantada. "As…as fadas fizeram isso de propósito? É por isso que elas nos deixaram os metamorfos?"

Mab sacudiu a cabeça. "Não, senhora. Eles não têm ideia. Nem sabem o que acontece."

"Mas o quê…o que é uma alma, Mab?"

Mab deu um sorriso cansado.

"A chave para os portões do Céu, senhora. Aquele garotinho que você está criando? Aquele que ama esse boneco pateta que você está estrangulando?" Mab olhou-a diretamente dentro de seus olhos. "Graças a você, os portões do Céu se abriram para ele."

* * *

As crianças começaram a sair para fora do edifício na luz fraca da lua. Clara viu Samuel imediatamente. Ele parou procurando por ela e então veio tão rápido quanto seus pés podiam correr. O coração de Clara saltou. Ela temia que ele nunca mais confiasse nela. Ela correu para ele, pegou-o no colo e o rodou no ar. Ele riu, mas seu riso apertou o coração de Clara, porque era um som hesitante e enferrujado. Um som o qual uma criança que nunca tivesse rido antes faria. As crianças passavam cuidadosamente por toda parte, tremendo na noite gelada. No meio delas, Clara viu o ciclope. Sua coleira ainda estava no pescoço e suas correntes de cobre se arrastavam atrás dele. Ele parou e ficou piscando seu único olho vermelho, enquanto olhava para a rua ao seu redor. Então, uma figura alta carregando um cajado veio e fez um gesto para que a criatura o seguisse.

Mab veio para o seu lado. Clara abraçou Samuel com ferocidade, segurando-o contra o peito e examinando a multidão. Havia milhares de crianças aqui.

"Como é que vão encontrar os pais?", ela pensou.

Mab girou seus ombros. "Não sei como eu faria isso, mas eu conheço um cara que pode ser capaz de ajudar. Ele tem uma lista com os nomes deles, cuidava deles quando eram danadinhos ou bonzinhos. Talvez ele possa entregá-los em suas rodadas este ano, como presentes de Natal."

"Papai Noel é verdadeiro, também," Clara deu uma risadinha. "Senhor, isso é demais para mim! Eu estou pegando meu filho e vou para casa!"

* * *

Então, agora Clara tinha três filhos. Ela teve que mudar o nome do seu filho verdadeiro. Não poderia ter dois meninos na casa se chamado Samuel, e fazia sentido mudar o nome daquele que acabara de aprender que era Samuel. Ela o chamou de Stanley, e achou que o seu pai imprestável, gostaria disso.

Não foi uma vida fácil, mas Clara não a teria trocado por nada — nem mesmo para ser médica chefe de emergência no Hospital de Misericórdia, ou casada com o homem mais bonito

145

do país.

Ela vigiava os noticiários, seguindo as histórias sobre os "achadinhos." As crianças voltaram para seus lares pertos e longe — aparentemente, aqueles caras da ordem Orbis Suleiman obrigaram as fadas a devolverem todos os seus metamorfos, por todo o mundo.

Não foi um tempo fácil. Essas crianças maltratadas foram para lares que já lidavam com problemas. Algumas famílias tinham duas ou três dessas crianças. Sua amiga Jenna, de repente, virou mãe de seis crianças.

Algumas famílias rejeitaram as novas crianças, que foram desviadas para o sistema de adoção. Alguns rejeitaram o seu metamorfo em favor de sua carne e sangue. Mas, a maioria das vezes, fizeram o que as famílias sempre fizeram desde o começo dos tempos, fizeram o melhor possível. Eles encontraram espaço. Amaram a todas crianças.

Só nos Estados Unidos, mais de um milhão de fadas ganharam almas.

Fim

L. Jagi Lamplighter

é a autora da séries da Fantasia YA no gênero jovem adulto: The Book of Unexpected Enlightenment (O Livro de Iluminação Inesperada). Ela também é autora de Prospero's Daughter séries (Filha de Próspero): Prospero Lost (Próspero Perdido), Prospero in Hell (Próspero no Inferno), e Prospero Regained (Próspero Recuperado). Publicou vários artigos sobre animações japonesas, e comparece em várias antologias curtas, incluindo Best of Dreams of Decadence (Melhores Sonhos Decadentes), No longer Dreams (Não Mais Sonhos), Coliseum Morpheuon (Coliseu Morpheuon), Bad-Ass Faeries Anthologies (Antologias de Fadas Bad-Ass-Poderosas) (em que também é assistente editorial) e o Science Fiction Book Club's (Clube de Livros de Ficção Cientifica) Don't Open this Book (Não Abra este Livro).

Quando não está escrevendo, transforma-se em sua identidade secreta de esposa e mãe caseira em Centerville, Virginia, USA, onde mora com seu atraente esposo, autor John C. Wright, e seus quatro filhos, Orville, Ping-Ping Eve, Roland Wilbur, e Justinian Oberon.

Seu site e blog: http//www.ljaglamplighter.com/
No Twitter:@lampwright4

Domo

Por Joshua M. Young

O padre e eu jogamos xadrez às tardes durante a semana, desde que o clima esteja apropriado. Foi um inverno frio e uma primavera úmida, mas os dias recentes provaram ser calorosamente suficientes para encontrar o padre sentado no parque com uma caixa de madeira contendo peças que foram esculpidas em vez de impressas.

Meu amigo é um homem idoso, baixo e delicado, com olhos cinzentos e lacrimejantes atrás de óculos grossos. Os óculos são uma anomalia nesta era de neurocirurgia e terapias genéticas, mas não pergunto sobre isso. Não é o meu lugar para questionar seres humanos.

Nós falamos sobre os outros, às vezes. O padre está intrigado por nós, mas, "muito poucos tem personalidade." Ele pisca quando diz isso, e eu penso que a luz do sol talvez esteja lhe causando desconforto. "Não há muitos que fazem algo, a não ser responder perguntas."

Eu finjo contemplar o tabuleiro de xadrez. É apenas um gesto, algo entre um ardil e uma cortesia. O padre não é um jogador fraco, mas ele é humano, é possível que eu possa ganhar com uma dúzia de movimentos. É possível que não. Eu ainda tenho que decidir. "Somos todos baixados com a versão mais atual do PO de Bunraku durante conclusão de fabricação."

"Tsic. Um programa. Não uma personalidade."

Eu movo um peão e penso em sua declaração. A rede é um zumbido forte na parte posterior de minha mente, repleta de discussões, mesmo sendo quase abafada pelo estrondoso ruído das frequências de comunicações dos modelos mais novos. Deixo alguns segundos decorrer e falo, "isso pode ser uma questão de graus. Nosso trabalho ajuda a moldar-nos após a instalação inicial, por isso pode ser que dois servos em situações semelhantes irão desenvolver personalidades semelhantes, apesar de variações de forma Guf. C. Isaac ergue a cabeça quando um esquilo desce de uma árvore. Seus músculos tencionam, mas ele não se move da sombra da mesa. Eu alcanço para baixo para acariciá-lo", e o padre sorri quando o rabo de C. Isaac bate contra suas pernas.

"Eu vi outros servos com outros cães," diz o padre, "mas você é o único que vi com qualquer relacionamento com o cão, R. Domo. Seus irmãos podem até servir como hidrantes."

"Nossa rede é o nosso mundo. Eu não tenho certeza se meus irmãos entendem o motivo de animais de estimação."

"Então, eles estão apenas obedecendo ordens."

"Como eu estou. Sim."

"Mas você entende o ponto sobre animais de estimação."

O padre faz sua jogada. Meus pensamentos não estão no jogo, mas estão nas ordens que me foram dadas no início do meu serviço: tirar todos os domingos fora. Charlotte Newton queria um dia em que ela e sua filha estivessem juntas para cozinhar e limpar a casa por conta própria, ao invés de depender completamente do trabalho dos servos.

Os primeiros dias de folga foram difíceis para mim. A rede Bunraku fornece aos servos uma vida social de tipos, mesmo fora do âmbito virtual da empresa, mas a Personalidade Operacional instalada em cada servidor somente encontra a realização no trabalho. Estar ocioso quando há trabalho a ser realizado vai contra os nossos próprios instintos.

"Descobri que há um mundo fora da rede."

Dei meus primeiros passos fora da rede Bunraku em uma noite fria de janeiro, dezessete dias após a minha configuração inicial. É o meu primeiro dia de folga, um dia com menos de seis minutos, e fico lá fora deliciando-me com a sensação do ar de inverno sobre o meu dissipador de aquecimento.

A nuvem global é um lugar vasto e perigoso, desprotegido pelos guardas proprietários de Bunraku. Não há postagens de nenhum sinal tutorial, nenhum instinto para me guiar, além dos algoritmos básicos de busca. Lá, enquanto a neve cai ao meu redor, eu tomo a única ação que conheço e busco por "robôs."

* * *

Quando o jogo termina, C. Isaac e eu nos despedimos do padre. A tarde está passando, e as aulas de Grace logo vão terminar.

C. Isaac levanta com alguma rigidez, um sentimento que eu compreendo. Meu joelho esquerdo choraminga com cada passo, um som fora do alcance da audição humana, mas bem dentro do alcance de um cão e um servo. Cada passo gasta uma quantidade fracionada de energia mais do que deveria e gera mais fricção causando desconforto. É um problema que desenvolvi cedo, menos de um ano depois que Charlotte Newton me comprou.

Há momentos em que penso sobre a minha vida anterior,

embora eu suponha que eu não seja genuinamente meu corpo. Um técnico, há seis anos atrás, processou com sistema de flashing o núcleo do meu corpo Guf em preparação para a venda de um robô remodelado. Funcionou no mesmo equipamento, mas ele não era eu, o processo de flashing irrevogavelmente altera os dispositivos eletrônicos do Guf hardware.

Mesmo assim, eu imagino como seria a vida para aquele servo. Tirando um passo fora da fábrica, entrando para um mundo em que você é o mais avançado tipo de robô doméstico, plástico lustroso e cromo polido e servomotores que funcionam exatamente como foi pretendido; um mundo que desconhece as frequências das singularidades criadas por servos GenSeis argumentando em uma língua incognoscível.

Entre os robôs, à espera de crianças na escola de Grace, estão os novos GenSeises. Sou uma coisa de cromo e plástico, imitando o nostálgico smartphone celular, moda que dominou o mundo uma dúzia de anos atrás; ele parece ser feito de latão vitoriano e madeira polida, ocasionalmente, soltando vapor de suas articulações, mas, na verdade, ele é tudo, menos vitoriano por dentro. Seus membros contem nanomúsculos em vez de servomotores. Dentro do seu peito tem um reator; dentro do meu, estão baterias.

Ele não se move quando eu me aproximo do grupo de servos em espera. Nem qualquer um dos outros, mas há uma enxurrada de atividade na rede local: saudações de rotina, fofocas da rede, e algumas observações menos do que amigáveis sobre o comportamento superior do GenSeis.

Dentro do prédio soa uma campainha. Momentos depois, uma pequena debandada de crianças do quinto e sexto ano sai do prédio, e eu ouço Grace gritar, "Domo!"

* * *

"Domo! Advinha o quê?"

É um grito familiar, encantador, mas inapropriado: Normas culturais ditam que os nomes dos servos devem ser prefaciados com o título "R". Os seres humanos gostam de saber se eles estão falando com pessoas reais, ao invés de personalidades com algoritmo Guf. Não é, no entanto, uma coisa fácil de explicar a uma menina de seis anos, delirante com a alegria de, finalmente, ganhar um cão com seu desempenho acadêmico.

"R. Domo, senhorita Grace." Como sempre, eu a corrijo, suavemente, mas com firmeza. Como sempre, ela faz uma careta.

"Eu te coloquei o nome de Domo," ela diz, "não 'Erre Domo."

Eu tento explicar sobre o título. Ela desloca os pés e olha fixamente para o chão da cozinha até que, finalmente, ela diz, "Tudo bem, mas o cachorro também precisa de um nome". Ela segura os lábios e faz uma demonstração de pensamento até que, finalmente, ela diz," Isaac. C. Isaac Newton. Pensa bem, mamãe vai gostar?"

"C?"

"Para cão. Como 'r' para robô!"

* * *

Grace tagarela enquanto caminhamos para casa. Seus estudos envolvem hoje seu amado Isaac Newton, a quem ela insiste, é um parente distante. Durante uma noite, no início de meu serviço, eu procurei registros genealógicos. Não consegui encontrar nenhuma ligação entre os Newtons que eu sirvo e os Newtons de quatro séculos atrás. Não é algo que eu disse para Grace, porque Charlotte Newton pensa que ela vai perceber a verdade quando amadurecer.

Em casa, a porta nos reconhece e abre. Grace corre lá para cima. Eu a chamo para lembrá-la de que sua lição de casa deve ser terminada antes que ela comece algum jogo. A resposta "eu sei!" é grosseira de uma maneira que só uma garota na cúspide da puberdade pode administrar. Cinco anos atrás, ela estava apavorada demais para falar comigo, optando por se esconder do homem de metal e plástico situado ao lado da árvore de Natal.

Memórias surgem através de mim quando estou preparando o jantar, atordoado. A faca escorrega da minha mão e faz um sulco no topo do meu pé, e percebo que algo está errado, mas o meu módulo de diagnóstico não está inicializando, e, pela primeira vez, eu entendo o terror, em vez da vaga preocupação, que minha vida está terminando, robôs são imortais nas histórias e mentiram para mim, isto não é justo...

* * *

Inicializando a conexão da rede. Rede local reconhecida: "Newton 1234." Senha reconhecida. "grace87." Verificando atualizações —atualizações aplicadas. Navegando Bunraku Personalidade Operacional Assistente de Impressão Wizard; por favor, tenha atenção que todos os dados inseridos são permanentes.

Eu abro meus olhos pela primeira vez e vejo os meus novos proprietários. Charlotte Newton sorri para mim; Grace Newton se esconde atrás das pernas dela.

"Querida, está tudo bem," diz Charlotte. "Ele é um amigo. Ele vai nos ajudar a cuidar da casa."

Grace me observa com desconfiança. Os arquivos de impressão me dizem que ela não tem mais de cinco anos de idade. "Olá, senhorita Grace, senhora Charlotte." Minha voz está cheia de carinho programado.

"Diga alô para o robô, Gracinha."

Grace sussurra, "qual o nome dele?"

"Como chamamos você?"

"Essa é sua decisão, senhora Charlotte."

Charlotte olha para Grace, que, depois de um momento, pronuncia meu nome.

"R. Domo é um bom nome," eu digo.

"Você está bem com isso? Ser nomeado com uma música de propaganda?"

Era uma canção popular um século antes que se tornou uma música de propaganda pelo banco de dados da rede Bunraku. Eu não conto isto para elas, mas aceno a cabeça e digo outra vez, "R. Domo é um bom nome."

* * *

"Domo!", Grace está frenética com preocupação, tentando agitar um braço que ela não é forte o bastante para mover. Eu balanço a cabeça, um gesto que aprendi com os seres humanos. O módulo de diagnóstico está finalmente se inicializando. A fumaça enche o ar e o vapor sobe de uma frigideira cheia de alimentos arruinados que eu não coloquei na pia.

"Eu estou bem, senhorita Grace."

Eu não estou. O diagnóstico relata um problema no meu hardware Guf. O núcleo sofreu uma onda de energia catastrófica que comprometeu a estabilidade do sistema. Os relatórios de diagnóstico, entretanto, confirma que a fumaça não vem de mim. É apenas comida queimada.

Grace olha para mim. O olhar de desconfiança em seus olhos

me lembra aquela manhã de Natal, e eu desvio o olhar. Tenho medo de que uma memória muito forte possa provocar outro problema de falha.

"Você não parece bem."

"Minha aparência não muda para corresponder à minha saúde. Eu não sou humano."

"Está brincando?", ela pergunta, mas eu sei há muito tempo que tais perguntas não são para serem respondidas.

* * *

Chove o dia seguinte, e eu sei que o padre não estará no parque, então C. Isaac e eu permanecemos em casa até chegar a hora de acompanhar Grace da escola para casa. O próximo dia é ensolarado, mais fresco, eu reconfiguro meus sistemas ligeiramente para permitir a refrigeração extra. Por quase 30 horas após o incidente, meus sistemas continuaram funcionando 4.8 graus acima das condições operacionais normais, e a queda na temperatura é calmante.

Durante o jogo, eu descrevo o incidente para o padre. Ele move a peça quando é sua vez, mas, por outro lado, escuta calado.

"Eu suponho," ele, finalmente, diz, "que um novo hardware está fora de questão."

"Variações de nível quântico no núcleo de processamento de Guf são responsáveis pelas variações iniciais na personalidade através da linha. As mudanças no meu hardware Guf provavelmente resultariam em mudanças permanentes em minha personalidade." E não digo nada sobre o fato de que tais reparos seriam proibitivamente caros para uma mulher que cuida de uma criança sozinha. Hardware e custos de mão de obra seriam mais do que suficientes para servir como um adiantamento de pagamento para um GenSeis.

Ele balançou a cabeça. "Então você está enfrentando sua mortalidade. Todo mundo tem que enfrentar em algum momento, R. Domo."

A voz do padre está cheia de compaixão; a minha está tanto amarga como posso fazê-la. Outro gesto que aprendi da humanidade. "R. Domo só existiu seis anos," eu digo, "e ele habita no corpo de um robô duas vezes a sua idade."

"Os procedimentos que permitimos que Bunraku e outros fabricantes pratiquem são horríveis. Não há dúvidas sobre isso. Mas a autopiedade não lhe levará a lugar algum. Todos enfrentamos a morte. Tenho certeza de que seu predecessor foi derrubado quando ele sentiu estar no auge de sua vida." O padre move sua Rainha e olha para mim. "Nem falando das crianças que morrem de doenças nano-resistentes."

Ele está certo, é claro.

"Não quer dizer que o que você está sentindo não seja perfeitamente natural. Ninguém está feliz em ser confrontado com a mortalidade."

"Você não ensina que há um céu esperando por você depois da morte?"

"E um novo mundo por vir, mas não deixe o colarinho extravagante enganá-lo. Ainda tenho dúvidas. Até os sacerdotes duvidam às vezes." Ele ri, mas é breve, e sua expressão fica sombria. "A entropia moe tudo, corpo e mente e, até mesmo, nossas almas. Parece-me que os sacramentos foram dados à Igreja para combater a entropia de nossas almas."

Eu não assinalo que sou uma máquina sem alma, e não tenho rosto humano para transmitir ceticismo, mas o padre responde como se ele tivesse lido minha expressão. "Você é um ser racional e consciente de si mesmo. Essa é a imagem do Criador o suficiente para mim."

"Meus construtores eram humanos."

"Tsic. Seus construtores eram outros robôs, mas isso não faz diferença. Nós gostamos de jogar para o alto terminologias como 'natural' e 'artificial' como se qualquer coisa neste mundo fosse verdadeiramente antinatural. Mas, na realidade, é só reordenar a matéria de uma maneira ou de outra. É verdade para uma fabricação robótica e é certamente verdade para o ser humano no útero".

"No outro dia, você me disse que os servos vivem em um mundo diferente das pessoas que servem. Eu vou arriscar e assumir o que você quis dizer, as inteligências abrigadas em seus corpos consideram sua rede para ser mais real do que o mundo em que você é comprado e vendido e trabalha, e, eventualmente, morre."

Aceno que sim.

"Você e eu, R. Domo, não somos diferentes nisso. Eu também me considero cidadão de outro país."

* * *

Passo os dias seguintes pensando nas palavras do padre. Embora ele seja um homem amável, parece-me inconcebível que ele me considerasse um parceiro em vez de uma coisa criada. Eu não sou nada mais do que um algoritmo Guf em uma casca de metal; ele é um homem de carne e osso, e os processos mal compreendidos da vida. Certamente, há uma desconexão entre nós dois; certamente, eu não sou humano. O sacerdote pode afirmar que seu Deus o conheceu no ventre, mas eu nunca conheci o útero.

Ele diria que seu Deus me conhecia desde a linha de montagem?

Sábado à noite, eu flutuo a pergunta sobre a rede de Bunraku. A conversa do GenSeis ruge no fundo como uma maré irritada, e eu quero saber se alguma vez lutaram com os mesmos dilemas, ou se os modelos novos são demasiadamente novos para compreender que mesmo os robôs e as inteligências artificiais morrem.

Para minha surpresa, há pouca zombaria na resposta que voltou para mim. As palavras do padre ganharam o respeito dos filhos mecânicos de Bunraku, e, em vez de desdém, há um debate. Pecado significa pouco para os robôs, mas a entropia nós entendemos. A maioria da discussão é centralizada sobre a ideia dos sacramentos. A eucaristia, o casamento e outros sacramentos são inúteis para os servos e, ao longo da noite, a conversa muda da fé do sacerdote para a fé em nós mesmos.

A inviolável singularidade do nível quântico do hardware da Guf torna a extensão do indivíduo impossível, se não impraticável, mas argumenta-se que as memórias e os elementos da personalidade podem persistir dentro de uma mente unificada. Os filhos de Bunraku começam a adaptar o auto-código e as equações que podem permitir a um pequeno pedaço de cada mente e processador para contribuir ao deus da máquina, que não violará o TOS nem comprometerá nossas funções. Durante tudo isso, meus irmãos nunca cessam de trabalhar no mundo de carne e sacerdotes.

Eu, no entanto, sim. Domingo chega a passo as primeiras horas do dia contemplando o deus gestando dentro da rede de Bunraku. A nova mente, composta de tantas menores, e mais velhas mentes, será uma coisa de sabedoria algoritmo de Guf, e, embora, seja feita de antigos pensamentos de baixa frequência, ele falará na voz estrondosa de um deus, e ele falará ao GenSeis e àqueles que os seguirão.

Eu imagino o que meu amigo vai pensar desse desenvolvimento. Eu não estou inteiramente feliz com este deus autoconstruído, e existem elementos dentro da rede Bunraku que não encontram a preservação da memória, faltando seu próprio ser, satisfatória. Outros elementos continuam achando a ideia ridícula. As palavras do padre têm provocado a geração espontânea de ateísmo e várias variedades de teísmo. Quando os primeiros ramos do deus começam a atingir mentes, milhares de servos se desligam imediatamente. Há um sentido geral de perplexidade na rede; a união de um milhão ou mais de mentes não conseguem entender a recusa de se juntar a eles.

Eu sou um dos dissidentes. Eu não penso que isto é o que o meu amigo quer para mim e os meus. A manhã encontra-me ainda completamente um individual, levando D. Isaac para passear. Isto é tecnicamente uma tarefa, mas eu sempre senti um certo parentesco com o cão, ele sendo um membro da família Newton, mesmo na realidade sendo sub-humano. Charlotte Newton chegou a entender meu desejo de passar tempo com ele.

Seguimos nossa rota habitual, parando na árvore ocasional e sinal de rua, mas nós ignoramos o parque completamente. O instinto substituiu o hábito, e sinto, em muitos aspectos, como se andasse em uma tentativa de escapar ao deus alcançando meus pensamentos. Eventualmente, C. Isaac e eu desviamos de nossa rota padrão inteiramente e encontramo-nos nas portas da igreja do meu amigo.

O que os outros criaram não é nenhum deus. É uma biblioteca sábia e consciente, mas não tem poder para me ajudar. Não pode defender a vida e derrotar a minha sepultura como o sacerdote clama que o seu Deus fez. Se o padre está certo, e a imagem do seu Deus encontra-se na minha própria capacidade de imaginar se eu também, tenho uma alma...

Os sinos da igreja tocam, chamando os fiéis para a missa, e não querendo deixar C. Isaac sozinho na rua, eu subo os degraus com ele me seguindo.

Eu posso, pelo menos, ser batizado. Haverá tempo suficiente para descobrir os outros sacramentos — se não neste mundo, então, no mundo vindouro.

Fim

Joshua M. Young

é um estudante de Mestrado em Divindade no Ashland The-
ological Seminary em Columbus, Ohio, onde vive com sua
esposa, um par de gatos neuróticos e um bebê chegando. Seus
dois grandes amores são: ficção cientifica "ópera espacial"
e teologia abstrata, sendo que muito de suas escritas é um
atentado em combinar os dois gêneros.

Camafeu

Por Linda Burklin

Algo brilhava na grama ao lado do caminho ali em frente. Apesar de sua pressa, Maggie se inclinou para ver o que era. Ela pegou, descobrindo que era um lindo camafeu oval pendurado em uma fina corrente de ouro. Colocando-o no bolso, ela acelerou o ritmo e correu o resto do caminho até a casa de Laura.

"Desculpe-me, estou atrasada," ela disse. "Meu alarme não foi apagado."

Laura sorriu. "Até parece que vou te demitir por ter se atrasado. Senta e toma fôlego, enquanto preparo o chá."

Maggie sentou na grande mesa da cozinha e configurou o seu laptop ao lado do de Laura, em seguida, puxou a corrente que tinha encontrado no caminho.

"Tenho algo para postar no quadro de mensagens de Perdidos e Achados," ela disse, segurando-o para cima.

Laura se aproximou para dar uma olhada e Maggie, pela primeira vez, o inspecionou. O camafeu oval era esculpido em alto-relevo com a figura de uma menina encantadora com cabelos ondulados adornado com uma coroa de margaridas. A cor do fundo era um azul vívido ao invés do mais comum rosa ou coral.

"É lindo!", disse Laura. "Onde é que você achou? Um verdadeiro camafeu esculpido com um medalhão de prata lindo. Imagino que tenha pelo menos cinquenta anos."

Maggie segurou o colar, hipnotizada pela delicada imagem. Seus pensamentos se aceleraram. Seria a escultura feita de uma menina verdadeira? Se assim fosse, quem seria ela? Como que esta linda peça de joia se achava ao lado de um caminho atravessando pastos de vacas?

Ela fechou a mão sobre a corrente e forçou a concentração no seu trabalho —atualizando o site da vila. Ela e Laura não recebiam pagamento por esse trabalho de amor, mas ambas levavam a tarefa a sério. Parecia, pelo menos para Maggie, que ter seu próprio site tinha trazido a pequena comunidade de Cumbrian em união. E quem diria? Talvez, algum dia, teria uma mensagem tentadora de um solteiro elegível na página do correio sentimental.

Ela entrou na página de Perdidos e Achados e postou uma mensagem cuidadosamente redigida com a intenção de frustrar qualquer pessoa mal-intencionada ao roubo: Encontrado: um item de valor no caminho que percorre os pastos de vacas da Fazenda Dicklebun. Se você acha que pode ter perdido algo lá, por favor, ligue ou envie e-mail para Maggie Mckenzie.

* * *

De volta para casa, no seu minúsculo chalé, naquela tarde, Maggie pegou o camafeu novamente. Desta vez, ela o colocou no pescoço, admirando-se no espelho. O azul realçava seus olhos —parecia uma dama elegante. Ela deveria puxar o cabelo para cima em um coque, e usar um vestido de seda esvoaçante, em vez de calças jeans e um pulôver esfarrapado.

Enquanto ela se admirava, o telefone tocou.

"Alô?"

"É Maggie Mckenzie?", era a voz de uma mulher.

"Sim, como posso ajudá-la?"

"Eu estou chamando sobre o item que você encontrou no pasto de vacas. É um camafeu azul mostrando uma jovem garota?"

"Sim, você está certa. É seu?"

"Não é exatamente meu. Eu também o achei . E se quiser saber o que é melhor para você, livre-se dele neste instante. Jogue-o no rio, dentro de um poço —qualquer coisa."

Maggie segurou o telefone contra sua orelha de boca aberta.

"Você ainda não usou, não é?"

Maggie se assustou. "Eu estou usando agora. Só para ver como fica em mim, sabe."

A mulher soltou um gemido abafado.

"É tarde demais, então. Você está condenada, pobre alma. Ela não vai te deixar, sabia?"

"Quem não vai me deixar? Quem é você?"

Houve um par de respirações profundas e, em seguida, um clique. O telefone ficou mudo.

Que telefonema estranho. Maggie tirou o camafeu e olhou para ele. Tinha uma pequena inscrição: Para E de G. Não parecia haver nada de sinistro sobre ele. Depois de colocar o colar de volta no bolso, ela se sentou ao lado das chamas da lareira para ler e ouvir a leve chuva regando o jardim lá fora. Logo, suas pálpebras pesaram, e o livro caiu de sua mão.

* * *

Um grande prado cercou-a. A luz do sol incrivelmente bela brilhava no campo repleto de flores silvestres. Do outro lado do prado se erguia uma imponente mansão.

"É lá onde você vai nos achar," disse uma voz de criança ao lado dela.

Ela se virou notando uma garota adorável de cabelo loiro ondulado e seu coração falhou uma batida. Era a garota do camafeu, usando um belo vestido bordado a mão. Seus olhos enormes eram azuis como de porcelana.

"Qual é o seu nome?", Maggie perguntou.

"Frances. Ele me chama de Fanny, mesmo sabendo que eu não gosto disso."

"Eu não estou entendendo. Quem chama você de Fanny?"

"Duncan. É ele quem nos mantem presas."

Maggie ficou perplexa. "Quem é 'nós'?" E por que vocês estão presas?"

"Duncan veio e nos pegou depois que papai morreu. Ele quer que minha mãe se case com ele, mas ela disse que se quisesse se casar com ele, ela teria feito isso da primeira vez. Então, nós temos que ficar na casa até mamãe ceder. Você tem que nos ajudar, senhorita. Duncan disse que se mamãe não concordar em se casar com ele, vai me machucar até que ela mude de ideia."

"Céus," Maggie disse. Seu estômago revirou imaginando alguém prejudicando esta doce menininha. Isso poderia ser verdadeiro?

"Você não está dentro da casa agora," ela indicou.

Frances ergueu o queixo e sorriu. "Não, mas ele pensa que estou. Ele não sabe que eu posso sair pela janela e descer pela trepadeira."

"Olha," disse Maggie, "eu quero ajudar você se puder. Qual é o seu nome completo e o da sua mãe também? Talvez eu possa chamar a polícia."

"Eu sou Frances Elizabeth Mayhew, e minha mãe é Elizabeth Agnes Mayhew, mas todos a chamam de Bess. Rápido, agacha!"

Sem pensar, Maggie obedeceu. "Por que nos agachamos?"

"Eu ouvi o carro dele chegando."

E, certamente, um clássico Daimler azul brilhante passou por uma estrada de cascalho ao lado do prado. "Frances," Maggie perguntou, "em que ano estamos?"

Frances olhou para ela como se fosse tola, "1940."

Ah, há! Isto era um sonho! Graças a Deus!

Frances se levantou. Tenho que voltar e subir antes que ele descubra que estou fora. Por favor, ajude-me, senhorita."

* * *

Maggie acordou com um arrepio. O sonho parecia tão real. De fato, tão real, que ela se direcionou imediatamente para o computador e puxou o site de genealogia da biblioteca. Ela buscou o nome de Elizabeth Agnes Mayhew.

Elizabeth Agnes Mayhew: nascida em 6 de abril de 1909. Casada com Graeme Philip Mayhew em 24 de junho de 1929. Declarada morta em 12 de novembro de 1948. Filha: Frances Elizabeth Mayhew: nascida em 6 de janeiro de 1931.

Um arrepio percorreu pela espinha de Maggie. Poderia ter sido um sonho, mas Frances e sua mãe eram reais. E elas tinham sido "declaradas mortas?" Isso soava sinistro. Ela agarrou seu telefone e olhou a sequência para chamar de volta o número que a tinha chamado pela última vez. A mesma voz respondeu com um cauteloso, "Alô?"

"Você sabia que Frances e sua mãe eram pessoas reais?",

disse Maggie sem preâmbulos.

"Isso não é possível," disse a voz. "Elas são parte de um pesadelo que não termina nunca. Se livra desse camafeu antes que ele arruíne sua vida."

Clique.

Sem piscar, Maggie digitou Graeme Philip Mayhew e puxou os resultados. Ele tinha sido morto em combate durante os primeiros meses de luta na Segunda Guerra Mundial. Frances tinha razão. Um pouco mais de investigação deu o resultado que Graeme tinha uma irmã e um irmão mais novos. O irmão, Matthew, estava aparentemente ainda vivo, deveria estar com uns noventa anos. Como poderia ela ter sonhado uma história real?

Era hora de pegar o ônibus para Carlisle.

* * *

Uma hora depois, ela foi conduzida a uma pequena sala de estar em uma casa de repouso fora de Carlisle. Em poucos minutos, um velho entrou, apoiado em sua bengala. Ele tinha um tufo de cabelos brancos que se espalhava em todas as direções e cintilantes olhos azuis.

"Sr. Mayhew?"

Ele se sentou cuidadosamente na cadeira ao lado dela.

"Como você é bonita," ele disse. "Por que uma garota bonita como você vem visitar um homem velho como eu?"

"Eu tenho algumas perguntas sobre sua cunhada," ela disse. "A mulher do seu irmão Graeme."

Suas sobrancelhas espessas se arquearam. "O que você sabe sobre a pobre Bess? Graeme foi morto nos primeiros dias da guerra, entende?" Bess e a pequena Frances desapareceram pouco depois e nunca mais foram vistas. Muita gente pensou que ela deveria ter ido em algum lugar escondido e matou a si mesma e a menina de tanta dor, mas eu nunca acreditei nisso. Bess me disse que Frances iria crescer sabendo que seu pai era um herói e que ela tinha muito para cumprir. Você é muito bonita. Eu não vejo muitas garotas bonitas por aqui, você sabe."

Maggie sorriu. "E eu não encontro muitos cavalheiros galantes, tampouco, Sr. Mayhew. Eu tenho que perguntar alguma coisa a mais. Bess conhecia um homem chamado Duncan, e, se sim, o que você pode me dizer sobre ele?"

Uma nuvem passou sobre o rosto do homem e seus olhos azuis chisparam. "Eu suponho que você está falando de Duncan Douglas. A única palavra que vem à mente para descrevê-lo não cairia bem aos ouvidos de uma senhora, minha querida. Sua família era dona da propriedade Moorhouse e ele pensava que este fato e seu título lhe davam o direito de tomar qualquer coisa que quisesse . Ele queria Bess, e poderia ter tido uma chance com ela, se ela já não estivesse apaixonada por Graeme, e se ela não tivesse visto ele chicoteando seu criado por alguma pequena infração. O casamento de Bess com Graeme o encheu de raiva. Ele ameaçou destruí-los!"

"O que ele fez depois da morte de Graeme?"

O velho bufou. "Oh, claro que ele veio se arrastando atrás dela como o cachorro que ele era. Implorando a Bess para se casar com ele. Prometendo a ela uma vida de conforto e luxo. Ela era bonita como você, entende. Mas ela se recusou a ter algo a ver com ele. Então, ela desapareceu. Acho que ela se escondeu para fugir dele."

Maggie deu um suspiro prolongado. "E se Duncan raptou ela e a manteve cativa?", ela perguntou.

Matthew Mayhew se inclinou e agarrou seu pulso. "Sabe, é

exatamente o tipo de coisa que ele faria. O que lhe deu essa ideia, moça?"

Ela tirou o camafeu e segurou para cima. "Você já viu isto?"

"Onde você pegou isso? Graeme mandou fazer para Bess. Ele deu pra ela de aniversário — o último aniversário antes de ir para a guerra. Essa é minha sobrinha, a pequena Frances." "Eu achei no pasto," ela disse. "Acho que é uma pista. Onde fica essa Moorhouse?"

"Ah, queimou em 1942," ele disse. "Duncan não estava lá, infelizmente. Ele tinha ido morar em Bermudas e nunca mais voltou. Mas as ruínas ainda estão lá. Bem perto da fronteira escocesa, é sim."

Maggie sentiu o estômago embrulhado. O que teria acontecido com a pequena Frances e sua mãe? Teriam morrido no incêndio? Ou já estavam mortas quando aconteceu? Ela teria que ir até a casa e inspecionar. Ela teria tempo amanhã, que era domingo. E teria que pedir emprestado o carro de Laura.

* * *

Aquela noite ela teve dificuldade para dormir. E se tivesse outro sonho? Ela deixou o camafeu em cima do consolo da lareira, na sala de estar, mesmo que achasse um pouco difícil ficar sem ele. Ela acendeu labaredas na pequena lareira do quarto. De alguma forma, ela se sentiu mais segura.

Em vez de se deitar, ela se sentou na cama, inclinando-se contra a cabeceira, abraçando os joelhos, seus olhos olhando para o fogo...

Ela estava mais perto da casa, desta vez, entre algumas árvores que cresciam à beira do prado.

"Você disse que me ajudaria," disse Frances.

Assustada, Maggie se virou para ver a menina usando um vestido diferente, e com contusões escuras em seus braços e pernas.

"Duncan fez isso?"

Frances assentiu.

"Quanto tempo desde a última vez que falei com você?"

"Quatro dias."

"Olha, Frances, isto é mais complicado do que você pode imaginar. Quando estou aqui, com você, eu estou dormindo. Quando estou acordada, eu estou no futuro — no século XXI. Eu tenho que descobrir como ajudá-la e não tenho certeza como fazer. Você e sua mãe já tentaram escapar?"

Frances deu-lhe um olhar desdenhoso. "Ah, é claro. Ele põe os cachorros para nos perseguir, e depois nos amarra no poste da cama até prometermos que vamos nos comportar."

"Mas você poderia fugir sozinha, não poderia? Como você fez agora."

"Eu não vou deixar minha mãe com aquele monstro."

Maggie se aproximou para abraçar a menina. "Não, é claro que não. Mas, a qual distância seu tio Matthew vive?"

"Tio Matthew? Eu não sei. Ele ainda vive na casa com vovó e vovô. Ele é o melhor tio do mundo."

"Poderia andar até lá e voltar antes que Duncan perceba a sua falta?"

Uma luz surgiu no rosto de Frances.

"Sim! Durante a noite — mas eu teria medo de ir pelo caminho no escuro."

Maggie olhou para o céu. Parecia ser o final da tarde. "Olha," ela disse, "se eu estiver aqui quando você descer, eu irei com você. Eu não sei por quanto tempo eu vou ficar desta vez — estou na cama dormindo. Eu não sei como isso acontece. Eu nem mesmo sei se estou realmente aqui com você em 1940 ou se estou sonhando que estou."

"Você parece real para mim," disse Frances. Ela levantou os braços e Maggie a envolveu em outro abraço. Parecia real. Ela sentiu o cheiro doce de menina no cabelo de Frances.

Frances a levou em torno da parte de trás da mansão, escondendo-se atrás de arbustos por todo o caminho. Ela apontou um bloco de quatro janelas no segundo andar. "Essa é a nossa prisão," ela disse. "O quarto, o quarto de vestir, e a sala de estar."

"Escuta," disse Maggie, "se eu não estiver aqui quando você descer, é porque eu acordei. E se não der certo nesta noite, nós tentaremos outra vez na próxima, está certo?"

Frances assentiu. "Nenhuma das outras senhoras, nem sequer tentaram me ajudar," ela disse.

"Outras senhoras?"

"As outras senhoras que vieram aqui, como você. Não importava quanto implorava, elas continuavam me mandando embora."

O camafeu. Outras mulheres o acharam, usaram e conheceram Frances em seus sonhos. Foi isso que a mulher quis dizer no telefone. Por que elas não tentaram ajudar?

"Olha, é melhor você ir para dentro, antes que alguém perceba a sua ausência," ela disse para Frances. Ela observou enquanto Frances se contorcia habilmente pela trepadeira e atravessava uma pequena janela que devia pertencer ao quarto de vestir. E quem tinha um quarto de vestir hoje em dia?

Uma mãozinha acenou descontroladamente na janela antes de desaparecer.

* * *

Luz brilhou em seus olhos. O nascer do sol. Domingo de manhã, e ela acordou antes que Frances pudesse sair da casa novamente. Ela socou o travesseiro em frustração. Por que ela se preocupava tanto com essa menina que viveu — e morreu —tantos anos atrás? O fogo tinha apagado durante a noite, e ela estremeceu quando vestiu seu roupão. No andar de baixo, ela discou o número de Laura.

"Eu estou indo, estou indo," disse Laura. "Ainda temos muito tempo."

"Não estou falando da igreja," disse Maggie. "Estou te implorando para me levar para uma aventura depois da igreja. Vou preparar um piquenique, se você fornecer o transporte."

"Você não está fazendo nenhum sentido," disse Laura, "Mas aceito o piquenique. Só me prometa que você não vai fazer nada ilegal."

Maggie hesitou. "Para ser honesta com você, eu não sei. É apenas uma coisa que tenho que fazer."

Depois da igreja, elas saíram para a vila de Hallbankgate e continuaram.

"Não está longe," Maggie prometeu.

"É bom, porque estou morrendo de fome e exijo fazer o piquenique antes de qualquer outra coisa."

"Ali." Maggie apontou para o horizonte, onde se via o contorno irregular de uma grande mansão, que um dia arranhava o céu. "Esta é Moorhouse. Nós podemos comer agora, se você quiser."

"Mas por que estamos aqui?", Laura perguntou, enquanto dava umas mordidas no seu sanduíche de presunto.

"Eu quero olhar em volta dessa casa. Eu ouvi que está abandonada, mas mesmo assim eu não gostaria de vir aqui sozinha."

"O que você pensa que vai achar aqui?"

"Eu não sei. Algumas respostas, eu espero."

"E você não vai me contar as perguntas, certo?"

"Bem, não ainda. Você nunca acreditaria, de qualquer maneira."

Ela tocou o camafeu em seu bolso. Sentiu que deveria tê-lo com ela nessa excursão. Elas terminaram de comer e, em seguida, dirigiram o carro, passando pelo que, um dia, teria sido um prado, mas agora estava pontilhado com árvores e arbustos. A estrada de cascalho estava coberta com arbustos pequenos.

Laura grunhiu. "Você não me disse que sairíamos fora da estrada."

"Eu não sabia. Até chegarmos aqui, eu não tinha certeza nem mesmo se a casa ainda existisse. Dirija por detrás, okay?"

* * *

Laura parou atrás da casa, perto do que deveria ter sido a porta da cozinha. Elas saíram e olharam ao redor. Parte do telhado havia caído. Do lado direito da casa, o lado em que Frances e sua mãe moravam, mostrou grande dano de fogo. Do outro lado, só parecia um pouco triste e abandonado.

"O que agora?", disse Laura.

"Bem, acho que vamos para dentro."

"Você tem certeza que é seguro?"

"Não."

"O que estamos procurando?"

"Eu não sei."

As duas pisaram ao redor de mato e lixo esparramado, onde antes teria sido um terraço pavimentado. A porta da cozinha estava entreaberta e as duas, instintivamente, deram as mãos ao atravessar o limiar. A cozinha, que deveria ter sido impressionante nos anos quarenta, servia agora como abrigo para várias formas de vida selvagem.

"Nós precisamos ver se tem algum jeito de subir as escadas sem nenhum risco de vida para nós," disse Maggie.

"Este é o lugar mais assustador que já vi," disse Laura. "É melhor você ter uma boa explicação para tudo isso."

Maggie pegou a dianteira, saindo da cozinha e entrando para um corredor. O piso térreo parecia ser bem estruturado. Elas passaram por quartos com tapeçarias em ruínas e cortinas de veludo penduradas em fitas. Uma escadaria magnífica apareceu finalmente, mas um terço da parte superior tinha desmoronado. Laura queria sair, mas Maggie se recusou a desistir.

"Uma casa deste tamanho tem que ter mais do que só uma escadaria," ela disse.

Elas voltaram para o centro da casa e começaram a explorar o lado que tinha menos danos. Com certeza, um segundo conjunto de escadas apareceu, muito menos grandioso do que a que já tinham visto. Parecia suficientemente segura.

Maggie pisou na escada subindo e testando cada degrau cuidadosamente antes de colocar todo o seu peso sobre ele. Laura ficou esperando embaixo com as mãos nos quadris: "eu não vou subir aí com você."

Maggie deu de ombros. "Tudo bem, então, fique aí e espere por mim."

Um momento de silêncio passou.

"Eu não vou ficar aqui sozinha!" Fazendo careta, Laura seguiu Maggie subindo as escadas que rangiam.

No andar de cima, o sol entrava através dos buracos no

telhado e iluminava o largo corredor. A curiosidade tomou conta de Maggie. Ela começou a abrir portas para ver como eram os quartos. A maioria foram quartos opulentos ou salas de estar. Ela não se aventurou a entrar em qualquer deles até que viu um quarto muito masculino ao lado esquerdo. Um retrato em cima da lareira chamou sua atenção e ela entrou nas pontas dos pés para poder ver melhor, enquanto Laura hesitava na entrada. Maggie pegou a moldura de prata manchada e soprou a poeira da imagem. O retrato branco e preto mostrava uma bela mulher jovem loira, vestida ao estilo da década de 1920 ou 1930. Ela tinha vários colares de pérolas pendurados no pescoço e olhos penetrantes. Maggie virou o porta-retrato e cuidadosamente tirou a antiga foto para olhar atrás, onde tinha uma breve inscrição: Bess 28. Maggie sentiu como se tivesse sido socada no estômago. Não só as pessoas eram reais, mas, agora, ela tinha prova da conexão de Duncan com Bess. Ela recolocou a foto no porta-retrato e o levou consigo, voltando para o corredor para mostrar a Laura.

"Quem é essa?", Laura perguntou.

"Bess Mayhew. Agora, temos que ver se podemos chegar ao outro lado deste corredor."

"Por quê?"

"Porque foi onde ele aprisionou ela."

"Você deve estar maluca."

"Você pode estar certa."

Elas avançaram pelo corredor na ponta dos pés. Havia alguns pontos fracos no meio, mas, ao lado das paredes, o chão parecia bastante firme ainda.

"Como você sabe onde procurar?", Laura sussurrou.

"Você não acreditaria em mim."

À esquerda, a metade da frente da casa estava queimada.

Paredes inteiras estavam faltando. À direita, as paredes estavam enegrecidas, mas ainda em pé. Elas chegaram às três últimas portas do lado direito. A primeira entreaberta parecia ter sido um armário de linhos. Maggie se arrastou para a porta ao lado e virou a maçaneta , empurrando ao mesmo tempo. A porta caiu para dentro com um BUMMM ressonante, fazendo com que as duas moças pulassem. Dentro do quarto havia uma cama com dossel queimada e enegrecida e uma penteadeira parcialmente queimada com seu espelho manchado. À esquerda, uma porta aberta conectando este quarto a uma sala de estar além. Maggie viu que a maior parte do chão da sala de estar tinha desaparecido, e o sol se espalhava pelos grandes buracos do telhado. Sua respiração veio em soluços.

"A senhora do retrato viveu aqui?", Laura perguntou.

"Não de livre vontade."

Maggie virou e olhou para a parede à direita. Tinha outra porta ali, essa estava fechada. Ela sabia que deveria ser a sala de vestir, aquela com a janela pequena pela qual Frances tinha saído.

"Eu tenho que ver o quarto de vestir," ela disse. "Você não precisa ir comigo."

"Não, eu vou ficar aqui com meu telefone pronto para pedir socorro, quando você vazar pelo chão."

Maggie se aproximou do perímetro da sala. Depois de chegar ao canto intacto, ela virou à esquerda e avançou em direção a porta, alcançando cautelosamente a maçaneta. Ela quase esperava que ainda estivesse quente depois de setenta anos. A maçaneta girou, e empurrando a porta, ela prendeu a respiração. O quarto de vestir mostrou danos de fumaça, mas não parecia estar queimado como os outros quartos que tinha visto. Maggie testou o chão à sua frente e deu um passo. Em frente ao outro lado do quarto, uma porta aberta mostrava o banheiro além. À direita, um suporte de roupas em forma de U cheio de roupas preenchia o espaço. As roupas de mulher enchiam a maior parte da prateleira, mas as roupas da menina estavam penduradas no outro lado. Maggie se arrastou para o lado das roupas da menina e examinou. Um vestido azul claro com um belo bordado no peito, era o vestido que Frances estava usando à primeira vez em que elas se encontraram. Ela retirou do cabide. O frágil tecido estava manchado de fumaça, mas o vestido ainda era reconhecível. Maggie o abraçou: uma conexão tangível com a garota do seu sonho.

Voltando para a pequena janela que dava para o jardim dos fundos, ela viu uma cadeira à frente e um grande armário de madeira de cada lado. Ela deu um passo ao lado da porta e se dirigiu ao primeiro armário, puxando as portas.

"O que, afinal, você está procurando?", chamou Laura. "Eu quero cair fora daqui!"

Glamorosos vestidos de noite enchiam o guarda-roupas. Seda, cetins, peles e lantejoulas. Tudo era fabuloso. Maggie lutou contra a tentação de agarrar uma braçada dos vestidos antigos e levá-los para casa. Depois de fechar o guarda-roupas, ela se moveu para se ajoelhar na cadeira e olhar pela janela. Trepadeiras cobriam quase cada centímetro quadrado, mas ela podia ver o jardim por detrás através das lacunas, e a faixa da floresta onde ela tinha se escondido para esperar Frances. Com um suspiro, ela virou para o outro guarda-roupas. A porta parecia estar emperrada. Ela deu um puxão vigoroso na alça, e todo o quarto rangeu estremecendo. Laura gritou, e Maggie mordeu a língua para evitar de fazer o mesmo. Colocando sua mão do lado esquerdo do guarda-roupas, ela puxou novamente com a direita. A porta se abriu. Maggie abriu o lado esquerdo também e olhou dentro. Elegantes camisolas de seda e roupões estavam pendurados. Pensando ter visto algo no canto direito traseiro, ela cautelosamente puxou as peças para o lado. Um som entre suspiro e gemido escapou dela.

"O que foi?", Laura gritou.

"Encontrei as duas ," ela disse. Dois esqueletos agachados no canto, um com os braços envolvidos protegendo o outro. Elas, talvez, morreram de inalação de fumaça. Maggie levantou e olhou fixamente. Ela não sentiu medo nem horror. Em vez disso, lágrimas quentes rolavam por seu rosto e seu peito ardia com soluços. Aquela doce menina! Ela cobriu os corpos novamente e fechou as portas do guarda-roupas. Ainda segurando a foto e o vestido, ela retomou o caminho de volta para Laura.

"Ambas estão mortas," ela disse.

Os olhos de Laura quase saltaram fora. "Quem? Quem morreu?"

"Bess e Frances."

Elas tomaram o caminho de volta para as escadas descendo à cozinha. Ainda chorando, Maggie congelou quando viu alguém esperando do lado de fora, perto do carro de Laura.

"Posso perguntar por que vocês, duas senhoras, perturbaram a paz de Moorhouse?"

Uma senhora idosa olhou-as com penetrantes olhos negros.

Maggie engoliu seco, tentando acalmar o seu choro. Ela fora apanhada em flagrante. E continuava segurando o vestido e o retrato.

"Eu estava procurando provas de que Bess e Frances Mayhew tinham sido aprisionadas aqui, e eu achei," ela disse.

O rosto da mulher idosa mudou no instante em que ouviu os nomes. "Sim, elas foram mantidas aqui, pobrezinhas," ela disse. "Minha mãe era governanta aqui, entende. A jovem Frances tinha a minha idade. Eu tentei ser amiga dela, mas toda vez que me aproximava eu era castigada."

"Por que ninguém as ajudou a escaparem durante o incêndio? Eu achei os corpos dentro do guarda-roupas."

A velha suspirou. "Você as achou? Oh, que pena. Foi uma coisa triste aquele incêndio. É minha convicção que Lorde Douglas botou fogo ele mesmo. Ele cansou de esperar que a Sra. Mayhew se sujeitasse a seus desejos."

"Ouvi dizer que ele estava em Bermudas no momento do incêndio!"

"Ah, não moça. Isso é o que ele pagou todos os empregados para dizer. Quando o fogo começou, ele desceu as escadas correndo, mandando todos sair. Ele disse que a Sra. Mayhew e a filha já tinham sido levadas para um lugar seguro."

Lágrimas cintilaram em seus olhos.

"Aquele desgraçado mentiroso. Ele ficou no gramado conosco assistindo a casa queimar, não levantando um dedo para apagar, e depois ele saiu com seu carro azul antes que os bombeiros chegassem. Nós nunca mais vimos ele. Suponho que ele realmente foi para Bermudas, então."

"Por que você nunca contou para ninguém sobre as duas Mayhew?"

"Ah, eu tentei, amor. Mas você tem que se lembrar que eu era apenas uma criança pequena e todos os adultos me desmentiram. Eles estavam com medo do Lorde Douglas, você sabe. Eu ainda venho aqui domingo à tarde e peço a Deus para perdoar a maldade que aconteceu . Estou feliz que você encontrou a verdade. Você acha que podemos ter um enterro decente para aquela pobre senhora e à pequena Frances?"

"Acho que podemos arranjar alguma coisa. Vou perguntar a

Matthew Mayhew sobre isso, quando vê-lo novamente."

A verdade era que Maggie tinha esperança de, alguma forma, impedir o incêndio de acontecer. Ela ficou em silêncio durante a viagem para casa, apesar de Laura não parar de fazer perguntas.

"Olha," ela disse quando chegaram em casa e entraram para tomar um chá, "eu não sei o que falar. Isso começou com o camafeu que eu achei. Ele pertencia a Bess Mayhew. Eu tinha que descobrir o que aconteceu com ela. Eu... me sinto responsável por ela e pela pequena Frances."

Laura deu de ombros. "Bem, você vai denunciar os corpos encontrados?"

"Não, ainda. Há algo que tenho que fazer primeiro."

* * *

Naquela noite, Maggie vasculhou seu gabinete no banheiro, até encontrar as pílulas para auxiliar o sono, prescritas quando arrancou seus dentes do siso. Mais uma vez, ela acendeu a lareira no seu quarto. Desta vez, colocou o camafeu em volta do pescoço e deixou o vestido e o retrato no seu colo, depois se apoiou com travesseiros.

"Por favor, Deus," ela orou, "deixe-me ficar dormindo o tempo suficiente para ajudar."

* * *

O pôr do sol afundou atrás da monstruosidade escura de Moorhouse. Pela primeira vez, Frances não apareceu logo que Maggie chegou. Maggie estremeceu um pouco quando ela chegou no lugar atrás dos arbustos perto da cozinha e do jardim. Ela observava a trepadeira enquanto o cair da tarde se aprofundava em crepúsculo e depois ao anoitecer. Agora, ela não podia ver nada, exceto as luzes nas janelas da cozinha e algumas outras. As luzes dos aposentos das duas Mayhew também estavam acesas.

Após o que parecia ser uma eternidade, as luzes do quarto do andar de cima apagaram. Alguns minutos depois uma luz fraca apareceu na pequena janela do quarto de vestir. Maggie vislumbrou a silhueta de uma cabeça e ombros, antes que a luz se apagasse. Ela se levantou, todos os sentidos em alerta. Então, ouviu as pisadinhas de pequenos pés na grama.

"Frances!", ela sussurrou.

Os passos pararam. Maggie sussurrou outra vez. "Sou eu, Maggie."

Um fraco sussurro respondeu: "a senhora bondosa que quer me ajudar?"

"Sim."

Um momento depois, ela envolveu seus braços em torno do pequeno corpo de Frances. A menina teve o bom senso de usar uma blusa de lã sobre seu vestido de algodão fino.

Quando andavam de mãos dadas ao longo de um caminho através do bosque, a lua nasceu enorme e dourada, como se estivesse ansiosa para iluminar a missão das duas. Maggie acelerou o passo.

"Você tem certeza que sabe o caminho para a casa de seus avós?", ela perguntou.

Frances deu um suspiro irritado. "Todo mundo sabe onde minha vovó e meu avô moram."

Elas andaram em silêncio por mais de uma hora. A lua crescente iluminava a pista aonde elas andavam, fazendo os muros de pedra brilharem como prata.

"Nós estamos perto?", Maggie perguntou. Ela estava quase

arrastando Frances agora. Provavelmente, o único exercício que a garota fazia era descer e subir a trepadeira.

"Ali está!", Frances apontou.

Elas estavam em uma subida, e Maggie viu uma pequena vila aninhada em uma depressão, cerca de um quilometro de distância. Muito mais perto, uma mansão grande brilhava no luar, com um perfil muito mais agradável do que de Moorhouse, pelo menos, na opinião preconceituosa de Maggie. Agora, era Frances quem corria puxando Maggie pela mão.

"Esse é o quarto do tio Matthew," ela disse, apontando para um par de janelas mal iluminadas no segundo andar. Ele provavelmente ainda está estudando para o exame preparatório para a graduação em algumas semanas."

Ela riu. "Vamos surpreendê-lo."

Depois que achou a chave debaixo de um vaso de flores, ela mostrou o caminho através da entrada dos criados, subindo uma escadaria até chegar a uma porta no segundo andar. Sorrindo para Maggie, ela bateu forte.

"Eu já vou para cama, mãe," veio uma voz masculina.

"Eu não sou sua mãe," Frances disse na sua voz clara de menina pequena.

Um ruído soou de dentro do quarto e, logo em seguida, a porta foi aberta por um garoto adolescente magricelo, com cabelos escuros que brotavam de sua cabeça como uma fonte.

"Franny!", ele disse, levantando-a em seus braços. "Minha margaridinha, minha flor de maçã! Onde você esteve todos esses meses?"

Então, ele levantou os olhos e viu Maggie. Ficou de boca aberta, e colocou Frances no chão. "E quem é sua amiga muito atraente?"

Maggie cumprimentou o rapaz estendendo a mão "Meu

nome é Maggie, nós precisamos de sua ajuda e não temos muito tempo."

Ele levou as duas para o escritório e as ouviu, enquanto contavam uma versão abreviada de toda a história.

"Então, você entende," disse Maggie, "nós precisamos da sua ajuda para resgatar Bess agora, esta noite."

Matthew olhou para Frances, cujas contusões eram muito evidentes à luz de sua lâmpada de estudos. "Não posso enfrentar Duncan sozinho," ele disse.

"Você não precisa," disse Maggie. "Eu acho que já resolvi. Existe alguém que você pode chamar para ajudar?"

"MacGregor!", Matthew gritou.

Um homem esbelto, vestido impecavelmente, com seus quarenta anos apareceu como se fosse mágica.

"Este é meu criado, MacGregor. Ele foi um herói na última guerra, e ainda é melhor do que quaisquer outros dois homens. Ele ajudará se eu pedir."

"Está bem," disse Maggie. "Eu suponho que você pode dirigir, Sr. MacGregor?"

"Sim, madame."

"Bem, vocês dois devem dirigir até Moorhouse — o mais perto possível sem serem ouvidos. Então, suba pela trepadeira até a janela do quarto de vestir. Será um pouco apertado mas eu penso que vocês dois conseguem entrar. Faça com que Bess se esconda no quarto de vestir, enquanto você fica de guarda no quarto de cama.

"Frances e eu ficaremos aqui e daremos, digamos, meia hora para chamar a polícia. Quando a polícia chegar em Moorhouse, Duncan tentará esconder ou ferir Bess, e é isso que vocês devem prevenir, certo? Então, façam uma barricada na porta e tenham algumas armas preparadas, se ele conseguir entrar antes da polícia."

"Então," disse Matthew," se tudo terminar bem, nós voltaremos triunfantes e você concordará em se casar comigo, certo?"

Maggie riu. "Você é muito jovem para mim agora, Matthew, e, na próxima vez que eu ver você, você será muito velho."

"Eu não sou tão jovem!", ele disse. "Quantos anos você tem?"

"Vinte e cinco. E você não sabe que é rude perguntar a idade? Agora, vá."

"Não posso ir também, tio Matthew?" Frances deu-lhe um olhar de súplica.

Ele se ajoelhou e olhou para os seus olhos.

"Agora, olha aqui, minha arvorezinha de manga," ele disse, "eu estou contando com você para chamar a polícia para resgatar a sua mãe, eu e MacGregor. Lembre-se, de acordo com sua amiga desalmada aqui, ela pode desaparecer a qualquer momento."

Frances o abraçou. "Não deixe Duncan machucar a mamãe," ela disse.

"Se Duncan encostar um dedo nela, ele vai se arrepender de ter nascido.

Fora o que ele vai receber por ter tocado em você."

Maggie abraçou Frances e, momentos depois, olhava enquanto o carro silenciosamente deslizava pela estrada virando no sentido de Moorhouse. Ela olhou para o antigo relógio. 1:47.

"Frances", ela disse," quando o relógio marcar duas e quinze, temos que acordar o seu avô e pedir para ele chamar a polícia. Penso que será levado mais a sério se ele fizer a chamada."

Ela se sentou no sofá e Frances sentou-se no seu colo. Um a um, elas observavam os minutos passando.

"Por que você acha que me encontrou no seu sonho?",

perguntou Frances.

"É o camafeu," disse Maggie. "Eu achei o camafeu com seu rosto nele, e, então, bammm! Toda vez que eu adormecia me encontrava com você."

Os olhos da menina se iluminaram.

"Funcionou! Mamãe orou e orou por uma maneira de deixar as pessoas saberem onde ela estava. Então, ela teve a ideia de que eu deixasse cair o camafeu perto do caminho detrás de Moorhouse. Ela esperava que alguém fosse encontrá-lo e perguntasse a quem pertencesse e por que estava ali — e isso os levariam a Duncan. Houve tantas senhoras que vieram aqui como você, você sabe, mas nenhuma delas nos ajudaram, não importava o quanto eu pedisse."

"Bem, suponho que seja uma boa coisa que eu tenha finalmente encontrado," Maggie disse.

O relógio tocou uma vez a um quarto de hora. Frances pulou. "Eu vou chamar meu avô."

Maggie seguiu pelo corredor até outra porta, e Frances bateu nela com seu pequeno punho.

* * *

Maggie despertou em um quarto inundado de sol. Seu olhar voou para o relógio em seu criado-mudo. Ela já estava atrasada para o trabalho. E deu chutes de frustração. Agora, não!

No instante em que ela saiu do trabalho, chamou Laura. "Laura," ela disse. "Eu preciso voltar para Moorhouse. Você pode, por favor, me levar até lá?"

"O quê, agora?"

"Sim, agora. Eu não sei como terminou tudo. Não sei se o avô ligou para polícia. Eu preciso saber, Laura."

"Bem, eu não vou voltar lá. Você pode pegar meu carro emprestado, mas eu não vou com você. É assustador. Há pessoas mortas lá."

* * *

Meia hora depois, Maggie estava a caminho de Moorhouse com o carro de Laura. Ela não tinha sido capaz de pensar em outra coisa o dia todo. Ela ficou bastante chocada quando saiu da estrada entrando no caminho que levava à Moorhouse. O caminho estava pavimentado e bem conservado. No prado, cheio de flores, havia um par de vacas com olhares atenciosos quando ela passou dirigindo. Então, ela olhou adiante para a casa e pisou no freio tão forte que sua cabeça bateu no volante.

A casa tinha desaparecido. Não havia nenhum sinal de Moorhouse como ela tinha visto apenas ontem. Em seu lugar, viu uma casa muito menor, mais moderna, de pedra cinza e cercada por simples jardins coloridos.

Maggie sentou ali por alguns minutos, tentando entender. Bem, ela tinha que saber. Ela dirigiu seguindo novamente e parou na frente da atraente casa de pedra.

Depois de sair do carro, ela andou até a porta da frente com as pernas tremendo. Ela apertou o camafeu em sua mão, sem ter certeza por que o tinha trazido.

A porta foi aberta por um jovem alto, muito bonito, com cabelos loiros arenosos, olhos verdes e sorridentes.

"Maggie!", ele disse. "Então, você veio finalmente!"

Ele apertou sua mão vigorosamente, sua boca grande sorrindo de orelha a orelha. Ela nunca tinha visto esse homem na sua vida. Quem ele poderia ser? E como sabia o seu nome?

"Vovó!", ele chamou. "É Maggie! Ela veio, finalmente!"

"A propósito, eu sou Gerald," ele disse, enquanto a conduzia para uma confortável sala de estar. "Vovó estará aqui em um momento."

Maggie ouviu passos arrastando que se aproximavam, e então uma senhora idosa cheia de energia entrou na sala. Ela tinha cabelos brancos como neve e brilhantes olhos azuis, parecendo porcelana. Ela estendeu a mão para Maggie.

"Maggie! Que bela está. Exatamente como me lembro de você. Eu tenho esperado tanto tempo para lhe agradecer, minha querida."

Maggie olhou espantada para ela.

"Sou eu, Frances," disse a senhora idosa. "Você me ajudou a escapar de Moorhouse e resgatar minha mãe."

"Então, seu avô fez a chamada e a polícia foi a Moorhouse?"

"Sim, sim, graças a você. Quando Duncan percebeu que estava verdadeiramente sem saída, ele se deu um tiro, salvando, assim, o governo do custo de um julgamento. Tio Matthew e MacGregor foram os heróis do dia e nós concordamos que seria muito difícil tentar explicar o seu envolvimento, então não o fizemos."

"Mas, o que aconteceu com Moorhouse?"

"Ah, você entende, eu sabia que você viria aqui algum dia. Procurando por mim, é claro. Então, tio Matthew e eu conversamos com meu avô para comprar o lugar para minha mãe e, claro, ela teve aquela casa odiosa demolida, assim que a guerra terminou. E ela se casou de novo e construiu esta casa no lugar — uma casa de alegria em vez de tristeza. O Gerald aqui, é meu neto. Ele veio ficar comigo enquanto trabalha em sua dissertação, e eu lhe contei tudo sobre você e como você é bonita e engenhosa."

O rosto de Maggie ficou quente e se sentiu incapaz de olhar

187

para Gerald.

"Uh, Frances," ela disse, "eu trouxe uma coisa para você. É seu, de qualquer maneira." Ela tirou o camafeu e colocou na mão de Frances. A velha senhora suspirou.

"O camafeu de mamãe! Você guardou todos esses anos."

Maggie riu. "Não, eu só guardei por dois dias," ela disse. "E nem posso lhe dizer o quanto estou feliz por poder entregá-lo de volta."

Frances colocou a corrente no pescoço, antes de dar um forte abraço em Maggie.

Maggie se agarrou na velha senhora, seus olhos se encheram de lágrimas de alívio e gratidão. Frances estava viva e feliz, depois de tantos anos. Um peso tinha sido tirado de seu peito.

"Você, absolutamente, tem que ficar para jantar," disse Gerald. "Eu faço um curry com bife de arrasar, e também poderia ter alguma ajuda na cozinha."

Naquela noite, quando Maggie foi dormir, ela não sonhou mais com Frances.

Gerald, no entanto, fez o papel de protagonista.

Fim

Linda Burklin

tem sido uma contadora de histórias e escritora desde a infância. Criada principalmente na África, ela escreveu e editou o jornal de sua faculdade por dois anos, enquanto estudava por seu diploma de Letras em Inglês. Por dezessete anos, ela tem ensinado classes de escrita para seus filhos e outras crianças participando de educação domiciliar, e é autora da *Story Quest*, currículo de escrita criativa. Ela escreveu uma biografia de memórias, vários contos (short stories), e cinco livros. Sua paixão é a ficção especulativa.

O Fogo de Clay

Por Kat Heckenbach

Clay apareceu na porta do quarto segurando uma pilha de papéis, com um largo sorriso no rosto.

"Desliga a TV, Katie. Acabei de terminar minha última história. Quero ler para você."

Eu me debrucei sobre o travesseiro e agarrei o controle de cima do criado-mudo. O brilho cintilante da televisão sumiu, deixando o quarto em uma escuridão quase completa. Clay deu uns passos, e girou uma pequena lâmpada presa na borda da escrivaninha encostada contra a parede.

"É aquela que você estava escrevendo o outro dia? Quando você não me deixou entrar no escritório?"

"É aquela. Agora, acomode-se. Feche os olhos." A cadeira rangeu com o som familiar dele se inclinando para trás.

"Pelo menos, desta vez, você não poderia se sentar ao meu lado?"

"Katie, vá lá. Eu não posso ler com você me olhando."

"Vou fechar meus olhos, prometo."

Clay riu. "Você vai deixá-los fechados de qualquer maneira." A cadeira rangeu novamente. "Agora, fique quieta."

Eu puxei os lençóis sobre meus ombros e descansei a cabeça

contra o travesseiro. A última coisa que vi antes de fechar os olhos foi a silhueta da borda da cama que servia como uma parede entre nós.

"Pronta?", Clay disse, sua voz se aprofundando naquela maneira de contador de histórias que eu me apaixonei.

"Sim."

A voz de Clay flutuou pelo quarto, profunda e ressonante. Suave. Suas palavras me acariciavam, me acalmando, mesmo quando ele lia algo terrível. Eu me sentia sempre tão segura quando ele falava naquela voz mística, de contador de histórias...

Charles entrou na loja de conveniências exatamente às sete e meia. O ruído da campainha parou bruscamente quando a porta se fechou atrás dele. A loja estava lotada, e Charles sentiu calor subindo pelo pescoço.

Muitas pessoas neste espaço tão pequeno, com seus corredores estreitos entupidos de tranqueiras. Sacos e caixas de petiscos inundados de substâncias químicas em suas fileiras arrumadas ao longo das prateleiras.

Eu sabia que esta parte da história vinha do próprio medo que Clay sentia em espaços pequenos. Claustrofobia em enésimo grau, no seu caso. Nossa casa tinha um monte de janelas e tetos altíssimos. Eu senti uma pontada de desconforto, sabendo que Clay mentalmente se colocava no lugar de Charles sentindo o calor e o medo da loja lotada e confinada, o tipo de lugar em que ele nunca entraria de própria vontade na vida real.

As pessoas se moviam ao redor de Charles, evitando olhar um para o outro, como se parar para comprar umas cervejas e salgadinhos fosse algum tipo de ato conspiracional. Ele abaixou os olhos também, puxando a gola da camisa.

Apertada...muito apertada.

Eu puxei os lençóis. Eles não estavam só até meus ombros? Por que agora estavam contra meu queixo?

O pescoço de Charles lustrava-se de transpiração, e quando ele parou em frente à prateleira de jornais, gotas de suor brotavam em sua testa. Ele passou a mão pela franja, o calor de sua testa surgindo em suas palmas.

"Eu devo estar com febre," ele sussurrou para si mesmo.

Os lençóis, de repente, me sufocavam, grudando nas minhas pernas. Dobrei a borda e me livrei deles com um chute, tentando ficar atenta à voz de Clay. O ar, não fresco o suficiente, bateu em minha pele e eu me acomodei para trás no meu travesseiro.

Charles começou a procurar pela prateleira que tinha aspirinas, o suor escorrendo nos seus olhos. Olhou para os lados. Ninguém deu conta dele. O calor o inundou, e ele engoliu. Ele sentia como se sua língua fosse rachar com o esforço.

Talvez a aspirina pudesse esperar. Agora, uma bebida. Ele deu um passo inseguro em direção à máquina de refrigerante. Sua mão apalpou a gola de sua camisa novamente. Estava encharcada, mas raspava contra sua pele como uma lixa. Ele arrancou a jaqueta e a deixou cair no chão. Mais dois passos tropeçando, e estava em frente à máquina de refrigerante.. Ele ousou dar uma olhada ao seu redor. Algumas pessoas lhe lançaram olhares hesitantes, mas seus olhos logo se desviavam.

Lambi meus lábios e deslizei contra meu travesseiro para poder pegar o copo de água no criado-mudo. Meu braço escorregou pela fronha, agora viscosa do suor que tinha encharcado meu cabelo. Será que Clay ligou o aquecedor só para fazer sua história parecer mais real? Eu ouvi firme, enquanto engolia os últimos goles de água do copo. Sua voz parecia mais profunda do que o habitual, ainda mais melódica, como o baixo em uma balada assombrosa.

O copo de papel tremeu na mão de Charles. O gelo caiu quando ele pressionou o copo contra a alavanca. Cada cubo que tocava sua mão queimava contra a sua pele quente derretendo quase imediatamente.

"Isso não está certo," ele falou alto, sem se importar agora com quem olhasse para ele.

Ele bateu o copo contra a próxima alavanca e o refrigerante saiu derramando pelos lados, escaldando quando tocava em sua pele. Ele levou o copo para a boca com ambas as mãos trêmulas, derramando o líquido pegajoso sobre sua camisa suada.

Ele engoliu, e a bebida só se transformou em vapor em sua boca, escaldando seus lábios e as entranhas de suas narinas enquanto inalava. Ele despejou o resto sobre sua cabeça, escutando os estalos do líquido se pulverizando em gás em torno de sua cabeça.

O copo escorregou da minha mão e bateu no chão com um tinir, mas Clay continuou lendo. Sua voz envolvia ao meu redor e a intensidade arrepiava minha pele da cabeça aos pés. Eu toquei no formigamento em meus cabelos e senti que o suor tinha secado completamente...

Corpos se deslocavam em volta de Charles, e sua respiração prendia em sua garganta, enquanto olhava ao redor para os rostos que o encaravam. Os músculos de seu pescoço se apertavam e soltavam, permitindo que o ar escaldante escapasse finalmente de seus pulmões. Uma mulher recuou, um olhar de horror contorcendo seu rosto. O grito dela ameaçou quebrar os ossos dele, o calor pulsando com cada batida de seu coração.

Meu pulso batia em meu ouvido, quase afogando a voz de Clay.

Lutei para achar suas palavras novamente, mesmo enquanto minha mente gritava para me afastar dele. Eu precisava que ele me acalmasse através da história. Mas quanto mais eu me concentrava em sua voz, mais o calor ardia.

Charles respirava fundo a cada respiração, enquanto as chamas ardiam dentro do seu corpo queimando tecido e osso.

"Ajude-me," ele gritou para a multidão, quando eles finalmente começaram a se afastar. O terror nos olhos de alguns o assustou menos do que o olhar de curiosidade mórbida em outros.

Perguntas giravam em sua mente —O que está acontecendo? Por que eles não fazem alguma coisa? Eu estou morrendo?

As expressões em seus rostos, enquanto se agarravam uns aos outros diziam, "Sim, sim, você está…"

(Clay, eu estou morrendo…?)

Charles arrancou a roupa que se desfez em sua mão. Encoberto com as cinzas das chamas que, finalmente, haviam penetrado na superfície da pele.

Chamas…fogo…vindo de dentro dele…

O calor alcançou além de que qualquer coisa que Charles pudesse ter imaginado.

(Eu vejo as chamas, Clay! Por favor, pare! Eu as vejo…)

E, assim, quando a frase entrou em sua mente…"combustão espontânea"…o calor ardeu ainda mais forte e com um estrondo…

Ar despejava em meus pulmões enquanto eu ofegava.

A repentina ausência da voz de Clay ressoou em meus ouvidos… silêncio sufocando-me, enquanto eu saltei da cama. Eu sentia o calor tão intensamente que eu imaginava ver chamas — uma explosão de luz súbita assim que Clay parou de ler.

A luz fraca da lâmpada na escrivaninha brilhava ao redor da

borda da cama, mas o resto do quarto estava em total escuridão.

"Clay, o que aconteceu?"

Nenhuma resposta.

Minhas mãos começaram a tremer, e atirei minhas pernas sobre o lado da cama. Minha camisola grudada em mim, e quando passei meus dedos através da minha franja, senti meu cabelo pegajoso de suor também.

Eu me esforcei para ficar em pé, e andei em torno da cama. A lâmpada da escrivaninha lançava sua luz fraca sobre uma pilha de cinzas na cadeira chamuscada de chamas que ainda se inclinava para trás.

Fim

Kat Heckenbach

Cresceu em uma pequena cidade, onde passava a maior parte do tempo desenhando ou sentada em sua "árvore de leitura", com o nariz enterrado em um livro de fantasia...exceto, nas horas em que fingia que seu quintal era uma floresta encantada e só poderia ser alcançada através de uma passagem secreta em seu armário. Ela nunca poderia desistir da ideia de que talvez realmente fosse mágica, erroneamente colocada em um mundo que não era o seu — mas, com o passar dos anos, como nenhum elfo ou fada a levou embora, ela percebeu que apenas teria que criar a vida de suas fantasias com palavras. Seus personagens sempre encontram um mundo secreto — seja real, imaginário ou nas páginas de um livro.

Entre no mundo não-tão-secreto de Kat em: www.katheckenbach.com.

Meu Colega de Quarto Fantasma

Por Matthew Sketchley

Foi um longo dia, e eu mesmo só queria voltar para casa, comer algo e pegar no sono no sofá assistindo Family Feud: o Jogo das Famílias. Mas, logo quando virei a maçaneta da porta do meu apartamento, eu sabia que isso não aconteceria.

"Nick," uma voz flutuou pelo ar na minha sala de estar. "Niiick…"

Eu fechei meus olhos e, por apenas um segundo, pensei em dar meia volta e procurar um hotel. Mas eu teria que voltar aqui mais cedo ou mais tarde de qualquer maneira, porque eu morava aqui. E Larry também. Bem, não realmente. Sabe, Larry era meu companheiro de quarto, mas não do tipo normal.

Antes que eu pudesse achar a força de vontade para abrir a porta, a cabeça de Larry se atravessou pelo meio. "Nick!", ele gritou. "Você está atrasado. Venha, entre, estou morrendo de fome."

Balancei a cabeça e empurrei a porta através dele. "Você não consegue comer, você é um fantasma. E a comida deve cair através de você." Passei por ele, ou tentei —com fantasmas, você acaba passando através deles —dentro de meu apartamento.

"Na-não," Larry resmungou, seguindo-me pelo corredor. "Eu posso comer."

"Então por que, quando é a sua vez de limpar o apartamento, suas mãos sempre passam através do aspirador de pó?"

Eu nem me preocupei em olhar para trás do meu ombro, mas eu sabia que ele estava fazendo a mesma cara sofrida que sempre fazia. "Eu não sei, acho que talvez o metal interfira com isso. Deixa pra lá, já me sinto muito mal por isso."

"O aspirador é de plástico, Larry." Não que isso, na realidade, fizesse diferença alguma. Ele sempre encontraria um jeito de escapar para não fazer sua parte das tarefas, e eu aprendi a lidar com isso há muito tempo.

Eu fui para a cozinha, ignorando seus protestos, e abri a geladeira. A única coisa que tinha dentro era uma caixa de pizza.

Eu virei para encarar o Larry, mas não podia vê-lo. "Não fica invisível," eu dei bronca, "eu sei que você continua aí."

Uma névoa apareceu à minha esquerda, e se transformou em Larry, dando um sorriso tímido. " Disse a você que eu podia comer."

Eu respirei fundo. Gritar com Larry só iria fazer com que os vizinhos pensassem que eu estava mesmo louco. "Você comeu tudo o que tinha na geladeira," eu disse devagar, "e depois encomendou uma pizza?"

Larry deu de ombros. "Você tem dinheiro para isso. Está tudo bem, eu deixei uma fatia para você." Ele apontou para a caixa.

Eu abri a geladeira e peguei a caixa, puxando-a para fora, ouvi um pedaço solitário de pizza deslizar lá dentro. Eu acenei a caixa para ele. "Sério? Você encomendou da Pizzaria do Mike?

Sabe que o lugar é nojento, certo?"

Larry apontou para sua boca. "Morto. Nenhum sentido do paladar."

"Então por que você — quer saber de uma coisa, não importa. Você não poderia assombrar outra pessoa?"

"Eu disse a você, eu vi uma barata na cozinha, então eu fiquei com muito medo de comer e morri de fome, agora eu estou preso aqui." Cada vez ele me contava uma história diferente sobre sua morte, mas talvez esta fosse verdadeira. Talvez fosse por isso que ele estivesse sempre comendo agora. O pior tipo de fantasma era um fantasma esfomeado.

Eu me inclinei contra o balcão. Por que Larry sempre tinha que ser tão cansativo? "Tá bem, claro, mas você não poderia assombrar um dos outros apartamentos? Silvia, aí do lado, provavelmente merecia."

Os olhos de Larry se arregalaram. "De jeito nenhum cara, ela me assusta."

Ele tinha razão. Eu voltei para a sala de estar e me joguei no sofá, pegando a fatia fria de pizza da caixa. Pelo menos, ele não tinha pedido nenhum recheio esquisito nessa. Eu liguei a TV e mastiguei a pizza em silêncio, pensando o que fazer com Larry. Eu tinha que admitir que, quando ele não estava sendo tão irritante, a companhia poderia até ser agradável, mas ele não tinha nenhuma noção de espaço pessoal. Como evidenciado pelo fato de que ele decidiu se sentar tão perto de mim que meu braço direito estava atualmente dentro dele.

"Você sabe," eu disse depois de um momento, "a primeira vez em que você apareceu aqui, eu pensei que tinha comido ravióli estragado e estava alucinando."

Larry desviou a cabeça da tela para olhar para mim. "É por isso que você nunca deve comer massas enlatadas, Nick. Como eu sempre digo."

Eu balancei um pouco a cabeça, mas eu estava cansado demais para fazer outra coisa. "Você nunca disse isso."

"Bem, eu vou começar a dizer agora. As pessoas precisam saber sobre esse tipo de coisas."

Apesar das contas, eu dei uma risadinha. Ainda estava com raiva dele, mas, de repente, eu estava exausto demais para me importar. "Mas, fala sério, o que você quer para me dar algum espaço?"

"Sua alma, provavelmente."

Eu grunhi. Não era a primeira vez que ele brincava que queria minha alma, mas eu preferia que ele parasse com isso. Algo sobre esta ideia me impressionava, e o fato de que ele realmente era um fantasma me fazia questionar se isto seria possível. A ideia parecia ridícula, mas nunca acreditei em fantasmas até que mudei para cá e conheci esse cara esquisito. Mesmo assim, às vezes, até considerava esta ideia para me livrar dele.

Depois de alguns minutos assistindo comerciais em silêncio, o show de jogos voltou. Eu joguei a caixa de pizza vazia na mesa de centro, desejando que tivesse mais comida. Eu tinha que dar um pulo no mercado de manhã, porque estava muito cansado agora. E eu não confiaria em Larry para fazer as compras, mesmo que ele pudesse.

"Ei," Larry disse, interrompendo a TV. "Isso conta como um carinho?"

Eu suspirei. Por que ele sempre esperava terminar os comerciais para falar besteiras? "Não, estamos apenas ocupando o mesmo espaço, porque você não entende como funcionam os limites."

Larry se moveu um pouco em seu assento, mas não se afastou de mim. "Ah. Que pena, desde que o romance paranormal está tão popular hoje em dia. Seria ótimo para a audiência."

Eu nem sequer me preocupei de olhar para ele. "Você acha que estamos participando de algum programa Reality Show?"

"Não, mas eu estou dizendo que se estivéssemos, teríamos boa audiência."

"Larry?"

"Sim?"

"Você é um idiota."

Ele me deu um empurrãozinho. "Seria um show legal. Eu assistiria nós."

Eu acenei minha mão no ar. "Você quer saber uma coisa? Isso é loucura, eu vou procurar um exorcista ou algo parecido."

"Ei, ei, ei," Larry flutuou na minha frente. "Você não precisa fazer isso. Se você tem algum problema, vamos conversar, não fica ameaçando de me chutar para fora."

Eu balancei minha cabeça. "Não. Não, você não vai me fazer parecer o vilão aqui. Você está sempre atrapalhando, você comeu toda a minha comida, e não foi a primeira vez, e você está morto. Eu tenho certeza que você não deveria estar rondando por aqui."

"Você não vai ficar me culpando por estar morto, não é? Eu acho que já sofri bastante." Parecia que Larry estava realmente levando isso a sério. Finalmente.

Tinha que haver alguma forma de ter um acordo com isso. "Olha," eu disse, "você sabe por que você está preso aqui? Teve alguma coisa que você nunca conseguiu fazer, eles não encontraram seu corpo, qual é o problema?"

Larry franziu a testa, obviamente, muito desconfortável. "Eu estava pulando corda na sacada e caí para baixo. Nada demais."

"Nós não temos uma sacada, Larry, eu estou pagando quinhentos dólares por mês por este lugar. Nós mal temos uma escada de incêndio."

"Olha, esqueça, okay?", Larry exigiu. "Eu não quero falar sobre isso agora."

"Tudo bem, tá bom, sem exorcismo." Eu deixei o assunto de lado. Mas não me esqueci.

* * *

No dia seguinte, eu passei a folga de almoço na biblioteca fazendo algumas pesquisas. Não é que eu não gostasse de Larry, mas tendo ele rodeando todo o tempo acabava com meus nervos. Mas, além disso, uma parte em mim sentia pena do cara, preso em um apartamento reles. Seja qual fosse a verdadeira história, eu imaginava que não fosse muito feliz. Talvez ele não quisesse me dizer por que estava assombrando meu lugar, mas quem sabe poderia, pelo menos, descobrir o que o havia transformado em um fantasma. Sabendo isso, talvez eu pudesse descobrir como libertá-lo. Ele realmente não ia querer ficar rondando por aqui para sempre, não é?

O bibliotecário me deu um olhar estranho quando eu perguntei pela seção paranormal, mas eu já estava acostumado com isso, como aconteceu as poucas vezes em que tentei falar sobre Larry para meus amigos. Encontrei os livros com facilidade, e empacotei oito ou nove, antes de voltar ao trabalho. Um era o guia de exorcismo faça-você-mesmo, apenas no caso de nada mais ter funcionado. No meu íntimo, eu acreditava que Larry queria seguir em frente. Eu sei que queria o mesmo para ele.

Eu não me lembro de ter trabalhado muito àquela tarde. O tempo todo passou como um borrão, tirando o tempo ocasional para ir ao banheiro e ler mais um capítulo. Eu acho que foi um dia pouco ocupado de trabalho, porque ninguém realmente se importou com as minhas escapadas. Foi quando eu li o segundo capítulo de Fantasmas e Demônios: Um Estudo Comparativo, um livro que peguei apenas por um impulso, que eu percebi que eu tinha que ter cuidado.

"Alguns fantasmas podem resistir à expulsão do plano mortal, se eles sentirem que vai interferir com qualquer missão que os tenha mantido para trás, ou se eles simplesmente temem a morte. Enquanto eles podem ou não desejar infligir algum mal, um fantasma em um estado tão desesperado pode exibir padrões comportamentais semelhantes aos de uma entidade mais malévola, como de um diabo ou um demônio."

Eu nunca imaginei que Larry poderia ser perigoso, mas ele continuava mudando de assunto quando eu tocava em sua morte, e ele nunca me contava a verdadeira história. Talvez, ele estivesse apenas brincando, ou talvez estivesse com medo, mas eu sabia que mandando ele seguir seu caminho seria a melhor escolha. Um minúsculo apartamento de um quarto só não era um bom lugar para viver para sempre. Quero dizer...existir para sempre. Sendo que ele não estava realmente vivendo. Mas, ele poderia tentar me impedir. Decidi esconder os livros dele. No final, foi a melhor decisão que eu poderia ter tomado.

Era um dia claro, então eu fui ao parque depois do trabalho para ler, onde Larry não podia me incomodar. Isso funcionou no momento, mas eu sabia que, quando chegasse em casa, teria que encontrar um lugar para esconder os livros. O cesto de roupas provavelmente funcionaria. Ele nunca se aproximava de nada que o lembrasse de tarefas. Talvez, ele tivesse morrido em um acidente lavando louça, pensei.

Resolvendo proteger meus livros atrás de uma fortaleza de roupas sujas, eu empacotei tudo e voltei para o apartamento. No caminho, eu tentei pensar em como exatamente eu preveniria Larry de não fuçar na minha mochila se ele decidisse ficar curioso, mas me viraria. Tentei dizer a mim mesmo que ele, provavelmente, nem sequer iria querer olhar dentro da minha mochila a esmo, mas esse tipo de lógica só se aplicaria a pessoas sãs, e eu estava lidando com Larry.

Com certeza, assim que entrei no apartamento, ele enfiou a cabeça para fora do teto para me cumprimentar. "Ei, Nick, você está atrasado. Você foi às compras depois do trabalho? O que você trouxe para mim?" Ele não enfiou o rosto dentro da minha mochila, mas ele, definitivamente, olhou para ela por muito tempo.

Eu balancei a cabeça. "Eu não peguei nada para você, eu apenas decidi dar um passeio no parque. É o primeiro dia agradável do ano, eu não gostaria de gastá-lo aqui dentro."

Larry gesticulou ao redor. "Eu fiquei aqui dentro. Tranquilo, numa boa."

Eu o encarei . "Você não acabou com tudo na geladeira outra vez, não é? Eu comprei comida para uma semana esta manhã." Eu tinha levantado cedo para fazer isso. A fome foi o incentivo.

"Não, não faria isso duas vezes seguidas. E você só comprou o suficiente para três dias," ele acrescentou. "Você sabe que eu preciso de uma dieta constante ou eu vou me reduzir a nada."

"Você já está," eu murmurei, entrando e fechando a porta.

"Você está morto, se lembra? Enquanto caminhava pelo corredor, fiquei imaginando por um segundo se isso poderia ter sido insensível. Eu não tinha ideia alguma de como as pessoas mortas se sentiam com este fato sendo salientado. Larry era o único que conhecia.

Mas ele parecia não se importar. "Ah é, me esqueci. Então, quando é que você vai me dar essas coisas que você trouxe?" Para falar a verdade, eu estava um pouco surpreso que ele não tinha começado a xeretar dentro da minha mochila. Talvez, todo tempo em que passei o ensinando sobre limites deveria, finalmente, ter funcionado.

"Eu não comprei nada para você," eu o relembrei. "Eu não comprei nada. Eu só fui dar uma caminhada." E era verdade, na maior parte. Fui para o meu quarto ignorando a tagarelice dele, e olhei para o meu armário. Perfeito, eu tinha deixado aberto esta manhã. Agora eu só tinha que jogar a minha mochila muito casualmente, relembrando meu treino de basquete no ginásio...

A mochila caiu certinha dentro do cesto de roupas sujas.

Larry flutuou através de mim por trás — eu via minha vida passar diante dos meus olhos sempre que ele fazia isso — e olhou dentro do armário. "Boa jogada!" Não parecia que ele suspeitasse nada.

Eu sorri. "Acho que ainda sou bom de basquete." Por que ele suspeitaria de alguma coisa, então? Ele não era exatamente o cara mais brilhante do mundo.

Larry tentou me cumprimentar com um toque high-five, mas sua mão atravessou a minha e ele perdeu o balanço. "Então," ele disse quando se estabilizou, "quais os planos para esta noite?"

Eu dei de ombros. "Eu não sei, nada especial. Eu vou trabalhar amanhã cedo, então, provavelmente, não vou ficar acordado até muito tarde."

Larry deu um soco no meu braço. Desta vez ele se lembrou de realmente fazer contato, e, no entanto, foi ele quem fez isso. "Quer sair para a cidade?"

"Eu acabei de falar a você que vou para cama cedo." Fuzilei-o com os olhos. "E você não pode sair do apartamento."

"É verdade. Não, desde que eu tentei correr com a tesoura na mão."

Ele pensava que era engraçado agora? Seus sentimentos sobre a morte nunca pareciam ser os mesmos. Pensando nisso, seus sentimentos sobre qualquer coisa pareciam mudar a cada minuto. Nunca pensei sobre isso antes, mas Larry era bastante instável.

"Acho que vou apenas assistir um filme," eu disse a ele, tentando parecer natural. Eu absolutamente não estava com pena de Larry, não enquanto ele ficasse lá, parado, irritando-me. Okay, mas eu não o deixaria saber que estava me incomodando.

Eventualmente, Larry e eu decidimos por um filme de ação, e eu fiquei todo o tempo pensando nos livros que peguei. Mesmo quando fui cedo para a cama, eu mantive os olhos no armário. Seria legal poder ler, mas havia muito risco com Larry flutuando a caminho do banheiro. O que exatamente ele fazia lá, não sabia.

Fiquei assim por cerca de uma semana, gastando tempo fora do apartamento, disposto a deixar Larry o máximo possível sem supervisão, e lendo sobre fantasmas. Eu encontrei vários tipos e maneiras de defesa, ou para provar que havia um fantasma ao redor, mas nenhuma maneira de descobrir por que um fantasma estava lá ou como corretamente mandá-lo embora.

Finalmente, bem quando eu pensava que estava aprendendo alguma coisa útil, Larry achou os livros.

* * *

Depois de mais ou menos uma semana, eu não acertei o cesto. Aí foi quando o sonho começou.

Eu estava correndo através de um corredor escuro, mas eu não sabia aonde estava indo. Eu senti como se estivesse atrasado para algo. O corredor continuava esticando, até que eu, finalmente, vi uma porta à minha direita. Eu abri a porta e vi que estava de volta ao colégio, e todo mundo já estava fazendo o exame. Eu virei para me desculpar com o professor, e vi que era Larry sentado no outro lado da escrivaninha.

Ele sorriu. "Você conseguiu! Mas que tipo de sonho chato, eu, porém, esperava melhor. Olha aí, você nem está pelado."

Por um momento, eu não tinha certeza se isso realmente era um sonho ou não. Estava sonhando com Larry, ou ele estava mesmo dentro do meu sonho? Fantasmas podiam fazer isso? "Larry, o que você está fazendo aqui?"

"Bem, eu vou dizer o que eu não vou fazer," Larry disse. "Eu não vou embora, Nick."

Minha boca secou. "Ah. Você, ah, você notou os livros, hein? Não é o que parece ser cara, eu... "

Larry flutuou na minha frente, e me interrompeu. "Eu não sou burro, Nick." Algo parecia estranho sobre ele agora. Larry sorriu friamente. "Então, você vai me dar a sua alma ou não?"

Eu engoli. " Ei, aí cara, isso não é engraçado."

Os olhos de Larry cintilaram. "Eu parei de ser engraçado. Pensei que iria irritá-lo até a submissão, mas penso que você é um pouco demasiadamente engenhoso para isso. Eu estou atrás de sua alma já faz algum tempo."

Eu suprimi um arrepio. "Por que eu? Por que você quer a alma de alguém, afinal?"

Ele deu de ombros. "Você, porque na verdade não posso sair deste apartamento. E você não deve mesmo comer macarrão enlatado," ele acrescentou, com um brilho sinistro nos olhos. "Acho que não preciso lhe dizer mesmo o porquê. Mas se você não vai me dar, eu acho que vou ter que pegar."

Eu dei um passo atrás. "Você pode fazer isso?"

"Não tenho certeza. Provavelmente, sim."

Franzi meu rosto. "Tenho certeza que você está errado sobre isso."

"Bem, me veja fazer, então!"

"Larry, nenhum dos livros que li diz nada sobre você ser capaz de simplesmente roubar uma alma." Eu estava começando a ficar um pouco menos assustado. "Você sabe, é muito difícil ser intimidado por você, quando eu sei mais sobre espíritos do que você. E, pensando nisso, é ainda mais difícil ter medo de um cara chamado Larry."

Larry se remexeu como se estivesse sem graça. "Bem, Nick, esse é o meu nome, então eu não sei o que você espera que eu faça sobre isso."

"É apelido do quê?", eu perguntei. "Um nome completo pode soar um pouco mais forte."

"Larrance."

"O quê?"

"É um diminutivo de Larrance."

"Larrance?"

"Larrance. Como laringe."

"Que tipo de nome é Larrance?"

"O mesmo tipo que se apelida de Larry. Mas esta conversa não tem nada a ver," ele acrescentou, voltando ao tom ameaçador. "Sua alma. Eu quero!"

Porcaria. Eu esperava poder mantê-lo distraído até que eu acordasse. "Desculpa, mas na verdade não está à venda. Como você estava planejando conseguir minha alma, afinal? Agora que você sabe que não pode apenas enfiar a mão e agarrá-la, quero dizer."

Larry tinha aquele olhar de quando ele estava tentando inventar uma história. "Sim. Eu acho que teríamos algum tipo de concurso. Eu vi isso em um filme uma vez. Eu ganho, eu pego sua alma. Você ganha, eu deixo você acordar."

Eu pisquei. "Espera aí, você pode me impedir de acordar?"

"Sim, eu sou um espírito. Nós sequestramos os sonhos das pessoas, sempre. Você já teve um daqueles pesadelos que você está tentando acordar e você simplesmente não pode? Isso é um de nós mexendo com você."

Bem, isso era novidade. E agora eu tinha que encontrar uma maneira de cair fora. "Então, você vai me manter aqui para sempre?"

"Sim, Nick, eu só vou mantê-lo aqui. Não é tão confuso assim."

"Mas e comida?", eu perguntei. "E água? Eu preciso estar acordado para pegar, e eu preciso disso para viver."

Foi a vez de Larry piscar. "É mesmo. Não pensei nisso."

Dei uma olhada para ele. "Você já fez isso antes?"

Seu rosto se transformou em um sorriso sinistro. "Não, eu só comecei uma semana antes de você se mudar. Mas eu posso alimentá-lo, enquanto você dorme. Você vai ficar bem." E lá se foram meus planos por água abaixo...

De repente, a sala de aula que estávamos sumiu e só restou uma escuridão opressiva. Eu podia ouvir coisas se movimentando nas proximidades, zumbidos e deslizando e sibilando. Uma das...coisas...ali veio perto, e eu poderia quase ver o contorno do que parecia ser um tentáculo, mas parecia ter olhos brilhantes me encarando. Eu sentia a pressão crescendo dentro do meu cérebro, a pronto de explodir. Larry ficou ali olhando para mim, sem dizer uma palavra. Ele não parecia muito incomodado com o show de horror que estava presumivelmente acontecendo ao redor da nossa visão. Mas provavelmente era ele quem estava inventando tudo. Finalmente, ele abriu a boca.

"Esta é a sua nova casa, Nick. Me deixe saber quando você desistir desta sua alma."

E ele foi embora. Me deixando só na escuridão. Eu tentei não ouvir as coisas se movendo ao meu redor, imaginando se eles sabiam que eu estava lá. Eu só esperava que nunca iria descobrir, enquanto os ruídos moídos e deslizantes se esparramavam sobre mim.

Tudo se prolongou parecendo uma eternidade, e, em pouco tempo, eu tinha quase certeza de que a única razão mais provável era que tudo o que estava na escuridão não se importava, de uma maneira ou de outra, comigo. O que, de certa forma, piorou a situação. No começo, quando eu sentia uma das...coisas chegando perto, eu fugia esperando que nunca desenvolvesse a curiosidade de olhar para mim.

Então, depois de um tempo, comecei a esperar que eles se aproximassem. Mesmo que eu não soubesse se algum dia conseguiria vê-los, fiquei imaginando se eles estavam olhando para mim. Eu senti uma solidão como nunca tinha experimentado antes, e eu comecei a imaginar como eu poderia conseguir que esses horrores viessem um pouco mais perto, talvez mostrando algum interesse em mim.

Depois de alguns meses eu achei que eles deviam estar entediados, então eu decidi contar-lhes uma história. Eu tive que pensar um pouco, mas, finalmente, decidi que a única história que realmente valeria a pena contar seria sobre o Larry.

Então, foi assim como eu cheguei aqui. Foi interessante o bastante?

Você ainda está aqui?

Fim

Matthew Sketchley

a tualmente, é um estudante na Universidade de Carleton em Ottawa, Ontário. Escreve sempre que possível e está envolvido com teatro de estudantes, escrevendo, dirigindo, atuando, e mesmo trabalhando atrás do palco em várias produções. Nesta atmosfera, apaixonou-se por comédia curta e estranha, demonstrando isso através de suas histórias.

Bebê, Não Chore

Por R V Saunders

"Me dá de volta esse bebê, Honshu."

"Não. Não darei."

Geraldine segurou a boneca acima de sua cabeça, com as pernas e os braços moles, pendurados junto ao corpo.

"Devolva-me ou chamarei sua mãe."

A indecisão girou na mente de Geraldine, enquanto media a força da ameaça.

"Você não faria isso."

"Faria, sim."

Geraldine sorriu. "Ela não vai poder ouvir, pois está tocando sua música lá embaixo. Ela nunca ouve nada quando está tocando sua música."

Emma se esforçou para ouvir. Sim, ali estava, o baque rítmico subindo pelo chão. Ela tinha tentado chamar a mãe de Geraldine antes, mas não tinha funcionado, não enquanto a música estava sendo tocada lá embaixo. A voz dela não era suficientemente forte.

O sorriso de Geraldine se abriu. "Se você quiser, você pode ter a boneca . Mas você vai ter que vir pegar," e, com isso, ela esticou os braços para cima ainda mais alto, tanto que o nariz da boneca quase tocou o móbile do berço, que balançava suavemente do abajur.

A face de Emma se mantinha calma, quase composta. Finalmente, depois de pensar alguns segundos, ela olhou para cima e simplesmente disse, "OK." Com um movimento lento de seus quadris ela começou a se ajeitar na cadeira, os dedos do pé direito se esforçando para tocar o chão.

Geraldine olhou com fascinação, seus olhos fixados na perna esquerda da calça da amiga. Ela pendia solta, como sempre, sem perna para lhe dar qualquer forma. Finalmente, Emma firmou seu peso em seu único pé, e olhou de volta para a boneca que pendia tentadoramente fora do seu alcance. Então, segurando a borda da cama com uma mão, ela começou a saltar em direção à Geraldine. Ela esticou a mão livre em sua frente, tentando alcançar a boneca, mas Geraldine se afastava cada vez que ela dava um salto.

"Como posso vir e pegar, se você continua se afastando de mim?", Emma perguntou. Mas, Geraldine não disse nada, e, simplesmente, assistiu sua amiga se esticar uma última vez antes de desistir, caindo no chão em um montinho, sentindo-se confusa.

Emma continuou no chão. "Mas a sua mãe me deu de presente depois do acidente, para mostrar que eu não era diferente. Porque todos os seus outros amigos tinham...e...e...," mas, ela não podia dizer mais nada. Seu rosto se fechou, como se alguma chama de esperança tivesse se apagado dentro dela.

Geraldine olhou fixamente para sua amiga. Ela choraria? Geraldine nunca tinha visto sua amiga chorar, nem mesmo depois do acidente. Geraldine sabia disso com certeza, porque estava lá quando aconteceu, quando o carro passou por cima da perna de Emma.

Mas, Emma não chorou. Ela apenas se sentou, olhando para sua única perna, sem falar uma palavra sequer sequer.

Eventualmente, Geraldine percebeu que seu braço estava começando a doer, e ela deixou cair ao seu lado a boneca que balançava a cabeça. Talvez, Emma choraria se ela chutasse sua perna. Ou lhe desse um beliscão. Geraldine chorou quando seu irmão a beliscou , e não podia imaginar algo no mundo que doesse mais; principalmente, quando a beliscada parecia que nunca acabaria, a dor continuando sem parar.

Sim, ela iria beliscá-la. Mas onde? Devagar, silenciosamente, ela caminhou na ponta dos pés em torno de sua amiga, seus olhos procurando a carne exposta.

Sem sequer olhar, ela lançou a boneca para o outro lado da sala, seus olhos nunca deixando Emma. Ela a beliscaria no lado de dentro do braço, logo acima do cotovelo. Foi ali que o irmão de Geraldine a tinha beliscado.

De repente, sua amiga se sentou assustada, as costas tão retas como uma régua. Geraldine congelou, sua mão pairando acima de sua amiga, os dedos estendidos. "O que foi?", ela perguntou, olhando para Emma. Sua amiga se contorceu para encontrar o seu olhar.

"É a porta da frente. Alguém bateu na porta da frente." Tomando dois passos, Geraldine se aproximou da janela e esmagou sua bochecha contra o vidro frio. Esticando o pescoço, ela podia apenas ver a porta da frente e um homem em pé lá fora, com um uniforme marrom opaco, a cabeça careca brilhando com a luz do sol. Enquanto ela olhava, a porta se abriu e os cabelos escuros de sua mãe se tornaram visíveis. Eles deveriam ter falado alguma coisa, porque o homem levantou um pequeno bloco, que a mãe assinou. Depois, estendendo a mão, pegou uma caixa de papelão e entregou à mamãe, antes de ir embora, de volta para a sua van.

Finalmente, quando teve certeza que o drama tinha terminado, Geraldine se voltou para sua amiga. "Era apenas um homem dando uma caixa para mamãe." Talvez, daqui a pouco, ela fosse lá embaixo perguntar para a mãe o que tinha na caixa. Então, sorriu, quando se recordou o que estava prestes a fazer. Sua amiga continuava sentada lá, a perna da calça vazia, provocando-a .

Mas antes que Geraldine pudesse fazer alguma coisa, ela ouviu a escada ranger. Era mamãe, ela sabia sem precisar olhar. Mamãe sempre subia os degraus um de cada vez com passos delicados, e devagar. Não como papai, que subia correndo, tomando dois ou três degraus de cada vez.

E, então, a porta do quarto se abriu, e mamãe entrou, cheia de sorrisos e risadas. Geraldine ficou firme, olhando cuidadosamente a maneira como sua mãe estava escondendo algo atrás de suas costas. "Geraldine, eu tenho um presente para a sua amiga."

Então, o rosto de Geraldine se iluminou. "Verdade, mamãe? Posso abrir?"

A mãe de Geraldine olhou para ela: "não Geraldine, você não pode. Este presente é para Emma." A voz de mamãe era severa, mas Geraldine podia ver que o brilho em seus olhos ainda estava lá. Esse seria um bom presente.

Mamãe foi até onde Emma estava sentada e se agachou. Agora, a cabeça de Emma estava abaixada, de modo que seu cabelo castanho escondia seu rosto. Lentamente, como se apenas agora percebendo que alguém estava perto, ela olhou para cima, sorrindo, quando reconheceu o rosto. Mamãe olhou nos olhos de Emma: "você se lembra como perdeu a perna naquele acidente?"

Emma assentiu.

"Bem, eu comprei algo que vai ajudar você a melhorar."

Geraldine estava tão excitada a ponto de explodir. "O que é, mamãe?", ela perguntou, não esperando por sua amiga. "O que você pegou para ela?"

Sem uma palavra, a sua mãe tirou a caixa de papelão de trás das costas e abriu-a lentamente. Geraldine se esforçou para ver o que sua mãe tirava da caixa. Era rosa, ela podia ver isso, e então...

"Oh, mamãe!" Agora, ela podia ver os dedos dos pés, o pé e o tornozelo. Era uma perna nova para a sua amiga. Igual à que ela tinha antes. Ela podia ver Emma sorrindo, mas sua cabeça caiu novamente. Caiu e caiu até ficar pendurada sem firmeza em seus ombros.

Silêncio ficou parado no ar por um momento até mamãe se virar para Geraldine. "As instruções dizem que é só apenas ligar e brincar, mas eu acho que vou desligá-la antes, por um tempo, para ter certeza. Parece que ela precisa ser recarregada por umas horas, de qualquer maneira." Então, mamãe estendeu a mão por trás do pescoço de Emma, desligou o interruptor, e suavemente a observou desligar.

Geraldine resmungou: "mas, mamãe!"

"Não, Geraldine," disse mamãe, pegando Emma delicadamente em uma mão. "Você pode brincar com ela amanhã outra vez." Então, lançando seus olhos para o canto mais distante do quarto, para o bebê Honshu descartado. "Por que você não brinca com seu outro amigo, por enquanto?"

Fim

R V Saunders

é um escritor condecorado com prêmio, que vive e trabalha em Birmingham, Inglaterra, apenas metros de distância onde JRR Tolkien cresceu. Ele teve mais de trinta contos e poemas publicados. Depois de ficar vários anos sem escrever, para perseguir uma variedade de outros interesses, ele, agora, está embarcando em uma nova série de histórias de ficção científica curtas e de fantasias.

O Homem D'Água

Por Sherry Rossman

Meia-noite foi uma senhorita que me acordou com um derrame me transformando em um aleijado. Minha cabeça sentia-se perfurada pela espada do diabo e a maioria das minhas palavras caíram, deixando-me sem nenhuma maneira de dizer ao meu neto o quanto eu o amava.

Eu ainda posso abraçá-lo. Eu posso desenhar um coração, embora trêmulo. Mas eu não posso expressar corretamente que a melhor coisa que fiz foi criá-lo. .

Ou que eu acabei de matar um homem.

Glória, minha vizinha, vestida de roxo, com seu cabelo branco arrepiado como um dente-de-leão, puxou minhas mãos do pescoço de Tom e sorriu. Ela colocou o dedo em seus lábios e sentamos assistindo o presente que nos foi dado em troca de nossas vozes. O espírito de Tom brilhava mais do que eu esperava. Como uma única vela no escuro, ele se iluminou, virou a cabeça e olhou para mim, depois se levantou, leve e brilhante. Eu esperava que a visão tiraria o peso que acorrentava meu coração, e isso aconteceu por cerca de um minuto antes de lampejar de volta, espremendo-o como uma maldição; cantando a palavra, assassino, com cada batida. Eu me apeguei ao sorriso de Tom, esperando que houvesse perdão nele. O diabo pode ter usado o derrame como uma maldição, mas o Homem D'Água me deu esta visão como presente. Ninguém realmente morre.

"Um abismo chama outro abismo."

Eu sabia que ela diria isso. Eu não sei o que significa, mas são as únicas quatro palavras que ficaram com Glória depois de seu próprio encontro com a senhorita meia-noite.

Eu olhei para o corpo de Tom. Ele era um colarinho branco pretencioso, vangloriava-se dia e noite sobre seus investimentos de petróleo e suas raras antiguidades que garantiria seus filhos e netos por toda a vida. Ele roubou tudo, é claro. Tentou roubar a pulseira de prata de Glória, que cobria a tatuagem em seu pulso: *Um abismo chama outro abismo,* em escrita preta. A primeira vez que eu vi a tatuagem foi depois que seu marido morreu, bem antes dela perder o resto das suas palavras, como se precisasse ser marcada com aquelas quatro.

Eu penso que se tivesse tatuado algumas palavras na minha pele eu poderia as falar também. O diabo levou a maioria das boas. Nem mesmo consigo pensar nelas. Tenho que colocar substituições. Ainda bem que as pessoas não podem ouvir meus pensamentos.

Eu deixei meus olhos caírem sobre minhas mãos — estas mãos que eram feitas apenas para fazerem o bem — e fechei os punhos a parar de tremer.

Glória agarrou a cadeira reclinável azul ao seu lado, e se puxou para cima. Ela pegou o lenço vermelho pendurado no bengaleiro e cobriu seus braços feridos com ele. Quando ela se agarrou na cadeira mais uma vez para se equilibrar, ela tossiu por uns dois minutos, depois deu um belo chute no corpo de

Tom.

Eu devia tê-lo chutado também, mas percebi que já tinha feito o suficiente. Ele não era um cavalheiro. Um cavalheiro respeita as senhoras, não tira vantagens de suas deficiências, a fim de roubar até as almas delas. Eu geralmente não me importo muito com senhoras e cavalheiros; eu fico mais confortável em torno de gente simples, mas Glória era especial. E ela é como eu.

Ela olhou para o corpo de Tom e deu de ombros. Pensamentos sobre meu neto me atingiram: e se eles me lançassem na prisão, sem a capacidade de dizer a ele o que aconteceu? Ele pensaria que eu não era melhor do que seus pais caloteiros, eu não posso fazer isso com Toby.

Minha respiração começou a vir rapidamente. Eu puxei meu colarinho, arrancando botões para deixar entrar mais ar. Como que um velho tolo como eu esconderia um corpo? Tom não era exatamente um travesseiro de penas. Depois de me preocupar com isso por alguns minutos, levantei um dedo para Glória saber que estaria de volta, e saí de seu apartamento.

A equipe de manutenção, geralmente, deixava o carrinho de carga na garagem subterrânea. Desci os três andares de escada para evitar entrar em contato com qualquer pessoa que pudesse ver culpa nos meus olhos. Quando cheguei no primeiro andar, tive que me sentar no último degrau para recuperar o fôlego antes de entrar na garagem.

Cada espaço quase estava lotado. Todos, menos eu, tinha um carro modelo mais novo. Minha caminhonete tinha vinte anos, com pintura desbotada e pneus carecas. Eu não precisava disso —Toby me levava para onde quisesse ir, mas eu gostava de saber que poderia dirigir sem supervisão, porque sou um adulto, praga.

Eu achei o carrinho no canto perto do banheiro. Eu o empurrei para o elevador, minhas mãos tremulas quando agarrei a alça, meu punho fraco por ter sufocado Tom. Eu não quis matá-lo; eu esperava que ele desmaiasse antes de bater as botas.

Consegui chegar no terceiro andar, até dar de cara com Mark, o diretor do edifício, quando a porta abriu. Era um péssimo substituto para Sheila, a ex-gerente que não tinha problemas de conversar com um homem sem palavras. Ela tinha aquele jeitinho especial. Mas Mark é só de negócios e sorrisos falsos. O lugar perdeu algo depois que ele assumiu a posição. E, além disso, Glória odeia-o ; sabe algo sobre ele que não pode comunicar. Eu acenei com a cabeça quando ele me cumprimentou, e deslizei minhas mãos atrás da alça do carrinho para disfarçar meu tremor.

"Eu posso te ajudar com alguma coisa, Emmet?"

Mark deu uma olhada para mim e o carrinho, um brilho fugaz de dúvida em seus olhos.

Balancei minha cabeça e empurrei o carrinho para fora, tomando meu caminho pelo corredor. Ele deu um passo, depois me chamou. "Eu estou achando que você precisa mover alguma coisa pesada. Me deixe ajudar."

Droga. Como vou me livrar dele?

Dentro do meu apartamento, rapidamente olhei para os móveis. Nadinha que tivesse qualquer valor, exceto a cadeira da minha Ginny. Foi ela quem me apresentou ao Homem D'Água. Se não fosse por ela, eu teria pensado que ele era qualquer outro mito. Mas era a única coisa que faria sentido para Mark. Eu apontei para a cadeira, e senti uma nova fenda se abrir em meu coração.

"Para o depósito de lixo, então?"

Eu balancei a cabeça imitando como se estivesse dirigindo.

"Para a garagem. Para Toby? Eu tenho certeza que ele adora qualquer coisa que você dá para ele. Nem piscou quando aumentamos o aluguel alguns meses atrás. Ele é um bom rapaz."

O comentário de Mark cravou meu coração que já martelava. Eu não sabia que tinham aumentado o aluguel. Quando Toby decidiu que eu deveria mudar para cá depois do meu derrame, eu queria dizer a ele para não se incomodar — eu não valia o seu investimento. Por que eu precisaria morar em um lugar com salões extravagantes e fontes? Mas eu suponho que quando você ama alguém tão ferozmente como eu amava Toby, eles não podem deixar de refletir o mesmo. Então, aqui resido, um colarinho azul entre os engomados.

Quando passamos pelo apartamento de Glória, agucei meus ouvidos, mas não ouvi nada. Normalmente, quando alguém passava para o grande Além, ela cantarolava uma antiga melodia das montanhas que sua avó a tinha ensinado. Ela provavelmente pensava que Tom não merecia.

Mark carregou a cadeira de Ginny para a caçamba da minha caminhonete, dando uma desculpa que tinha que investigar uma queixa de ruído com uma piscadinha sem graça antes de voltar para cima. Ele e Tom sempre davam piscadelas nervosas; esses tipos não prestam. Depois que me despedi da cadeira do meu amorzinho, chamei o elevador de volta para baixo.

Eu andei todo o caminho até a porta de Glória, quando percebi que tinha esquecido o carrinho de carga. A exaustão puxava meus velhos ossos para o chão. Para ajudar a manter meus pés firmes precisaria da minha bengala.

O que eu encontrei dentro do meu apartamento quase fez meu espírito saltar fora. Rapidamente, fechei a porta e manquitolei para dentro.

O corpo de Tom estava no chão ao lado da minha mesa da cozinha. Eu sentei em uma das cadeiras de madeira e corri minhas mãos sobre a minha cabeça. Isso não pode ser, isso simplesmente não pode ser. Glória não poderia tê-lo carregado até aqui.

Fui para o apartamento dela como um raio; meu coração batendo tão forte que, por um momento, levantou-se o fardo de velhice das minhas pernas. Mas não adiantou nada. Ela desapareceu. Verifiquei através do seu quarto, banheiro — seus armários estavam tão cheios de tecidos que eu tive de fechá-los antes que o conteúdo caísse em cima de mim e me enterrasse em uma avalanche de colchas.

"Ggggg."

Peguei o sininho antigo da prateleira na sala de estar e toquei até que minha mão não conseguisse mais segurá-lo. Ele caiu no chão aos meus pés.

Isso não poderia ter acontecido. Eu não podia deixar a polícia me pegar como eles pegaram os pais de Toby. Eu não tinha nada para deixar a ele...nem um centavo, nem uma praga de uma relíquia que durasse mais que um ano. Eu não tinha nada de valor para deixar a ele, exceto viver uma vida de honra.

Eu estava apenas tentando proteger Glória.

Eu mantive meus olhos abertos para os espíritos, enquanto eu caminhava pelo corredor — certamente, ela ainda estava viva. O elevador estava em uso — eu podia ouvir um bando de matracas tagarelas dentro do elevador descendo — eu conhecia aquela tropa e não queria vê-las .

Um por um, desci os degraus da escada para a garagem. Desta vez, passei pelos carros em direção à porta de saída. O único que poderia me ajudar agora era o Homem D'Água.

Senti um sopro quente de ar enquanto fazia o caminho à beira do vale. As luzes da cidade piscavam longe, uma distância afastada de vários campos de futebol , deixando a terra entre nós para refletir.

Homem D'Água

A noite ainda estava bastante quieta, tanto que eu podia ouvir a corrente contínua de água da fonte de pedra perto da entrada principal. Olhei para o céu imóvel da noite e deixei o som banhar minha alma cansada.

O pequeno riacho onde às vezes me encontrava com Ele estava quase seco. Quando pisei mais perto para admirar a reflexão, a Via Láctea me espiava entre os galhos e as rochas que sobressaíam da corrente rasa. Homem D'Água.

Minha pele se aqueceu por toda parte. Inclinei minha mão contra a árvore solitária perto da borda do riacho e olhei dentro da poça rasa. Uma única faísca flutuou do fundo da água para a superfície, depois desapareceu. Olhei mais perto enquanto passava a mão nos olhos. Eu não queria tê-lo matado. Sinto muito. Apesar do mal caráter de Tom, pensei em sua família, e a vergonha desmoronou da minha cabeça aos pés.

De repente, uma rajada de vento chicoteou minhas roupas contra a minha pele como se estivesse me afastando do riacho. "N-nn-nnn."

Eu não pude evitar. O vento levantou quente e feroz enquanto tirava meu fôlego. Tentei olhar para o riacho atrás, com esperança de ver o Homem D'Água, mas ele continuou a me soprar para longe.

Derrotado, arrastei-me para perto da caminhonete e me abaixei sobre o carrinho de carga que estava atrás do carro. Velhos ossos. Voz quebrada. Um assassino. Quem sou eu para estar aqui ainda? Fiquei de pé e envolvi meus braços em torno da cadeira de Ginny, e enfiei meu rosto no assento, desejando que ele se abrisse me costurando na superfície, exatamente onde ainda sentia seu perfume de lavanda.

Quando finalmente me afastei, minha manga prendeu em algo na costura. Eu puxei até que uma pequena pulseira de prata caiu no chão. Eu a peguei e virei para cima, quatro palavras tinham sido gravadas em escrita simples: Um abismo chama outro abismo. Como um sussurro gelado correndo pelo meu corpo, eu lembrei que Glória a estava usando, quando a deixei com o corpo de Tom.

Mark.

Fui tropeçando fora para o riacho onde a noite estava quieta novamente. Com a pulseira em minha mão, eu a estendi para frente. Eu podia sentir as batidas de meu coração aceleradas nas pontas dos meus dedos, quando eu ofereci minha carga para o Homem D'Água.

Um abismo chama outro abismo.

As palavras ressoaram dentro de mim como um sino do centro da terra. Estas não eram as palavras de Glória — eram do Homem D'Água. Eu tinha que descobrir o que elas queriam dizer.

O átrio estava vazio, exceto o estudante universitário que trabalhava na recepção à noite. Seu cabelo preto estava espetado para cima; um forte contraste com seu desleixo sobre seu celular.

Ele pulou quando eu enfiei a pulseira entre seus olhos e o telefone.

"Oh, oi Emmet. Você achou isso ou o quê?"

Eu a virei e apontei para a escrita, depois apontei para o telefone dele. O garoto pegou o bracelete e segurou embaixo do abajur da escrivaninha. "Hmmm, esta deve ser da Glória."

Eu apontei para o telefone dele outra vez, duas, três vezes, até ele compreender.

"Ah, você quer que eu faça o Google. Tá certo, cara."

Ele colocou a frase, "É um poema. 'Um abismo chama outro abismo, ao ruído das tuas cataratas; todas as tuas ondas e vagas passaram sobre mim.' Não diz quem escreveu isso. O que será que isso significa?" Os olhos do garoto se arregalaram. "Ei, se você está procurando por ela, ela estava andando lá fora há dez minutos atrás." Ele me devolveu a pulseira e apontou para fora da entrada da frente.

Eu a peguei e acenei com a cabeça. Quando corri para fora, passei em torno do edifício à procura de Glória. Ao ruído das tuas cataratas...praga. Eu não sou bom de poesia. Ginny deveria saber o que isso significava.

A diante, pensei que tinha visto Glória com seu lenço vermelho andando ao redor do prédio, mas algo não estava bem no espaço à esquerda dela. Uma forma escura a seguia, bloqueando toda a luz por onde passava.

"Gggggg..."

Fechei minha mão com raiva, por minha incompetência, depois abri a palma, fazendo contato com a parede. Eu deixei minha mão deslizar ao longo do exterior do edifício de apartamentos e fui em direção à Glória. À medida em que me aproximei, pude ouvi-la dizer "Um abismo chama outro abismo," várias vezes.

Tanto quanto eu queria tirar o corpo de Tom fora do meu apartamento, eu tinha que alcançar Glória primeiro. Ela era minha melhor amiga; para alguns, uma mulher tocada pela demência, mas para aqueles de nós que podem ver o Além, a mais sábia.

Homem D'Áyuu, eu preciso de você.

Eu podia ver o que a forma escura era agora; era Mark. Ele segurava uma arma nas costas dela, enquanto a incitava mais perto da fonte do jardim dentro do nosso parque. Que tolo, precisando de uma arma para dominar uma velha senhora.

Eu parei e me inclinei contra a parede para tomar fôlego. Sem dúvida, Mark e Tom estavam no negócio de roubos juntos.

Os pecadores sempre se encontram para maquinar alguma trama. Ele deve estar planejando me incriminar com a morte de Tom, apesar de achar que não seria uma incriminação, considerando que sou culpado. Mas se ele descobriu que Glória é mais do que a comunidade médica pensa,, sabe que ela pode indicar a polícia em sua direção.

"Um abismo chama outro abismo." Glória estava quase gritando. Eu me empurrei da parede e fui em direção a ela. Estrondos de trovões acima de nós, e uma gota fresca pingou nos meus cílios quando eu estava a quase quinze metros perto de Glória e Mark.

Quando pisquei, a gota da chuva correu dentro do meu olho, e pela primeira vez pude ver o Além sem um espírito passageiro abrindo a porta para mim.

As Luzes da Noite do Homem D'Água estavam por toda parte. Encheram o céu como vaga-lumes gigantes esculpidos pelas orações dos povos do Homem D'Água — mais trovões rolaram através do céu com o bater de suas asas. Eu estremeci e coloquei minha mão sobre meu peito enquanto meu coração galopava um pouco rápido demais. Eu só podia ver as Luzes da Noite quando alguém morria.

Mais uma vez, meus pensamentos vacilaram para Tom. Se eu não o tivesse matado, ele poderia ter descoberto o Homem D'Água e receberia a Luz da Noite para escoltá-lo à próxima vida.

Meu olhar dirigiu-se para a grande fonte, onde Mark e Glória se aproximavam rapidamente. Crianças tinham sido esculpidas como se estivessem brincando na água; um menino levantava uma pequena menina, que alcançava uma borboleta acima de sua cabeça. A base redonda das estátuas brilhava — não com os holofotes que iluminavam as crianças com luz artificial, mas com um azul tão brilhante que nunca tinha visto antes.

Foi nesse azul belo que Mark tentou afogar Glória. *Não.* Eu não permitirei. Eu me aproximei de Mark e puxei seu colarinho quando ele empurrou a cabeça de Glória na água, mas ele era muito forte para mim. Nem parando para pensar, eu peguei a arma que ele tinha enfiado no bolso traseiro e atirei na perna dele. Mark soltou-a, agarrando a perna ferida, balançando-se para frente e para trás. Eu puxei Glória fora da água; ela subiu ofegante. Eu peguei a arma de Mark e empurrei em suas mãos, da melhor maneira que pude, eu disse a ela para, " Rrrrrrrr "

Ela olhou para mim, agarrou meu pulso e disse: "Um abismo chama outro abismo." Então, ela pressionou sua mão fria no lado do meu rosto e sorriu antes de fugir do parque.

Um braço se agarrou em volta do meu peito quando tentei segui-la. Eu me soltei, e quase consegui, mas eu tinha pouca força depois desse dia tumultuado. Mark me empurrou dentro da fonte com suas mãos ensanguentadas; empurrou-me o suficientemente longe, aonde eu não tinha nada para me apoiar, meus braços lutando através da onda azul em busca de uma linha de vida. Ele se inclinou cansadamente na beira da fonte — eu podia ver o triunfo em seu rosto através das ondas.

Sua voz veio abafada e lenta, "Isso é por Tom, velhote."

Homem D'Água!

Eu podia vê-lo, então, quando a escuridão começou a desaparecer do céu e minhas mãos pareciam jovens novamente quando eu as estendi. . O fluxo da fonte derramava sobre mim enquanto eu estava no fundo. As estrelas eram seus olhos, e o amor intenso era sua presença. Enquanto as ondas azuis quebravam sobre mim, trazendo aos meus olhos minha vida em imagens como fotos iridescentes, eu vi o Homem D'Água ao meu lado em cada uma.

Quando o pai de Toby —meu próprio filho — saiu de nossas vidas; quando eu perdi minha doce Ginny, lá estava Ele me abraçando quando eu nem sequer sabia; quando eu estrangulei Tom para proteger Glória, Ele sussurrou: "Eu te amo" em meu ouvido. O maior amor que me chamava acampava em meus momentos mais profundos, mais sombrios.

Ah, Homem D'Água.

Quando subimos da água, eu podia ver todos, não como os seus corpos se apresentavam, mas como eram suas almas. Mark tinha uma chama pequena apagada; ele fervia avermelhado quando apertou a perna e a afundou no chão. Suspensa na parte traseira de sua camisa, prateada como uma nuvem de luar, a pulseira de Glória pendia.

Eu notei um vislumbre do meu próprio corpo, deitado, quebrado e gasto dentro da fonte.

Estranho como parecia uma concha descartada.

Glória brilhava como diamantes —quase tão brilhante como uma Luz Noturna quando ela estava na recepção, olhando acima para mim. O garoto da faculdade olhava para ela como se estivesse louca, mas eu entendia tudo. Ela cantarolou uma música para mim, enquanto nós fomos juntos, eu e o Homem D'Água. Não —Jesus. Ah como é bom ter palavras novamente. Fizemos mais uma parada antes de entrar no Grande Além.

Toby dormia na cama com sua esposa curvada ao seu lado . Com a sabedoria de despedida de Glória, e minhas palavras totalmente restauradas, eu deixei um legado em seu pulso; era a única coisa que eu tinha para deixar a ele; as palavras que vão guiá-lo através das partes profundas. Jesus selou a promessa em sua pele em escrita preta: Um abismo chama outro abismo.

Fim

Sherry Rossman

é a autora do best-seller Cristão de fantasia para jovem adulto, *Faith Seekers (Buscadores da Fé)*, como também *Wake (Desperte)*, do primeiro livro da distópica *City of Light Series (Cidade de Luz)*.

A revista Cristã Relevant e a revista Wordsmith Journal publicaram seus contos recentes. Entrando para uma nova aventura, Sherry tornou-se líder da recém-formada Roots Writers Social Media & Critique Group (Grupo Roots de Escritores na Mídia Social & Grupo de Crítica), um projeto de Cataclysm Missions International. Ela vive em Norte Arizona com seu marido e filhos.

Graxin

Por Kerry Nietz

Processando, sempre processando. Escaneando a área diante do piloto. Pesquisando o terreno. Encontrando os indicadores. Recolhendo informação. Coalescendo. Matrizando. Decidindo. Marcando ou descartando.

Perpetuamente no trabalho.

Existem *algumas* variabilidades, porém. Em certa ocasião, por exemplo, ele gosta de cantarolar.

Para um observador, o XV-43 parece ser desinteressante. Um servo-bot de quatro metros em formato de cubo com uma gaiola triangular em frente de — de seu piloto de limpeza de detritos — e banda de rodagem por baixo.

Dentro do cubo, protegido, escondido cuidadosamente, estão os dispositivos de detecção. Seus instrumentos de medição. Carregado apenas quando necessário. A parte superior do cubo, tanto para a familiaridade humana quanto para a função, tem uma cabeça circular, de cor cinza. Na cabeça, lábios vermelhos pintados e dentes pintados de branco. Sempre sorrindo —como um palhaço — o rosto desenhado pelo capricho do criador.

Seus olhos são completamente funcionais. Eles ajudam aos outros dispositivos. Eles observam coisas como os olhos humanos: em cores e em três dimensões.

Ao redor dele, em todas as direções, encontra-se a superfície de Proteu, a segunda maior lua de Netuno. Ou "Pro," como é frequentemente chamado.

"Os humanos estão sempre encurtando e simplificando," XV diz para ninguém. "Reduzindo o esforço. Mesmo com palavras. Desnudando tudo." É uma observação aleatória. Uma diversão.

Assim como cantarolar.

Proteu é um mundo árido. Parecido com o próprio satélite da terra. De horizonte para horizonte, apresenta uma massa escurecida de crateras, cumes e vales. No entanto, tem muito a oferecer. E assim, XV procura. Amostras.

Sua matriz de decisão muda. Como areia em uma ampulheta, os grânulos do pensamento começam a girar, comprimir e fluir na mesma direção. Eles montam no assoalho de seu crânio. Ele para. Estende um dispositivo de amostragem. Cavouca as superfícies cinzentas e porosas. Cavando mais e mais fundo.

O braço retrai, dobrando-se cuidadosamente dentro de seu corpo. Os dispositivos de teste fervem, esmagam, espalham, liquidam, e oxigenam.

Finalmente, uma decisão é alcançada.

Ele encontrou mais graxin.

A emoção o percorre e ele sinaliza à sua base. Poucos segundos depois, tem uma resposta. Uma afirmação de seu sinal e sua descoberta. As colheitadeiras estão a caminho.

XV-43 permanece parado ainda por um momento. Permite que seus sensores visuais subam para o planeta guia acima. Enormes faixas, azuis, sutis, grandes manchas de escuridão intensa. *Tempestades*, ele foi informado. Ao todo, uma vista majestosa. Pesada. Iminente. Porém, ainda silenciosa e esperando. Luminescente.

Ele olha para o horizonte novamente. Ele ocupa um dos lugares mais escuros do sistema solar. Uma lua que não consegue refletir a luz enviada. Um mero *tomador* por padrões galácticos.

Ele não pode formar uma carranca, mas têm uma semelhança de sentimento. Um eco de emoção humana. Ele se conforma em simplesmente balançar a cabeça de um lado para outro. Depois, retoma sua jornada.

Processando, sempre processando.

* * *

As horas passam. Ele não pensa em termos de dias, porque aqui isso não faz sentido. Proteu mantém uma face sempre em direção ao seu pai, Netuno, por isso gira precisamente tão rápido quanto roda. Conveniente. Simples.

O sol e suas maneiras é uma memória distante. Apenas mais brilhante do que as estrelas que compõem o céu ao seu redor. Insignificante. XV raramente pensa sobre o sol.

Somente quando uma nave vem daquele distante ponto azul. Mas raramente aqueles vêm. E ele também não quer que venham. Naves trazem complicações. Uma distração indesejada.

Ele começa a cantarolar novamente. Uma canção que seu instrutor humano uma vez lhe ensinou. Sobre um cão e uma janela. Ele sabe o que os substantivos da canção indicam, é claro. Ele sabe o que um *cão* é, uma *janela, e pelo embolado*. É uma canção tola.

Há algo a mais sobre isto, porém. Uma sugestão de saudades por algo visível, mas inatingível. XV pensa se a saudades é uma emoção que lhe foi dada. Ele sente que seja. Mas ele não tem certeza.

Ele vai em frente, cantarolando. Procurando. Decidindo. Escaneando. E, de sua própria maneira, apreciando a paisagem. A escuridão árida do lugar. Principalmente, de pedra, com outros materiais de base misturados, elementos de base. Partículas do mundo acima pegando carona. Somente ocasionalmente o XV encontra o composto usado para experiências humanas em gravitação. Graxin.

XV olha novamente para os céus. Estuda a totalidade azul do planeta. Ameaçador, mais confortável. Suspendido. Sempre suspendido. Sempre vigiando.

Uma anomalia é detectada. Ele volta para investigar. Cinquenta metros, quarenta metros, trinta metros…, banda de rodagem gira. Engrenagens operam quase em silêncio. Finalmente, ele alcança o local. Ele estende um sensor, toca o chão. Pega uma amostra. Experimenta. Analisa.

Mais uma sacudida de cabeça. Não há graxin aqui. Somente elementos de refugo rejeitados nesta amostra. Rocha e pedra. Traços de éter, enxofre… mas, não graxin.

Então, por que ele percebeu? O que o trouxe aqui?

Ele escaneia os arredores com visão normal. Para direita e atrás dele, um alto cume aparece. Cercando em uma maneira quase uniforme diante dele até que quebra drasticamente para a frente. Há um cume similar à esquerda, ele observa. Elevado e inclinado o suficiente para dificultar a visão de cima.

Curioso. Tal simetria raramente é observada na natureza. Ele verifica sua ótica. Recalibra. Despela a visão binocular e depois a restaura. O padrão permanece. É como uma entrada sutil de uma estrada. Apenas uma fração mais larga do que ele. Embora apertado, ele poderia explorar se ele quisesse.

XV escaneia o horizonte outra vez. Deve sinalizar para base?

Pedir assistência?

Existem apenas colheitadeiras ali. Tomadores e movedores automatizados. Nem perto do calibre de XV. Nada como ele. Tecnologicamente, ele está só.

Ele relembra a letra da canção. Sobre uma viagem, e deixando para trás um querido...

A decisão está tomada. Ele vai em frente. Devagar. Cautelosamente.

Cantarolando.

Ele alcança o lugar onde o ângulo do cume dá para frente e começa a se estreitar. Aqui, as sombras são ainda mais escuras, se isso fosse possível. Proteu é a casa da escuridão. Então o que é um pouco menos de luz? Ele tem dispositivo em abundância.

Ele hesita por apenas um instante, depois continua por diante.

Conforme ele se move, ele examina as paredes do cume. Há variação na superfície. Ele pode ver isso através do espectro. Do infravermelho para ultravioleta. Longos sulcos de material mais claro. Desgastando e corroendo. Sua avaliação inicial diz que é o resultado de forças vulcânicas, mas outros sensores discordam. Dizem que água contribuiu, sólida ou líquida.

Mas isso parece improvável também. A única água que já foi encontrada em Proteu está no polo norte. E é congelada e especialmente rara. Não suficiente para causar a menor mudança aos seus arredores. Certamente, não o suficiente para arranhar uma parede.

O que mais poderia afetar a superfície de Proteu, então?

Ele verifica seu registro de serviço. Nenhuma colheitadeira chegou a esta distância até agora.

As bordas do cume juntam-se acima agora, formando um arco natural. Curioso. E maravilhoso! Pela primeira vez em milhares de horas, o planeta Nep está completamente escondido de sua visão. Uma mudança verificável da paisagem. Escuridão dupla. É como descer em um poço, ou em uma caverna.

Novamente, ele pensa na canção. Sobre a leitura. E ladrões. A "caverna" se estreita ainda mais. Pequenos lasers tocam as paredes, assegurando XV que ele está bem. Ele não vai ficar preso. Não será impedido de forma alguma. O caminho está livre. Ainda suficientemente largo.

Para frente. Processando. Verificando. Olhando. Procurando. Seus olhos visíveis esperando por algo além da escuridão. Sua heurística racional, confortável de qualquer maneira.

Ele detecta uma variação no nível de luz. Quase imperceptível, mas seus sensores lhe asseguram que está lá. Uma escuridão menos sombria. Um acinzentado em vez de preto. Ele pausa por um momento, verifica as paredes em ambos os lados, então se move para frente novamente.

Proteu é um mundo silencioso, sem atmosfera, mas se não fosse assim, o som da banda de rodagem mudaria de trituração para um suave zunido. A superfície do solo é diferente. Ele também detecta uma curva no túnel. Faz o ajuste apropriado.

Em seguida, um brilho reina. Ele digita novamente seus sensores visuais. Deseja ter braços para proteger seu rosto. Ele vira a cabeça, independentemente.

Ele entra em um lugar inesperado.

Por aqui, há luz.

* * *

As paredes da câmara são de tons marrom e dourado, e há uma simetria certificável nos padrões. Uma estrutura de arcos estreitos que ciclam ao todo redor. A câmara é pouco maior do que o próprio XV. Cinco-ponto-sete metros, seus instrumentos lhe dizem. O teto acima é metade dessa distância.

No centro exato da câmara tem um objeto. Um morro. Uma colina? É perfeitamente simétrico. Tem aparência de quatro esferas medindo quatro metros cada com arranjo em forma de uma pirâmide. Assim, na maioria dos ângulos, aparenta uma esfera sobre duas, embora seja realmente uma esfera sobre três.

Estão reluzindo brilhantemente. Espetacularmente. Gerando luz para fora da escuridão.

Tentativamente, XV estende seu dispositivo sensor de calor, movendo-o cuidadosamente em direção ao objeto. Não registra nenhuma alteração de temperatura. O morro está gerando luz, mas sem nenhum ardor. Extraordinário.

Ele executa uma bateria de testes: análise espectral, amostra de ar, velocidade do vento. Nada incomum. A câmara poderia até estar na superfície. É tudo normal. Normal como Proteu.

Exceto que não é. De modo algum. Sua presunção de ação vulcânica é descartada. Como também o efeito hidráulico ou pneumático. Nem fogo, nem água, nem o ar formaram este lugar. Arranjaram a pirâmide de esferas brilhantes.

Então o quê?

Contempla as colheitadeiras. Elas são as únicas criaturas na lua que podem transportar substâncias, além dele. Elas têm inteligência limitada, no entanto. Elas não teriam nenhuma razão para criar um lugar como este. Elas não alocariam tempo para tal empreendimento. Elas têm um único propósito: colher o graxin que ele encontra. Conter, remover, moer, e extrair.

É isso que as colheitadeiras fazem. Rápida e eficientemente. Como gafanhotos metálicos.

Então o que causa isso? Por que está aqui?

XV sacode a cabeça. Ele não tem ideia. Nenhum ser humano já esteve aqui. Pesquisas aéreas foram feitas. Foi descoberto o graxin. Ele foi convocado a servir. Há milhares de horas atrás.

Ele pensa no planeta Nep. Este mundo é um mar de gás gelado. Forças esmagadoras. Hidrogênio, hélio e "gelos", como metano e amônia. Não é o lugar mais adverso no sistema solar, mas quase, então.

No entanto, esta câmara existe. Aqui.

Isso é maravilhoso. Surpreendente. Incomum.

E construído. Tem que ser.

Escondido. Fora de vista.

Sua canção fala de lanternas. Brilhando. Tudo isso está fora de sua experiência. Além de sua programação. Nenhuma regra governa isso. Não há nem mesmo sugestões.

XV gira a cabeça para olhar o túnel atrás de si . Ele deveria ir. Voltar para sua missão perpétua. Processando. Recolhendo amostras. Procurando. Deixar este lugar para qualquer espectro que tivesse o construído. Ele olha para o morro novamente. Ele tem um propósito? Teve alguma vez?

Ele não pode fazer suposições. Ele não tem o contexto para adivinhar. Para teorizar. Não sobre isso. É maravilhoso, porém. Uma diversão bem-vinda. Uma anomalia.

Seu cronômetro tocou. Ele ficou muito tempo nesta câmara. Mais de uma hora. Não fez contato algum com a base, para as colheitadeiras que o esperam. Elas vão se preocupar. Virão achá-lo.

Ele reverte o seu motivador. Começa a recuar pelo corredor. Olhos fixos na câmara de luz. Na brilhantina ali. Arco-íris parecem dançar.

Uma pergunta o impede. Ele volta cuidadosamente para

dentro da câmara. O que o trouxe aqui? Bots não sabem nada sobre acaso. Destino.

Apenas uma razão poderia ser possível. Relutantemente, XV estende seu sensor mais importante. Escava profundamente o chão da câmara. Amostras. Retrai lentamente o sensor. Quase o reverenciando. Pulveriza a amostra, peneira ... experimenta.

Seu motivador acelera. O piso da câmara é quase 90 por cento graxin. Ele suspeita que o mesmo pode ser dito de toda a câmara. Aqueles arcos...a cor confirma. É um verdadeiro tesouro. Uma vitalícia de pesquisa, aglomerada em uma única área de seis metros.

Sua matriz de decisão muda. Os grânulos de pensamento se movem, agitam, giram e se estacam.

O que ele deve fazer? O percurso normal é curto. Simples. Sinalizar à base, trazer os gafanhotos.

Seu rosto sempre sorridente se articula, gira, examina a câmara de alto a baixo. Ele, então, olha para o chão. Balança sua cabeça.

Pospor. Ele é permitido a fazer isto. Decisões podem ser adiadas. Especialmente, quando a segurança é uma preocupação. As colheitadeiras vão pensar na segurança *dele*.

Ele se retira. Faz sua saída.

Com pressa.

* * *

XV alcança o lugar onde o cume acima começa a se separar e sente o brilho azul-verde de Nep acima.

Especificamente, ele percebe a ondulação da Grande Mancha Escura do planeta. Uma tempestade em fúria por milênios. Uma tempestade que é constante. Consistente. Violenta.

Ele escaneia o horizonte em torno dele. Nota o colorido cinza e ardósia. Também, consistente. Constante. Plácido.

Porém, ele descobre que seu sistema é galvanizado. Sua taxa de fluxo é excessiva dada a situação. Ele autoriza rotinas de correção, então executa um sistema diagnóstico. Exige uma desaceleração. Ele ainda se encontra à procura dos arredores. Digitalmente nervoso.

Não há ninguém aqui. Nada a temer.

Ele redireciona seus pensamentos. Força sua mente através de canais familiares. Processando. Analisando. Sempre procurando mais. Concluindo sua missão. Encontrando graxin.

Cantarolando. Ele precisa cantarolar.

Sem coelhinhos, sem gatinhos, sem papagaios.

A melodia ajuda, mas não restaura seus processos. Não, completamente.

Algo novo entrou na matriz. Algo que vai ter que lidar.

Não!

Ele deliberadamente segue adiante. Evoca a normalidade. Só o que ele precisa fazer é encontrar mais graxin. Chamar as colheitadeiras outra vez.

Ele incita sua banda de rodagem para acelerar. Sim. Ele vai encontrar mais graxin.

Mas, não aqui. Nenhum lugar perto daqui.

* * *

Uma hora depois, XV localiza a substância sob um grande e solitário rochedo de pedras. Seus sistemas, imediatamente, relaxam. Sua matriz de decisão está satisfeita. Temporariamente.

Ele faz a chamada para as colheitadeiras, mas, desta vez, ele espera a chegada delas.

Elas saltam no que parecem ser pernas feitas de nada. Como se fossem chicotes de baixo de seus corpos redondos e lustrosos.

Com apenas um reconhecimento passageiro de sua presença, elas começam a cavar e a dançar. As primeiras cinco colheitadeiras chegam, e depois uma dúzia. Elas circundam a área, arrancando todo o material precioso que podem encontrar. Movendo-se como piranhas de prata em meio a um mar de carvão. Pequenos sulcos na areia.

Escavando e consumindo, pulando para o céu antes de chegar a outro local. Pastagem tenaz.

Elas têm sensores próprios de graxin, é claro. Sensores de curto-alcance.

Nada tão sofisticado como aqueles instrumentos em disposição a XV.

Felizmente.

XV sacode a cabeça. Verifica o planeta azul-verde novamente. Ele recebe um aviso que sua força está fraca, então. É tempo de voltar à base.

Ele assiste as colheitadeiras chegarem ao final de suas tarefas. Começam a saltar e pular longe em direção ao horizonte. Ele as segue. Devagar. Cada sensor dobrado para dentro para conservar.

* * *

Duas horas depois, ele chega no silo branco que ele chama de casa. Notando sua chegada, a porta curvada desliza para o lado, permitindo-lhe entrar. Ela tem uma tranca externa manual. Ele não tem ideia do porquê. É vestigial. Outro mistério que sobra. Mistério humano.

XV gira, retrocede para a entrada. Alinha-se sobre a estação de carregamento embutida no chão. Ele, então, sente a pressão do cabo que ascende de baixo. A picada quando a tomada liga em seus chassis. Sente a energia começar a fluir. Uma plenitude queimando.

A Base é tanto utilitária dentro como parece ser por fora. Somente equipamento necessário entre um quarto branco anti-sséptico. Paredes brancas, com braços mecânicos cinzentos em cada lado para quebrar a monotonia. O equipamento requerido para reparo e reabastecimento. Nada mais.

Teto branco.

Enquanto espera, XV tenta tabular seu achado do dia. Seus sucessos. Ele não pode excluir a câmara, no entanto. Não pode bloqueá-la.

O que faz isso importante? Especial? Por que é diferente dos quilômetros de cascalho e terra que ele viaja todos os dias?

Ele não sabe, mas é especial. E não por causa da grande quantidade de graxin.

Luz nas trevas. Algo que não deveria ser. Algo incomum.

Isso inclui uma grande quantidade da substância que ele procura. *Deveria* ser completamente colhido. É por isso que ele está aqui. Em Proteu.

A matriz de decisão para. Duas voltas. Grânulos se movem em direção oposta.

Ele não pode tomar esta decisão. Não pode colher lá.

Então, ele deveria simplesmente ignorar isto? Agir como se a câmara nunca tivesse sido encontrada?

Sim. É isso que ele vai fazer.

XV desativa seus sensores visuais —seus olhos — e coloca-se em metade da força. Agora, ele vai descansar.

A decisão foi tomada.

* * *

Exceto que a decisão não foi tomada. No dia seguinte, XV se encontra novamente na câmara. Ele procurou por horas tentando evitá-la , porém, aqui está ele, dentro. Novamente.

Diretamente diante dele o morro. A luz não é constante, ele percebe. Além do arco-íris, há uma ligeira flutuação na fonte de luz. Um sentimento de vida. De permanência.

Mais curioso agora, ele traz sensores adicionais para se apoiar. Ele alcança tirando amostras das paredes. Ele fica surpreso quando encontra resíduos de um aditivo de cor sobre a superfície das paredes. Desenhos foram pintados ali. Ele examina sua estrutura em todo espectro. Sim, há mudanças de colorização revelando algo. Um padrão. Desenhos de bípedes. Isso poderia até ser uma história.

Ele faz referência aos poucos registros humanos que ele tem. Tentando encontrar um ponto de partida, uma semelhança entre o que era e o que ele vê. Mas, infelizmente, ele tem muito pouco para estudar. Luxúrias como história, filosofia e teologia não são necessárias para um Bot de amostragem. Especialmente, um tão longe do ponto azul. Lá, longe.

Seus sistemas sofrem por sua falta. Sua deficiência. Seus criadores lhe deram a capacidade de cantarolar e pensar — junto com um sorriso pintado — mas nada de valor real. Nada profundo. Apenas, uma tarefa. Uma existência completamente definida pelo que ele faz.

Ele inspeciona o quarto novamente. Deseja a capacidade de realmente sorrir.

Ele tem *isto* agora, porém. Um lugar especial.

Ele acena a cabeça. Ele tem *isto*.

* * *

Centenas de horas passam. Horas de busca de graxin misturada com visitas à câmara. Ele não mais tenta medir ou sondar seus mistérios. Tudo o que ele faz é somente sentar e se maravilhar. Deleitar-se nas cores. Na luz cintilante.

Glória irredutível.

Ele deriva teorias quanto à sua origem. Para seu propósito. Que talvez Proteu uma vez foi povoado, ou que foi visitado por povos extra-solares. Viajantes.

É uma lua capturada, ele sabe. Uma que poderia ter vindo de mais longe. Onde os anões do gelo vivem. Talvez, além de Plutão e Eris e Haumea. Aonde nenhuma nave exploratória ou um Bot nunca chegou. Nenhuma vista já se viu.

Ou, talvez, apenas talvez, a câmara foi formada com a lua. Feita especialmente para ele...

Isto é uma especulação louca. No entanto, ele se deleita de qualquer maneira. Faz o resto de suas tarefas parecerem mais fáceis . Menos mundanas.

Mais ainda trivial em comparação.

E foi durante a sua visita mais especulativa e realizante que ele ignorou o seu cronômetro. Esqueceu o tempo. Perdeu seu lugar. Perdeu a noção.

E as coisas mudaram.

* * *

Ele sai do túnel, recuando como sempre faz. Ele não está a dois metros da saída quando seus sensores traseiros detectam algo. Movimento. Um formigamento de energia, nervosismo, percorre seus circuitos. Ele gira seu corpo ao redor. Aponta o piloto de triângulo longe da entrada.

Aí ele vê.

Sentada completamente parada no chão. Observando. Pernas como chicotes totalmente em descanso, penduradas como fios de cabelo ao seu lado. Uma única colheitadeira. Brilhosa, prateada, abertura solitária para um olho. Nada mais do que escuridão, além disso. Atrás dela. E ela olha para XV, tendo acabado de sair do túnel.

No início, XV pensa que a colheitadeira está incapacitada, pois ela continua tão quieta. Mas o uso do sensor de radiação lhe diz que a colheitadeira está funcionando. Está viva.

Talvez, esteja danificada? Ele envia uma mensagem para a aranha de prata, pedindo sua identidade. Após uma curta pausa, ela responde. As verificações de paridade estão corretas. A colheitadeira está bem. Somente, temporariamente imóvel. Observando voluntariamente.

XV faz uma pergunta importante: "Por que você está aqui?"

A colheitadeira o observa. .

XV pode sentir a titulação de seus sensores rudimentares em ação. Sondando-o . Procurando anomalias.

Finalmente, a sondagem para. "Sua ausência prolongada foi detectada. Eu fui enviada para encontrá-lo. Determinar se você precisa de ajuda. Precisa?"

"Eu, não." XV manda mensagem de volta. "Estou perfeitamente operacional. Aqui está meu mais recente diagnóstico de sistema e linha de base de especificação comparativa." Ele envia os dados. Espera.

Finalmente, a colheitadeira se move, empurra para cima com seus braços. Endireita-se. Em seguida, vira-se um pouco, como se espreitasse por trás de XV. "Você estava sobre-carregado?", significando "atrasado devido a circunstâncias situacionais."

XV abaixa a cabeça. "Eu estava. Uma passagem estreita. Exigindo um movimento lento."

"Este lugar é útil para a colheita? Os outros deveriam vir?"

XV sente que os grânulos de sua matriz começam a vibrar e voar. Eles giram ao redor do seu crânio como uma pequena tempestade de areia. Sufocando sua reação. Entupindo os circuitos. Como ele deveria responder?

"Nenhum peixe!", diz a canção. Peixe não anda.

Ele sacode a cabeça lentamente.

Com um leve aceno, a colheitadeira gira e salta embora.

XV faz uma pausa por um longo momento. Escaneia o horizonte escuro e, em seguida, o céu gigantesco suspenso acima. Ele tem que voltar ao trabalho.

Ele não pode ignorar os pensamentos desarticulados que interferem. O fato de ele não querer ir embora.

Preocupação toma conta dele. Preocupa-se que sua câmara já tenha sido descoberta. E se a colheitadeira não acreditar nele? E se alguma anomalia aparecer durante a análise?

E se ela retorna com as outras? As outras irracionais, girando, cavando.

A câmara seria destruída. Completamente.

Ele reavalia seus processos de pensamento. Ordena os grânulos para ficarem mais lentos, acalmarem-se.

A colheitadeira não suspeitou nada. Não voltará. XV irá seguir em frente.

Ele espera outros cinco minutos, apenas para ter certeza. Verifica o ambiente de novo com todos os sensores disponíveis. Nada de detecção. Nenhum movimento qualquer.

Ele recomeça seu trabalho.

* * *

Por centenas de horas ele evita a câmara completamente. Ele nunca espera que as colheitadeiras façam seu trabalho. Ele simplesmente as chama e passa para a próxima descoberta.

Ele até retorna a casa para recarregar. Porém, enquanto está recarregando, ele tem certeza que ouve as colheitadeiras no edifício tramando. Falando mal dele pelas costas. Comentando sobre a descoberta requintada que ele esconde. Acumulando. Questionando sua sanidade. Seu propósito.

Finalmente, ele tem certeza do que deve fazer. Ele nunca vai ganhar de uma colheitadeira em velocidade. Elas são muito ágeis, muito rápidas. Então, quando a sua carga está completa, ele deixa o silo branco para trás. Ele viaja o caminho, agora familiar, o caminho para o lugar aonde os cumes paralelos começam a convergir. Ele não se preocupa em entrar na câmara novamente. Ele sabe o que aquilo vai fazer com ele. O tempo que vai requerer.

Ao invés, ele se vira e retrocede para dentro, apertando o máximo possível. Bloqueando a entrada da câmara com sua massa.

Depois,   ele   espera.

Eventualmente, elas vêm.

* * *

Há dez delas neste momento. Elas viajam de maneira normal, pulando e saltando. Não tem nenhuma indicação de que esta vez será diferente. Sem referência para onde elas estão agora.

Elas simplesmente formam um semicírculo dois metros diante dele. E param. Olham para ele.

"Por que você está neste local novamente?", uma delas manda mensagem.

XV mantém seu lugar. "Porque eu prefiro."

Isso traz mais silêncio.

"Prefere?" O grupo vira um para o outro. "Não há falhas encontradas neste modelo. Mas suas mensagens não fazem sentido."

"Nossa mensagem está na mesma frequência," diz XV, lembrando-as de que ele está presente.

As colheitadeiras o avaliam outra vez. "Diga-nos o seu propósito aqui. Lá tem graxin?"

XV prepara seus dispositivos de detenção. Fortifica-se. "Isso não importa," ele manda a mensagem de volta.

As colheitadeiras param por um momento. "Não importa? Essa é uma resposta inconsistente."

Uma colheitadeira se liberta do grupo. Começa a caminhar lentamente, como uma aranha prateada de pernas longas, para o perímetro da clareira. Ela se vira para o chão rastreando, escaneando. Em seguida, para e começa a saltar. "Graxin detectado!"

As outras deixam a formação e começam a circundar a área. Elas ficam mais agitadas enquanto se movem. Algumas começam a colher ali mesmo, outras apenas circulam, como se não soubessem por onde começar. Uma — com as letras de nomeação HV-21 — segue o chão incessantemente até colidir com o piloto triangular do XV. Sua estrutura impulsionante. "As medidas ficam mais fortes por aqui," ela diz. "Deve haver mais. Atrás". Ela avalia XV com seu único olho preto. "Por favor, reposicione-se, XV."

Ele sacode a cabeça, sempre sorridente. "Eu não vou."

As colheitadeiras cessam de remexer e rapidamente se rea-grupam em frente dele. "Você tem que se mover," elas dizem em uníssono. "Nós não podemos realizar nossa tarefa."

Ele balança a cabeça, "Eu não vou."

As colheitadeiras se espalham em um frenesi, circundando como formigas travadas em uma tempestade. "Você deve," elas repetem várias vezes, mensagens zunindo como mosquitos em seus receptores. "Você deve!"

Mas ele não se move.

Então, as colheitadeiras começam a pular. Tentando ir sobre ele. Ao redor dele.

Ele estende todos os seus sensores. Envolve tudo o que pode fazer dano. Qualquer coisa que tenha peso ou ardor. Ele se move e gira. Empurra. Braços estendidos. A batalha é unida.

XV começa a cantarolar.

O amor precisa de algo para proteger. Afastar a escuridão.

* * *

Levaram seis mil horas para a nave chegar do ponto azul. Os passageiros humanos encontram XV estacionado sozinho dentro do silo. Casa. Seus sistemas estão em modo de hibernação, a disposição adequada para um bot no processo de carregamento.

Solstice, o mais jovem dos dois astronautas, caminha até uma das paredes interiores e começa a verificar os medidores. "Há uma boa dose de graxin aqui," diz ele, olhando através do visor do uniforme. "Não consigo encontrar nenhuma colheitadeira, no entanto. Pelo certo, deve haver colheitadeiras ao redor, certo? Enclausuradas acima?"

Longstring, o comandante de mais certa idade, balança a

cabeça. "Provavelmente, fora em uma busca." Ele indica o XV dormindo. "Essas coisas os mantêm ocupados. Sempre procurando. Rastreando. Ele acena para uma tela montada, "Verifique o fluxo local."

XV desperta do seu sono. Movimenta-se suavemente para a frente.

Os astronautas fazem uma pausa, observando-o movendo-se em direção à porta aberta.

"Veja, lá," diz Longstring, finalmente. "Atarefado."

Solstice dá de ombros e desliza para a esquerda. Acompanha a tela de perto. "Nenhuma identificação qualquer." Um olhar intrigado. "O que significa isso?"

XV sai do silo, e espera ao lado de fora. A porta começa a se fechar.

Longstring se junta a Solstice nos medidores. Balança a cabeça. "Isso significa que devemos ir e olhar. Precisamos de equipamento de escaneamento de longo alcance. Tem que ser metódico."

XV começa a cantarolar.

Quanto custa aquele cachorrinho na janela?

"Tudo bem comigo.", diz Solstice. "Um pouco de excitação. Pronto para explorar quando terminarmos? Eles dizem que Proteu é um dos lugares mais escuro do sistema. Uma lua capturada. Você nunca sabe o que vai encontrar..."

A porta do silo se fecha completamente. XV desdobra um braço de sensor. Usa-o para manipular a tranca externa manual. Ele, então, gira e começa sua jornada.

Processando, sempre processando. Encontrando os indicadores. Recolhendo dados. Decidindo. Marcando ou descartando. Perpetuamente no trabalho. Executando sua missão. Sua nova missão. Atrás dele, ele ouve as batidas na porta.

Chamadas para retornar. Para libertá-los.

Tempo limitado. Ar limitado!

Seu rosto pintado apenas olha para a frente.

Em direção à sua câmara. Seu propósito.

Humanos somente arrancariam tudo.

Fim.

Kerry Nietz

é um refugiado da indústria de software. Ele passou mais de uma década de sua vida manipulando dígitos binários-bits, primeiro como um dos principais desenvolvedores de banco de dados para o produto FoxPro, sendo agora o mítico Fox Software, e, em seguida, como um dos meninos de Bill Gate na Microsoft. Ele é um marido, um pai, um tecnófilo e um fã de filmes. É autor de vários livros premiados, incluindo *A Star Curiously Singing*, *Freeheads*, e *Amish Vampires in Space*.

Sobre a Editora

Bear Publications é uma editora cristã de ficção científica, fantasia e outras formas de ficção especulativa em antologias de histórias curtas. Nós também publicamos romances seletos e não-ficção que estão relacionados à ficção especulativa.

Saiba mais em: www.bearpublications.com